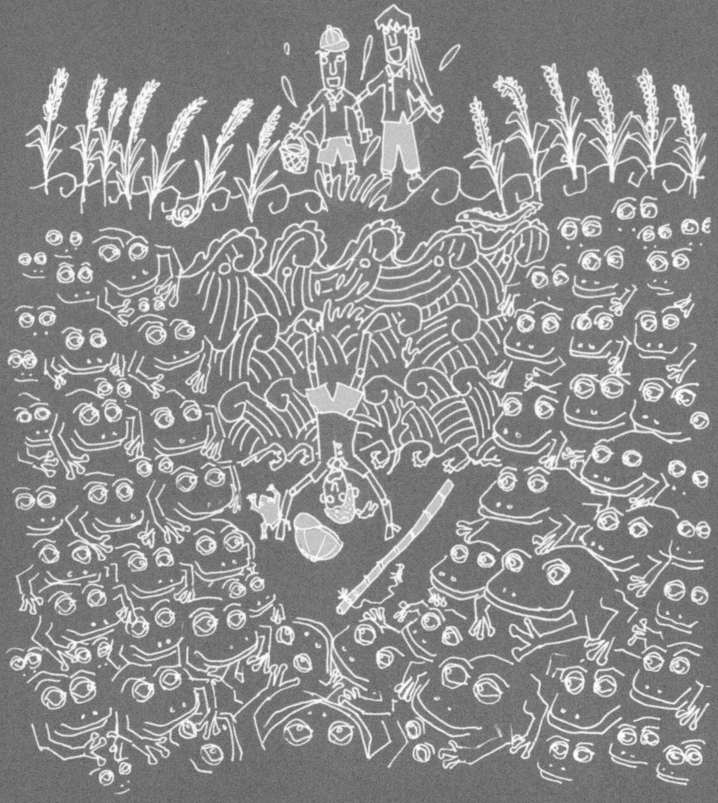

人生一瞬

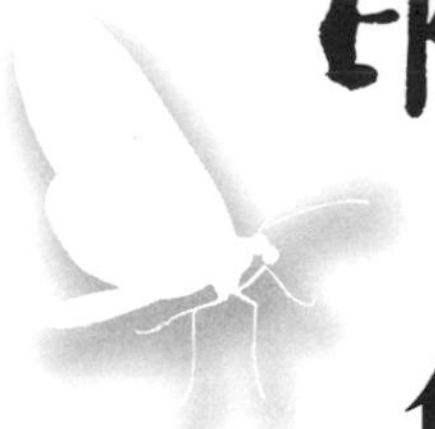

詹宏志

In Memory of My Father

Each man born into the world
is born to go a journey.

（一個人出生到這個世上，就是生來走一趟旅程。）

——John Galsworthy
（約翰・高爾斯華綏）

自序

記憶金庫

金庫開啓，記憶驚飛。

就在某一天，像一群拍翅驚散的蝙蝠一樣，那些本來在記憶倉庫裡沉睡的塵封片段，沒來由地突然成群撲到我的臉上，揮也揮不去。但當我倒反過來想要捕捉它們，卻怎麼樣也捉不著具體的重量與形狀。

那些片段常常是童年記憶裡的某種感官紀錄：昔日住家榻榻米暗角微微晃動的光影、光影中輕舞漂浮帶有熱炒蒜頭味道的灰塵、灰塵中震動著遠方收音機裡歌仔戲令人昏昏欲睡的哭調唱腔、哭調唱腔聲中有一支熱天午後行進中鑼鼓喧嘩的葬禮隊伍……。

或者是一些腦中浮現的默片一般的凝結場景：傍晚時分小學教室潑水後清涼的紅磚長廊、操場邊上空蕩蕩的單槓鐵架與低眉靜默的榕樹群、後山上排列整齊的香蕉園和鳳梨田、一名少女在樓梯口回眸時哀怨的眼神……。

那些喧囂交雜的聲音、放肆挑逗的氣味，以及刺激奪目的顏色，有時候無比清晰，有時候泛白模糊，我不免要疑惑，那些官覺庫存都是眞實的嗎？如果是眞實的，爲什麼當我想要記得它們的時候，它們就嘲弄似地忽遠忽近、游離不定呢？或者它們是扭曲或虛構的嗎？如果是虛假的，那麼，由這些記憶片段所建造構成的我自己，到底又是誰呢？

就在某一天，我突然記起這許多事情和畫面來。年輕時候的我，無暇回顧平淡生活的過去，在汲汲營營的職場社會裡一心向前，心思被辦公室的爭權奪利占滿，渾不知這些片段畫面記憶對我的意義。父親過世的那個晚上，我沉默載著他的遺體奔馳在高速公路上，細雨濛濛，路燈閃爍，小貨車濕漉漉的車輪涮涮涮地轉動著，彷彿奔向不再有光明的未來。我不知道該傷心還是該專心，思緒難以集中。忽然之間，記憶倉庫打開，灰撲撲衝出來千百隻蝙蝠，無方向地散落亂飛，灑得我滿頭滿臉。從那之後，往事盤旋，思緒就停不了了，我常常陷入在某件意義不明的記憶裡。

我猜想，我不但失去了父親，大概也已經不再年輕了。

那個細雨奔馳的晚上，我和車內父親的遺體沉默相處著。我坐在前座，他躺在小貨車後廂平坦處，一塊事先準備好的紅布蓋著他，微微呈現一個人形，這倒是很像他生前我們兩人的關係，我總是不知道該跟他說些什麼。雖然負責葬儀的婦人一再交待，我一定要一路向他解釋路途，並提醒他過橋，免得他成了迷途的鬼魂，但我還是開不了口。他是我的父親，他帶著我走過深山和城鎮，他永遠是認得路的。

記憶中我和父親的直接對話，總數也許不超過一百句，我們好像沒什麼可講，或者說我們的關係好像不是建立在對談之上。在家裡，父親好像不是小孩傾訴的對象，母親才是；可是父親也不曾責備我或處罰我，母親才會。母親是家中情緒的核心，父親的存在則像一片布景，標示著這個家庭的來歷，卻沒什麼作用。特別是在小時候，經常不在家的父親總是在夜裡回家，早上我偷偷打開紙門窺看，一床紅被面裹著一個聳起的人形，就像現在車內的他，蒙頭蓋著，安靜地，沉睡著……。

往事襲向心頭，後來的一段時間，我暗暗咀嚼記憶與追溯究竟是怎麼一回事。想到幾乎天底下什麼事都談的希臘聖哲亞里士多德（Aristotle, 384-322 B.C.），我在他的全集裡找了一找，果然也討論到靈魂、官覺和記憶，在他一篇叫〈關於記憶與回想〉（On Memory and Reminiscence）的短文裡，開宗明義便問道：「記憶的對象是什麼？」接著又自答說，我們不可能記得未來，未來只能做爲意見或期待的對象，我們也不可能記得現在，因爲現在是知覺感受的對象，與記憶有關聯的，只能是過去。

記憶，既不是感受，也不是觀念。記憶，是時間流逝後我們的某種知覺或觀念的狀態或情感。因此，所有的記憶，都隱含著一段消失的時光。

是呀，消失的時光。我所有的記憶，代表的就是所有我已經失去的時光，無知的、青春的、不那麼青春的，即使是不愉快的傷害與傷痕，如今也成爲追憶的對象，或者說，正是因爲失去了，它們如今都成了我的美好過去。

但我們眞的不能記得未來嗎？在我沉溺於過去的時候，我彷彿回溯了人生的許多轉折點，每一個轉折點都曾經有兩條以上的路，我選擇了其中一條，回想之際不免沉吟，如果選擇了另一條路會如何？另一條路會把我帶到另一個天堂或者是另一種地獄？那裡顯然有另一種未來，另一種人生，另一種身分，另一個場所，以及另一個完全不一樣的我。

但我當時想像不同，我選擇的是一種我以爲會發生的未來，也棄絕了我以爲我不想要的未來。這些未來顯然都過去了，有的沒有發生，有的胎死腹中，然而我還記得它們嗎？有的我記得，有的則蹤跡難尋，有的則混在僞裝的記憶裡，成爲我人鬼不分的困惑，我有時候要問自己：「這是發生過的事嗎？還是僅僅爲我曾經擁有的想像？」

追問過去，是老去的表徵，但這也只是自然規律，並不丟臉。我甚至因而有了寫作的衝動，我想記錄自己的來歷，甚至包括了形成我雛型的六十年代的台灣，以及人生的某些片段流連。這個衝動，也許和初民或原始部落在文明的曙光裡記錄民族的起源和遷變，並無兩樣，而記憶的結果，究竟是神話還是眞實，也一樣難以考究。我的意思是說：「別追問我眞假了，如果眞實的記憶有破洞，我只能用虛構想像把它補起來。」我無意騙人，我只是不願見到往日自己的人生滿是遺忘的空缺。

我把這些紀錄所得，一篇篇寫在當時剛在台灣創刊的《壹周刊》裡，成爲一個專欄。一年之後，我停了筆，然後又花了四年來修改它。也沒改什麼，每天加一個字減兩個字，一種口氣換到另一種口氣，改了好像沒改，卻花了好多時間。也許尋找記憶往事的人，流連在已經消逝的時光，眷戀不肯離去，也是自然的。

現在時間到了，我決心把這些文章印出來了。我想像這是一個人與記憶（或是遺忘）搏鬥的紀錄，因爲是關於記憶，所有的故事也就如亞里士多德所說，都隱藏了一段失去的時光。那一段段時光，相對於永恆的時間，如露如電，似泡沫又如幻影，只能和昔日專欄的名稱一樣，叫它「人生一瞬」吧。

人生一瞬

目錄

【輯二】地方

時間

1956

記憶之柱

小說家的虛構想像，有時候架構宏偉壯麗，力量巨大無窮，令人好奇他們想像力的來源。我自己就常常好奇，寫出《科學怪人》（Frankenstein, 1816）當時才十九歲的少女天才瑪麗．雪萊（Mary Shelley, 1797-1851），她年輕純淨的心智中，那些石破天驚的奇怪想像是從哪裡來的？

爲什麼會想出把墳墓裡盜來的肢體，一塊一塊加以拼湊，佐以電流，就賦予了生命，成爲一個全新但醜陋的「人造人」？我猜想，或許這個構想是從霍布斯（Thomas Hobbes, 1588-1679）的《利維坦》（Leviathan, 1651）來的，因爲霍布斯很早就主張，人不過是和鐘錶一樣，是一種由發條和齒輪所構成的「自動運轉機械」。他說：「是否可以說，他們的『心臟』無非就是『發條』，『神經』只是一些『游絲』，而『關節』不過是一些『齒輪』，這些零件，如創造者所意圖的那樣，使整體得到活動呢？」霍布斯不說人有靈性，也不承認他從造物主身上得到什麼獨特的眷顧，只說他是一隻上了發條會行走的錶械，並且指出人們早已進而模仿了自然，另外造出了超自然的「利維坦」這個國家機器大怪物來。

科學怪人就是利維坦，一個出自於人的創造，又力量大於人的具象怪物；人想模仿上帝，卻換來不完美的模仿，釀成更大的悲劇，創造者與被造者同蒙其苦。據瑪麗．雪萊自己的回憶，她和她的友人在古堡裡相約，各自寫一個超自然現象的靈異故事，看看誰寫的小說最恐怖。另一位醫生朋友寫出了一個女吸血鬼的故事，提議比賽的詩人拜倫則未能交卷，十九歲的小女孩瑪麗．雪萊每天想著這個人造人的構想，夢裡頭被自己的想像嚇醒（《科學怪人》的最初作者其實不能叫瑪麗．雪萊，她當時和詩人雪萊只是私奔，尚未成婚，不能叫雪萊；而她初次公開此書時是匿名出版，因而也不叫瑪麗）。

瑪麗．雪萊說她的構想來自夜間所夢，我卻處處看到她睡夢之外的痕跡。譬如小說中的主角，創造了人造生命的科學家法蘭肯斯坦，決心親手除去他所鑄成的大錯，他一路追蹤怪物到冰天雪地的北極圈內，精疲力竭在寒凍的海上被探險船救起，這個獨特的景觀和情節僅僅是小說家想像力的發揮嗎？不，我也疑心它有眞實事件做爲藍本，那就是瑪麗．雪萊自己的親生母親女權思想家瑪麗．伍士東克拉芙（Mary Wollstonecraft, 1759-1797）的旅行經歷。不是嗎？瑪麗．

伍士東克拉芙曾經在西歐人仍視北歐爲冰封的荒涼之地時，奔走於北歐海峽之間，追蹤一艘失去的貨船，這豈不是心焦如焚的法蘭肯斯坦的寫照嗎？而瑪麗．伍士東克拉芙在旅行後留下了一束書簡結集出版，這也可能是《科學怪人》小說以書信體敘述的由來。

瑪麗．雪萊可能根本沒察覺到自己的故事與自己母親經歷的關係，我們也沒有線索知道她是否眞正讀過《利維坦》；但她的父親是當時鼎鼎大名的政治哲學家威廉．葛德溫（William Godwin, 1756-1836），我們有理由相信她家裡書架上是有這本書的。但想像力與記憶的關係本來就幽微隱晦，蹤跡難尋；我們檢查自己的記憶倉庫，想從中找出後來我們所思所爲的故事舊蹤，有時候也是撲朔迷離，難探其間的深沉奧秘。

奧古斯丁（Aurelius Augustinus, 354-430）的《懺悔錄》（Confessions, 400 c.）的第十卷裡，有一段我認爲是歷史上對「記憶」最動人也最壯麗的描繪。他用了各種形象化的敘述來追問記憶的種種作用以及它的局限，他先這樣開始描述記憶的庫存：「我到了記憶的廣域、記憶的殿堂，那裡是官覺對一切事物所感受而進獻的無數影像的府庫。凡官覺所感受的，經過思想的增損、潤飾後，未被遺忘所掩埋的，都庋藏其中，作爲儲蓄。」

然後他又開始描述記憶的作用：「我置身其中，可以隨意徵調各色影像，有些一呼即至，有些姍姍來遲，好像從隱秘的洞穴抽拔出來；有些正當我找尋其他時，成群結隊，挺身而出，好像毛遂自薦地問道：『可能是我們嗎？』這時我揮著心靈的雙手把它們從記憶面前趕走，讓我所要的從躲藏之處出現。有些是聽從呼喚，爽快地、秩序井然地魚貫而至，依次進退，一經呼喚便重新前來。在我敘述回憶時，上述種種便如此進行著。」

這麼美麗的描述，可惜經不起後來認知科學家對大腦作用的探索，記憶的作用遠比這樣形象化的描述更爲複雜；記憶的作用不僅包括儲存和擷取，還包括重組、變造、僞裝和象徵，或者我也應該加上遮蔽和遺忘。是的，遺忘並不是記憶的反面，它本身也是一種能力；你也許不能想像，如果沒有某種轉移或遺忘的能力，人生將是何等難堪，一切錯誤和悔恨都將無法消褪，它將追獵你直到生命的盡頭。對於重大的傷害，我們有時甚至需要徹底忘記，成爲一位失憶者，不知道自己是誰，從哪裡來，以便能夠重新開始。

我對記憶感到興趣，始於記憶力的衰退。年輕的時候，我曾經以爲記得昨日的事是自然的，讀過的書永遠不會忘記，如果會忘記，那一定是很久很久以後的事。那時候，我可以不帶錄音機去採訪一位學者，回家再從腦中把過程重播一遍，每一句話都有它的聲音和位置；而小時候，我們沒有太多機會可以看電影，每一部看過的電影，我也可以上床閉上眼睛重新播映它，一遍又一遍；家裡的書不多，《水滸傳》和《三國演義》，我和弟弟幾乎可以隨時接上對白的下一句。直到有一天，你發現自己陸續忘掉了昨天的承諾和今天的約會，說不出書名和人名的機會愈來愈多，你驚覺你已步上自然規律，記憶功能悄悄背叛了你，它們不再順從地聽你的指令，嘲弄地躲在暗穴裡不肯出來。

當你循線追索，你發現你以爲牢牢記得的，也可能是不可靠的。同一個故事，你和其他參與者記得的完全不一樣，你覺得是發生在自己身上的事，有人指出那是另一個人的故事；而你以爲是發生在別人身上的糗事，有人指證歷歷那根本就是你的本尊。你愈想捕捉那些舊日暗處窸窸窣窣的餘光殘影，記憶就給你更多五彩繽紛的幻象與捉弄。啊，此刻我就陷在這樣的恐懼之中，這些童年往事是眞實的嗎？如果這些記憶可能是虛假的，那麼由這些幻覺殘像所建立起來的我，又究竟是誰呢？

我彷彿看見昔日的事蹟在宏偉大殿裡排隊站好，猶如一根一根柱子，每一根柱子底下都站著一個昔日的你，沿著柱群你看到過去人生的每一段經歷。有時候你好像在記憶的故事裡面，感覺著故事的溫度；有時候你卻好像飄浮在空中，冷靜遙遠地觀看著另一個人的故事。

我記得（眞的嗎？）的最早一個畫面，是一個學步的小孩；黃色燈泡光暈下的榻榻米上，四個臉龐笑顏看著我，第一位是媽媽，然後是三阿姨和最疼我的末子阿姨，最後一位是大姊，她們拍著手說：「走過來，走過來。」那個嬰兒就搖搖擺擺走了起來，突然又雙腳一軟坐在地上；他再戰戰兢兢地爬起來，幾位女性給他更熱烈的掌聲，他又搖晃歪斜地走向前，直到摔進其中一位親人的懷抱，那些笑臉響起一陣歡呼，但沒有聲音……。

這是眞實的嗎？成人之後，我開始懷疑這段記憶的眞實性，你怎麼能夠記得學步的事？當我們追問自己的來歷，追到一定的時間就追不上去，人生有一段最初的時間總是一片混沌，難怪希臘人要說人是混沌所生。

可是也不盡然，三十年後另一個嬰兒搖搖擺擺站了起來，我坐在前面拍手說：「走過來，走過來。」我看到他，也看到黃色光暈下的自己，難道記憶原本是一個循環，有一半要等下一代走過來才完成？

1958

煤炭堆上的黃蝴蝶

人生有一些記憶畫面意義不明，但卻又難以忘懷。譬如說，黑色發亮的煤炭堆上，有幾隻翩翩飛舞的黃蝴蝶，就是在我腦海裡盤旋了四十年的一幅畫面；我有時候也不能完全確定，這究竟是一個眞實的經驗，或者只是一種長期堆疊而逐漸成形的花色想像？

好像總在傍晚時分，我家門前那條直街盡頭的天空，剛剛露出一片鮮艷的橘色，一輛大卡車噗卜噗卜地開了過來；有時候是母親，有時候是阿姨，帶著我在路邊等著，我可能是三歲或者四歲或者五歲。卡車嘎然在我家門口急急停住，兩個工人笑呵呵地從車上跳下來，和我母親打個招呼，立即俐落地掀開卡車屁股後的擋蓋，再跳上車用鏟子和鋤頭嘩啦嘩啦鏟下瀑布一般的煤炭來，那是一整車黑得發亮的上等無煙煤。卡車和工人都是從父親的煤礦裡來的，自己家生產煤炭，儘管當時一般家庭都燒木炭或煤球，我們家裡煮飯燒水卻用最高級的無煙煤。

天色這時通常已經轉為紫橙色，有些店家已經點起燈來了，鄰居三五成群拿著畚箕、竹籠和竹掃把靠了過來，不等到一卡車的煤炭都堆到路邊，他們就開始一畚箕或一竹簍地把煤炭裝回家。一卡車的煤炭堆在地上看起來像是巍巍一座小山，但整條街的鄰居都各取一簍子之後，只剩下小小一堆，這個時候，通常天色已經昏黑了，天空變成墨藍色，微微還有一點光，家家戶戶都已經點燃黃色的燈泡，卡車司機和工人匆匆道別而去，總是留下幾位鄰居幫忙把餘下的煤炭一簍一簍搬到我們家的天井去。最後一段景象，我並不是記得太清楚，因為到了那個時候，我通常已經倒在媽媽或阿姨的背上睡著了。

父親在遠方山區的礦場裡工作，四十天才回來一次，這些黃昏時刻卡車載運無煙煤來的場景不曾看見過父親，但你仍然感覺到他的權威與存在，因為鄰居與卡車司機都以尊敬的口吻談及他，工人也會捎來他的近況與行蹤。到了年紀較大的時候，我才能明白別人為什麼稱讚他的能幹與慷慨。

但是每當父親回家的時候，卻是我們小孩子緊張小心的時刻；通常我在一個陽光充足的早晨醒來，立刻嗅到一種不尋常的氣氛。這種氣氛究竟是什麼，我也說不太清楚，也許是一種小心翼翼的狀態，家裡的其他成員似乎在這一刻都以更輕柔的方式走路，說話聲音也更壓低一些。我從榻榻米的床鋪上掀開棉被爬起來，輕輕把紙門拉開一條小縫，我看見一床紅色被面的棉被覆蓋著一個沉睡的形體，遠方的茶几上出現一只木頭菸灰缸。是了，這就是了，這證明昨天夜裡某一個時刻，父親已經回到家中；小孩的內心警惕起來，家裡將會在未來幾天氣氛嚴肅而緊張，意味著我們都得要更守規矩一些，否則會更容易受到斥罵；直到某一天，父親再度消失蹤影，回去他工作的山區，我們才又重獲自由一般，再度活潑喧鬧起來。

那部載滿煤炭的卡車則是父親看不見的權威的一種表徵，它總是在家中煤炭即將用罄之際準時出現，並且帶來鄰居們得以共享的數量，整個鏟煤、肩煤的勞動過程，我可以感覺到整條街上洋溢著幸福歡樂的嘉年華氣氛，配合黃昏時天色從金黃轉橘紅、紅紫轉暗藍的顏色流轉，像是一幅舊日的彩色剪影，這些事雖然都發生在六歲以前，我仍然能夠記得清晰的畫面。

鄰居們七手八腳幫母親把煤炭搬運到二樓家中的天井，那是屋裡唯一一處透天光的地方，雖然位在房子中央，但感覺上更像個陽台。紅磚矮牆角落邊上就堆著那一小座黑亮的煤炭山，牆頭上擺著幾盆肥美的蘆薈和花草，頭上則低斜架著晾衣的長竿子，每天掛曬著不同的洗淨衣物，我們家裡養的貓也常常睡在牆垣上，或者蹺蹋在煤炭堆的高處。

我還太小，沒有大人或兄姊陪同，不容許步出屋門；我平常只能在房內四處流竄，一會兒躲進棉被櫥裡，一會兒在臥房的榻榻米打滾，或者鑽進熱氣騰騰的廚房，呆呆看著母親和阿姨切菜燒水煮飯，但更多的時間，我喜歡逗留在這片看得見天空的天井裡。從天井的矮牆望出去，看得到基隆遠方的山丘和密密麻麻的房屋；天色通常是灰灰藍藍的，每天都會下一小場雨，先是飄下輕柔的小雨絲，左鄰右舍不知是誰總會先叫喊：「雨來喔！」但大家一面呼應著，一面也不慌忙，慢條斯理出來收拾好晾曬的衣服，下的也還是打不濕頭髮的毛毛雨；過一會兒，雨才加大了一點，這時總有大人會斥喝我趕緊進屋內，不然會著涼，大人們說。

雨水通常不會持續太久，鄰居也會有人先喊出：「雨停囉！」陽光又灰撲撲微弱地照耀著天井，並且穿過屋簷滴落的雨水折射出彩虹的繽紛。我再度回到這塊小天地，貓也先我一步搶占好牆頭的打盹位置，地上的紅磚面還有點濕意，牆角的青苔更翠綠了，那堆無煙煤則晶瑩剔透，身體沾滿露珠一般的雨水，黑亮得更加富有光澤；這個時候，很少有例外，總是有三兩隻鮮黃色的小蝴蝶在黑色的煤炭堆上輕巧起舞，牠們相互呼應地時飛時停，彷彿跟隨某種節奏韻律，又彷彿是一種親密交談，黑黃相間的光影流動，透露出一種神秘詭異的氣氛。

黃蝴蝶為什麼流連在黑色的煤堆上？我從來沒有想到要追問。直到有一次，父親帶我到他工作的礦場去，礦坑外堆著一堆又一堆幾層樓高的煤炭山，每一座煤炭山上都飛舞著數百隻的黃蝴蝶，才四、五歲的我，懵懵懂懂察覺蝴蝶與煤炭是有某種關聯的，並不是幾隻黃蝴蝶恰巧飛到我家的煤炭堆上。

並沒有大人能夠回答我的疑問，或者我也從來沒有問過。但這個畫面就停格在小孩的記憶之中，他經常反芻這個奇特的畫面，每隔一段時間，他就自己給自己一個解釋性的答案；直到多年之後他上了高中，有一天他突然猜想，蝴蝶一定是因爲煤炭中熟悉的木頭香氣而纏綿不去，對蝴蝶來說，那一堆山積的煤炭不過是另一座沉睡的黑森林。得到這個可能完全是浪漫想像的答案之後，他的知識追究就停止了，他已經因爲相信而受到釋放了。

我的基隆歲月並不久長，一天夜裡，母親搖醒我，我和二姊、二哥和弟弟，都穿上全身漂亮的衣服，隨著盛裝的父親來到市區。我們在火車站搭上一列夜間的長程火車，小孩們都不知道發生什麼事，只知道母親半夜裡默默地包裝東西，已經連續好幾天了。火車在沉重的黑夜裡呼嘯行進，遠方有星光和燈火閃爍，我們都沒有說話，我緊緊抱著一本漫畫，倦極累極睡去；再醒來時，天色剛亮，我們來到一個遙遠而陌生的地方。但旅程還沒結束，我們繼續轉搭巴士，在天光微曦中，空蕩蕩的巴士駛向一片片綠油油的田地之間，最後到達台灣中部一個青翠明亮的鄉村，它的景色與港都基隆截然不同，空氣的味道也完全不一樣，背景裡蟲鳴鳥叫的聲音更是相當異國情調。我當時並不知道，父親已經失去了煤礦，而我也從此不再有堆著煤炭的天井，貓也與我們永久分別了，火車轉換了月台，我們的生命換了場景，另一個世界正在等著我們。

1959

父親回家時

依稀有一股累積的尿意壓迫，我悠悠醒轉，睡意仍濃，卻發現天已經亮了。我躺在床上掙扎著要不要起床，卻突然感覺到家裡瀰漫一種異常謹慎的氣氛；從門外交織穿梭的輕微腳步聲，我察覺媽媽和阿姨的腳步都比平日輕細而小心。

心裡凜然一驚，我立刻翻身爬起來，躡手躡腳走到紙門旁邊，輕輕拉開一條細縫，向另一個房間張望。果然，隔壁臥房的榻榻米上，一床紅被面的厚棉被裹著一個聳起的人形，不遠處的矮几上，一只木頭菸灰缸已經醒目擺在那裡，這一切跡象都說明，父親在昨天夜裡某個時候，已經回來了。

我應該高興還是害怕？

也許應該害怕。父親倒是不曾對我們疾言厲色，他永遠只是坐在炭爐旁，帶著微笑，默默抽著菸，旁邊放著只有他回來才會拿出來的木頭菸灰缸，還有一杯永遠會被添滿茶水的專用茶杯。但這一段時間，母親和照顧我們的三阿姨、七阿姨會變得比平常嚴厲，她們好像都怕父親生氣，一面斥喝我們的頑皮，一面用眼角偷偷瞄著父親的表情，但父親永遠只是莫測高深地微笑著。

也許我更應該高興。父親回來總會帶一些糕點或零食給我們，其中最令人興奮的，是一種從台北麗華餅店買回來的小西點，鬆軟的餅皮是誘人的咖啡色，香甜的內餡則是金黃色的奶酥，約莫半個雞蛋大小，一口可以下肚，可是我們都捨不得，一小口一小口地齧咬著，希望這種甜美的享受能夠持久一些。如果父親帶回來的不是麗華的糕餅，有時候也有其他零食，我特別喜歡一種大紅豆裹糖煮成的甘納豆，它和早上配稀飯溼溼的大紅豆不同，它是乾爽的，全身沾滿白色的糖粉，發散著迷人的粉紅色。

父親在遙遠的山區煤礦工作，他既是規畫開採隧道的工程師，又是管理生產與銷售的礦場場長，大部分的時間他要待在山區礦場裡，其他時間他又要奔波於政府機關、投資老闆，以及煤炭買主的酬酢中，幾乎每隔四十天才能回來一次。但奇怪的是，父親從來沒有在我清醒的時間走進家門，每次總在我入睡以後，我都是在某個早上醒來發現情況有異，才知道他回來了。

而我也很少看到他離開家門的樣子，也是另一個醒來的早上，家裡的氣氛突然鬆弛了，彷彿警報解除，權威的男主人走了，家裡又恢復母親、阿姨、小孩們平淡的日常生活。

那是四十年以前的事了。在那個安靜平凡的時代裡，相對於街坊鄰人，父親旅行遙遠，交遊廣闊，看到的人和接觸的事，常常超乎我們的想像。當他在家的時候，來訪的客人也流露這樣的不尋常，衣冠楚楚的客人講著優雅的日語，或者帶著各省口音的國語，或者是用詞不沾俚俗的古典台語，有些話題甚至提及遙遠而聞名的人稱以及某些無法想像的數字，父親似乎也都能應對裕如，父親彷彿屬於另一個社交社會，和我們的平凡並未交集。

但這些並不是我關心的事，我更期待的是，遠方的客人帶來遠方的禮物，最奇異的客人帶來最奇異的禮物。當那些操著奇特口音或語言的客人退去，總會留下一包或一籃等待揭曉的神秘之物。它們有時候是我們土包子台灣人完全不知如何料理的南京板鴨、湖南臘肉、金華火腿、上海年糕等（整整要等三十年之後，我的知識才足以讓我明白，我們當年是如何地浪費了這些材料）；但這些禮物也有時候是讓我們雀躍不已的日式餅干或西式糕點，它們的味道總是讓我們回味不已。

有時候，也有一些令我們大開眼界的珍奇怪物，譬如有一次，一位穿著考究西裝的鄉紳，帶來一個圓型魚缸和一包彩色的藥粉，他親自示範，把魚缸裝滿水，將藥粉傾入，藥粉在水底立刻相連膨脹，變成類似珊瑚般的彩色繽紛花叢，一節接著一節。我們小孩子圍著魚缸，看得目瞪口呆。客人離去，那盆珊瑚礁依舊七彩斑斕，在陽光下泛著彩虹光暈。直到幾個月後，那些水中假花才逐漸傾頹褪色，盆水渾濁，失去它的神秘美麗。

父親有時也會帶回來當時仍然很稀罕的白脫牛油，金底藍字的鐵盆，打開來是芳香撲鼻的艷黃色純正牛油；媽媽烤好塗滿牛油的麵包，那味道是神秘、陌生、魅惑難擋。我捧著香噴噴的麵包走到騎樓下，隔壁的小孩聞香而來，伸手說：「分我吃好不好。」我慷慨地撕一大塊給他，兩個人就站在騎樓下吃它，覺得彼此是世界上最要好的朋友；但是有一次，這位最要好的朋友等不及，伸手把整塊麵包都搶走，一溜煙躲到他家裡去，我站在他家門口望著自己空空的雙手，感覺到受背叛的屈辱和憤怒。

父親也有一次帶回來奇怪的東西，大黃底色的紙盒印著棕色的美術字樣，寫著四個大字「南美咖啡」。我打開來，那看起來是一塊很大的方糖，把它放入溫水中，外面一層白色糖粉融去，露出另一層棕色的方塊，再過一會兒，整杯水都變成詭異的棕色，好像是發燒時媽媽煮給我們喝的藥水。但品嚐起來，那是帶著一種奇特香氣的糖水，甜甜的，也有一種苦味。其他小孩都敬而遠之，但我鼓足勇氣，一杯又一杯地嚐著，想像自己經過這一杯苦水的試煉，應該可以更早晉身爲大人吧？

父親不在的時候，日子比較和平安寧，家裡小孩太多，媽媽似乎是無法同時弄清楚我們在做些什麼。這時候，我偷偷打開父親書桌的抽屜，翻出他繪圖用的全套黃銅製圖器械；父親摩挲這些擦得發亮的繪圖器具時，常常驕傲地說：「這是德國製的喔！」但精密而細緻的德製器具又怎樣？我看它們每一枝都有尖銳的筆尖，還有各種調節的螺絲，就覺得這些太適合做我的武器；我把它們和積木或其他鐵尺、沙包排列起來，就成了兩軍對峙的陣仗，再找來幾個枕頭布置成地形起伏的戰場，而德製的各種武器就散落地布署在所有關隘與要塞之中。

我又發現一盒父親小心翼翼用紙包好的沾水筆，一樣有著尖刺的筆頭，我覺得這是再適合也不過的飛鏢了。我在圍棋棋桌上的方格填上數字，拿沾水筆來射，看能得到幾分。父親回來的夜裡，當他在書桌上攤開大張紙繪製地圖，用到沾水筆時，我聽到他一直發出咦、咦的困惑聲，不久之後，他必須起身去尋找另一枝新的沾水筆頭，這個時候，我躺在不遠處的榻榻米上，佯裝熟睡的模樣，深怕有人會問起沾水筆筆尖變鈍的緣故。

父親不在的時候，我接管了他所有的寶貝，並依照我的意志改變所有他的工具的用途；但我內心還是渴望他回來的，他的歸來總會帶回一些外在世界的線索、消息或實物，那就滿足一部分我們對外在世界的想像與渴望。我們就是因此而知道，遠在台北，有一家未曾謀面的餅店叫麗華，那裡有一種糕點，外酥內軟，棕黃相映。

終於在我不滿六歲的某一天，父親疲倦愧疚地搖醒我，帶著我們幾個小孩穿好衣服搭乘一列半夜的火車，等到火車抵達，天色已亮，我們離開家鄉，搬進另一個農村的新家。從此，父親每天坐在家中一張沙發椅上，旁邊一杯茶，還是那只木頭菸灰缸，默默抽著菸或看著書。他不再能帶給我們父親回家的期盼和雀躍，因爲他已經病重，不再離開家了。

1960

水中之光

眼前的世界是奇特怪異的，光線似乎比平時還亮，一種水晶般的色澤散發著光暈，而世界的線條也變得柔和……不，我應該說世界變得柔軟如流水。

從我的眼前望出去，兩層樓的紅磚房舍像麵條一樣柔軟，它們本來堅如水泥的輪廓線，此刻更像柳條一樣左右搖曳。我還看見路邊站著兩個大人，至少我看得到他們搖擺的長褲線條，他們的臉龐彷彿在更遠的地方，而且逆光搖晃流動，看不清面孔，但我可以聽見他們說話的聲音，聲音像遠遠經過水管一樣，咕嚕咕嚕，充滿了回音。

我想叫他們注意底下的我，但我才一張口，就被一種柔軟的力量封住了嘴，柔軟的液體塞滿我的嘴，讓我完全發不出聲音，只聽到更多咕嚕咕嚕的回音。我想舉起手，但手好像也被一種溫柔的力量攔住了，抬不起來，兩個路邊的大人還在大聲地說話，笑聲通過水管，遠遠地，咕嚕咕嚕咕嚕……。

我絕望地把眼睛閉起來，心中充滿莫名的恐懼，一股柔軟的力量重重壓在我的胸膛，我已經無法呼吸。

突然間，說笑的大人聲音轉成連串驚呼，我聽見慌亂雜沓的聲響，我感覺到一些力量扶著我的腰身，但那些柔軟壓胸的夢魘尚未除去；緊接著我感覺胸前的重量突然卸下，淅瀝嘩啦，頓然一身輕快，耳朵也彷彿刺穿一個薄膜，聽覺立刻清朗起來。急促的大人聲音說：「拍他，拍他，把水吐出來。」

我感到背上有重重的敲擊，突然間，有一大股悶氣從胸口溢出，我嘴巴張開，吐了一大灘水和一大口氣，我眼睛迷離地睜開，旁邊圍著好幾個瞪著眼的大人，我感覺到陽光的溫度、悶熱的空氣、周圍的馬路車聲，也聽見熟悉的大水溝流水的聲音。

我是如何跌下路旁大水溝的？如今我已經無法追憶。大水溝其實就在我家門口，過了水溝就是車如流水的省道公路，水溝上每隔幾步就有水泥板加蓋，做爲行路或腳踏車跨越之用。我才四歲，家人不讓我穿越馬路，只有大人攜手同行時，我才有機會到對面的天堂，其他時候，我只能在門口的騎樓下遊玩，大水溝就是阻攔著我、囚禁著我的護城河。

我也不討厭有一條護城河，我總是央求鄰居的大哥哥撕一張日曆做一艘紙船，讓我把它放進水中，我沿著水溝一路追過去，看紙船一會兒消失在水泥板下，一會兒又從另一端出現；如果紙船遲遲不從橋下出現，我就趴在水溝邊往水泥板下方張望，它可能就擱淺在橋下的某一堆垃圾旁，溝道流水則從它兩旁淅瀝淅瀝地川流過去。

鄰居的大哥哥並不是如我想像那麼愛護我們，有一次，他告訴我一個更有趣的遊戲，他說他來做一艘超級軍艦，要我回家把彈珠拿來，我可以在水溝旁用彈珠做砲彈，一顆一顆投入水中，看看能不能把軍艦擊沉。我把自己所有的寶貝彈珠都拿來了，依言投向溝中的紙船，有的擊中了目標，大部分則投入了水中，紙船即使被砲彈擊中，也只是扭曲了形體，照樣隨著水溝流下下游。當我散盡了彈珠，大哥哥說：「沒得玩啦，你回家吧。」我兩手空空回到家，愈想愈不對勁，再跑出去看，看到隔壁的大哥哥撩起褲管站在水流湍急的水溝裡，他正一顆一顆撿著原來屬於我的財產的五彩彈珠。

大哥哥的英雄形象幻滅了，他原來是一個欺騙四歲小孩的人，我從此再不找他做任何事了，我自己跟自己玩。我設法自己製造各式紙艦，大大小小組成一支無敵艦隊，我讓它們像希臘大軍一樣從水溝裡大舉出征，我沿著水溝快步奔跑，看著它們忽起忽落在水中翻騰，我這樣一路護送它們到世界的盡頭，那是我們這條街的末端，再過去沒有街市了，但有田野、有溪流、有大橋，還有哥哥姊姊上學的學校，那不是我被允許走出去的疆界。

我仍然懷念那些失去的彈珠，尤其當中有一些是媽媽給我的特別的彈珠，她說那是外祖母留給她的，這些彈珠是不透明的，藍白兩色，花紋精巧，像高級陶瓷一樣，不是透明玻璃外緣加上塑膠花紋內裡的普通彈珠。我情不自禁沿著水溝走，想看看是否還有一兩顆漏網之魚，我看了好幾個月，看到水溝裡有許多被人遺忘的奇怪東西，但我不曾看到我的彈珠。

也許我對水溝的冒險是太多了，一定是其中的某一次，我試著伸手探取水中的東西嗎？我跌落了水溝中。

在水溝裡，世界忽然緩慢了，安靜了。我仰望水溝外的世界，它變得更光亮，更柔軟，而且線條流動搖曳，一個奇特又熟悉的世界，我從來沒有想過從這個角度看到的世界竟是這樣。水流沉沉壓在我身上，我無法爬起來，眼角餘光看見水溝邊有兩個大人站立說話，他們近在咫尺，好像我手伸長一點就可以觸摸他們的褲管，但他們的聲音好像通過一個長長的水管，咕嚕咕嚕咕嚕，充滿了回音。

大人救起溺水的我之後，究竟是家人把我帶回家，還是我自己回家？現在我絲毫沒有一點記憶。但那一條水溝的流水起伏，以及水溝裡看見的光亮世界，經過四十年混亂的人生，卻還清晰得如同觀看他人的影片。

劫難餘生的小孩顯然還是有改變的，他走路刻意離開水溝遠遠的，不再摺疊紙船，後來也不喜歡一切與水有關的活動。夏天回到漁港旁的祖母家，所有的小孩都赤著身子，噗通一聲跳進海水裡嬉遊，他卻安靜地在岸邊看著大家戲水，小孩們在水裡揮手叫他，他搖搖頭，躲在大石後找著寄居蟹或貝殼，在海邊，他總是安靜斯文得像個女孩。

搬到山區農村之後，北邊海港的水溝與海濱的記憶漸漸遠了、淡了。我的新生活是和水蛇、青蛙、蜻蜓、稻田、榕樹、竹林爲伍的，我和其他小孩一起到深僅及膝的淺溝裡摸蜆仔，到池塘撈浮萍，在泥溝裡捉泥鰍，在小溪旁釣鯽仔魚，我與水的關係好像又恢復了友善與正常。

「要不要去游泳？」小學四年級有一天，同學阿昆問我，阿昆是班上最頑皮的小孩，一身赤黑的肌肉，運動神經一流，躲避球和棒球的高手。「老師不是說不可以去溪裡頭游泳，而且我不會游泳。」我有點難爲情地招供。

「我可以教你。」阿昆一臉輕鬆地說。

我們來到溪澗旁，夏天午後的太陽把石頭曬得乾爽熱燙，水裡已經有大大小小若干人在戲水，也有一些是同校的學生，可見老師課堂上警告不可到溪河游泳的話，並不是人人都遵守的。我們放下書包，脫了衣服，先在溪邊淺處浸水，溪水透澈清涼，讓我們感到快適舒暢。阿昆一下子就鑽到溪流中央的深水塘，翻過來覆過去，自由自在，好像溪水全在他的掌握之中。

他游到我身旁，說：「來，我背你，我們到深一點的地方，我教你游泳。」

我把手交叉箍在他脖子上，他往前一蹬，我們就衝進水潭的中央，腳底就觸不著底了。突然間，我感覺到阿昆用力拉開我的手，我的手鬆開了，我們的身體也分開了，我獨自往深處跌下。彷彿一剎那間，世界靜止了，我睜開眼，感覺自己漂浮在一種無重量的介質之中，世界是一片碧綠，但又有點點鵝黃的塵埃，遠處似乎又有光亮，我看見一片樹葉漂過眼前，緩緩地，舞蹈似地，奇妙而美麗的景觀，沒有一點聲音，我卻覺得有溫柔的音樂充滿耳窩。我沒有感覺到自己的呼吸，也沒有掙扎，沒有不舒服，也沒有恐懼，我平靜地知道這是終點，我短暫的生活經歷快速地一幕幕掠過心裡，包括那個躺在水溝裡的場景。

潑喇一聲巨響，一個強大的力量抓住我的手臂，幾乎把我弄痛了，一下子，我又聽到吱吱喳喳議論的人聲，感受到陽光在背上游移的熱度，我被一個年輕壯漢從水裡拉到溪邊，軟綿綿趴在溪石上，救起我的壯漢也在一旁喘著氣。阿昆跑過來，口氣裡充滿了委屈和抱怨：「你快把我勒死了，我根本沒辦法呼吸。」

那個翠綠安靜、緩緩流動的美麗奇景已經退去，我知道自己剛從鬼門關轉了一圈，開始有點反胃，也有點發冷，也許是喝太多水了。我緩緩套上衣服，低聲對阿昆說：「我不游了，我要回家了。」

1960

海上漂流的花朵

阿嬤的家在北邊的漁港，從老房子的後門跑出去，穿過一條狹巷，翻過水泥堤防，斜坡底下就是一彎隱密的小海灘；平坦的沙灘上散落著幾塊大石，石塊浸著水的下方，常常看見色彩繽紛的小魚盤旋，岸上沙地則到處可以找到藍紫色的小螃蟹和時走時停的寄居蟹。這一次，我們又來到阿嬤家小住幾天，堂兄堂弟和鄰居小孩一吆喝，我忍不住就跟著溜到海邊去。

那是一個傍晚，天色還亮白得沒有黃昏的跡象，可是日頭已經不烈了，陽光曬在皮膚上是溫熱柔軟的感覺，這是最好的玩水時光，太陽不熱，海水卻還是溫的。我們一行五、六個小孩，呼嘯穿過小巷，爭先恐後爬上堤防，再自殺飛機式地俯衝而下，迅速占領了小海灘。其他小孩都是海邊長大的，水性諳熟，一下子就鑽入水裡嬉鬧起來。我先在岸邊謹慎地看著他們，最後決定爬上一塊大石，坐下來居高臨下地看著海。

我不能確定當時的年紀，但那是舉家遷往中部以前最後一次到阿嬤家，推算起來應該是五歲。五歲的小孩怎麼看那片廣闊湛藍發亮的海？以及那一波一波潮水是否讓他有任何感觸？如今我完全不復記憶。但我依然記得那個安靜的坐姿、那塊苔青的石頭、當時的透明天色，以及一種空間性的，混合著潑水聲的小孩笑鬧回聲。

但海上不遠處有一樣東西吸引了我的目光，那是一團布料似的漂流之物，正從西邊距岸不遠的海上朝我們的方向漂過來。這是一件奇特的漂流物，平日我們在海上常看到漂浮一些暗黑溼透的朽木、鏽斑棕紅的鐵桶或是一些漁網浮標的玻璃球；但這一團東西卻很陌生，體積不小，幾乎和一個成人一樣大，有著藍白相間鮮亮的顏色，它布料形狀的皺摺卷曲簇擁著，漂浮著，旋轉著，彷彿是海上一朵巨大而盛開的花。

這朵藍白巨花輕柔地隨著海浪一上一下擺盪旋轉，舞蹈一般的優雅節奏，並且逐漸漂向我們遊玩的地方，我坐在大石上，比其他小孩位置都高，看得更遠更清楚。這時候，那朵漂流的花的面目也漸漸清楚起來，那是一位穿著全身洋裝的年輕女子。

白色鑲著藍邊的連身洋裝，大片誇飾的白領子，蓬鬆起來的袖子，呼應著又寬又鼓的蓬裙；這是一套美麗而正式的盛裝，讓人想到嫁衣新娘或者舞台上的表演者。女子已經失去了鞋子，光著一雙潔淨的腳，一邊也露出了一截雪白的大腿，手臂手腕並沒有任何飾物；她緊閉著眼睛，彷彿沉睡一般，一頭長髮漂散開來，一部分貼在臉頰和頸上，大部分則隨著海水流動，猶如海草一樣。她應該是一位秀淨潔白的女子，但此刻她皮膚已失去血色，蒼白透著青紫的顏色。她的表情平靜而安詳，任由海水在她鼻口之間流來流去，沒有一絲不舒服的表情；她也全身放鬆，隨著潮水輕輕起伏，好像是平靜地呼吸。

海上的花無聲漂過來，其他嬉鬧的小孩也看見了，他們先是停下來，盯著那朵盛開的白色花朵，然後其中一個小孩大喊：「死人呀！」小孩子們像驚散的蒼蠅，立刻跳出水面，跑上沙灘，衝向斜坡，翻牆一樣越過了堤防，一下子都不見了蹤影。

只有我還坐在石頭上，白衣女子正好漂來到石頭的正前方，我們相距不到三公尺。如果她是一個死人，那麼她可以說是完美無瑕的死人；她的面容秀麗，五官端正，你甚至想像緊閉的眼皮底下應該是一雙晶瑩靈動的大眼睛，她全身及手腳看不到一點傷痕或浮腫扭曲的樣子，她就是入睡了，漂浮著，隨時都可以醒來。但這個「隨時可以醒來」的念頭倒是嚇到了我，我才注意到天色已經暗下來，拂面的海風也有點涼寒，烏雲遮住了夕陽，但仍有一些金黃色的光彩塗在女子蒼白發青的臉上。

我匆忙爬下大石，跑過沙灘，手腳並用翻過堤防，穿過巷子，回到陰暗的大屋子。我在阿嬤的房子東鑽西竄，終於在熱氣騰騰的廚房裡找到媽媽；媽媽站在大灶前面忙著炒菜，熊熊大火在她流汗的臉上映著紅光。我拉她的圍裙：「媽，媽，海上有一個死人。」

「你死人啦，一天到晚亂跑，也要差不多一點。」母親不耐地揮舞著鍋鏟，她並沒有聽進我的話，我只好再穿到客廳與飯廳，先前跑回來的小孩，已經又玩在一起了，彷彿什麼事也沒發生過。

天色暗了，屋裡的燈也點起來，溫暖的黃色光線提供了一個安全幸福的氣氛，菜陸續從廚房端上圓餐桌，要吃晚飯了。大人們上了餐桌，身材矮小的阿嬤則在桌下指揮小孩子吃飯，我領到一個盛滿飯菜的大碗，坐在門口的台階上默默扒著，其他鄰居也有飯菜的香味飄來，家家戶戶都在吃飯了。但是，那一幕盛裝白衣的漂流女子的影像卻盤旋不去，我一直在想，她怎麼了，她漂往東邊了嗎？還是卡在石頭底下？或者她就醒過來，赤腳上岸回家去了？

那個畫面就伴隨著小孩成長，後來的十餘年，我不斷在睡夢裡見到她。她有時換上鵝黃色的服裝，有時換上粉紅色的服裝，但衣服式樣沒有改變，一樣用漂流的方式從海上漂向我。多半時候，她是閉上眼睛的，但臉色好多了，嘴角也帶著微笑；她的面容姣好，但我已經記不清了，只好把她的臉換上我當時迷戀的女明星的臉。

她在夢中靜靜地漂流過來，像一朵燦然盛開的花，有時候她會張開眼睛，和我說話，但從來沒有聲音；也有幾次，她變成惡夢，我看見她的眼睛不見了，空盪的洞裡有蟲跑出來；或著嘴角流著血，或者失去了一隻腳，旁邊還有許多魚咬噬著她。

有一場死亡沉默地伴隨小孩長大，以它多種面貌和意義陪他走過難以駕御的青春期，直到他成了青年；其他活生生的女性開始吸引了他的注意力，他又開始對廣闊的知識與世界感到好奇，這樣的少男春夢就稀疏了，然後就消褪了，然後就堆放在混亂的記憶倉庫，忘卻了。

大學時代有一次，他和社團同學們到海邊遊玩，先前一場急雨已經把他們打溼了，反而讓他們在海邊更肆無忌憚地玩起水來。有一位女孩站在深已沒膝的海水裡，大聲叫：「看我！」她輕輕地往後躺，全身放鬆大字型地躺在水上，海水的浮力立刻將她連衣帶裙托起，她穿著白色上衣和連身的牛仔布長裙，像一朵藍白相間的花朵，漂浮在水上。潮水一波波輕搖著她，她閉著眼睛漂浮著，擺盪著，旋轉著。我內心像觸電一樣，這曾經是一幅魂牽夢繫的記憶景觀，一場安靜甜美的陌生死亡，一個神秘難解的成長之謎，我以為自己已經脫離了它，但此刻它陰魂不散，以另一幅圖象的化身提醒了我。

我別過身，希望不要看到那個死亡意味的畫面，也不想聽見同學們空洞嘻鬧的聲音，我往海灘深處走去，把其他人遠遠拋在背後；但記憶的箱子開啓，有些東西就收不回去了。

1961

羅斯金的憤怒

大衆化火車旅行的興盛，也許應該部分（或者大部分）歸功於「旅遊業鼻祖」湯瑪士·庫克（Thomas Cook, 1808-1892）的貢獻，他在一八四一年首創包租車廂，帶領遊客搭乘火車旅遊；此舉不但使火車旅行變成大衆化的活動，也開啓了旅行服務做爲一種生意的「觀光時代」。

湯瑪士·庫克的新生意，後來也就是馬克·吐溫（Mark Twain, 1835-1910）所謂的《土包子放洋記》（The Innocents Abroad, 1869）的張本。沒錯，馬克·吐溫的確使用了「庫克旅行社」的服務，還曾經爲文讚揚該公司普度衆生（他自承是個如假包換的土包子）。但在湯瑪士·庫克還沒推出歐洲「大圓圈」（Grand Tour）周遊團，以及跨大西洋旅美團以前，他的服務只能說是「土包子進城記」，也就是讓村鎮的小仕紳與老百姓，有機會付費乘坐新鮮稀奇的火車，進入城市瞠目張望一番而已。

一團一團進城的鄉巴佬，像一群傻瓜一樣，跟在導遊背後東繞西轉，對著所有的城市事物呆了眼，也張大了嘴巴，這種城市裡冒出來的新品種人類「觀光客」，以及它的新活動（以及它的非貴族化的旅行概念），就深深觸怒了品味高尚優雅的藝術評論家約翰·羅斯金（John Ruskin, 1819-1900），羅斯金忍不住惡言相向說：「乘坐火車，我根本不能把它視爲旅行；那只是被『送』到一個地方，與成爲包裹並沒有什麼兩樣。」（"Going by railroad, I do not consider as traveling at all; it is merely being 'sent' to a place, and very little different from becoming a parcel."）

「出團旅行」（乘坐火車、輪船或後來固定航線的飛機），只不過是「運送包裹」，也就是說，湯瑪士·庫克不過是另一個聯邦快遞（Federal Express）；這句話罵得令人拍案叫好，但也令所有的現代人心虛，我們當中，誰又是從不使用旅行社的服務，可以丟擲第一塊石頭的人呢？

這當然不是羅斯金所面對的時代。羅斯金出身良好，受最好的照顧與教育，進入牛津大學時也成績出色；他的藝術思想的發展，與他幾次的歐洲旅行密不可分，第一次旅歐使他動念寫下揭櫫「自然眞實」思想的《現代畫家》第一卷（Modern Painters, 1843），第二次赴法國度蜜月，使他開始寫里程碑的《建築七燈》（Seven Lamps of Architecture, 1849），而第三次遊威尼斯，更觸發他寫下不朽的《威尼斯之石》（The Stones of Venice, 1851）。羅斯金的旅行與當時其他貴族沒有兩樣，他們都有僕役陪同，雇車買舟，自行安排所有獨立、獨特的行程（絕不是任人「運送」到某地）；他們對旅行目的地也都有足夠的文化了解與歷史知識，能夠欣賞並體悟異鄉文化的精髓，絕不是張大嘴巴看熱鬧的鄉巴佬。

正當羅斯金追隨他的貴族前輩如歌德（Johann Wolfgang Goethe, 1749-1832）等人，在遊歐之旅裡得到靈感與啓蒙的時候，羅斯金卻獨自面對了歷史上知識分子不曾遇見的騷擾：一群一群瞠目結舌的「包裹」，呃，「觀光客」，才忍不住大發雷霆，發出了上述的「羅斯金憤怒」。（羅斯金經驗的「潔白無瑕」也許與他難忍憤怒有點關係；請容我在此也轉述一個姑妄聽之的「佛洛依德式八卦」，有一位女史學家追索羅斯金與妻子不睦的歷史，她懷疑羅斯金從小研究純粹的美術史，看到的希臘美女都是潔白無瑕的形象，新婚之夜被妻子黑森森的陰毛嚇壞了，從此對眞實女體敬而遠之，失去了興趣。）

別忘了火車在羅斯金時代還是新生事物，一八三五年法國才架設第一條載運乘客的火車鐵路（一開始的鐵軌是給馬車的，不是給火車的）；一八四一年庫克第一次推出火車旅行團時，羅斯金已完成他的第一次歐洲之旅，但湯瑪士．庫克的業務一直要等到一八五一年倫敦舉行「水晶宮博覽會」（Crystal Palace Exposition）才爲大衆所熟知，此時羅斯金已完成他的威尼斯之旅三年了，他主要的旅行已經都結束了，他絲毫不需要（也不曾享受）火車帶來的方便。

對羅斯金時代的知識分子來說，黑色強大長長的火車，噴著煙與火，發出尖銳的汽笛聲，一面割劃開大地，闖入另一個目的地，這是破壞者的形象，絕不是「孤獨漫遊者」的舊旅行形象；旅行，本來應該是踽踽於途，應該是觀看、沉思與學習，不應該呼朋引伴和帶隊成團，更不應該是喧囂、發呆與顯示無知。

但比起來，來自民主的美利堅共和國的馬克．吐溫更像是有先見的人，他已經預見旅行的「民主化」了（大衆已經來了，他們也參加了旅行），和民主政治一樣，某種「庸俗化」也勢不可免，未來的旅行，你必須和一群嘻嘻哈哈的「土包子」（the innocents）一起進城或放洋，一起簇擁著觀看「威尼斯之石」或「紅磨坊之秀」，這已經是不可避免的「趨勢」（對不起，我曾經說不再提這兩個字，但這一次我談的是「過去」）。呼嘯而過的火車，和愈建愈遠的火車站，沒有理會羅斯金的憤怒，依舊一步步成爲旅行世界最重要的景觀。

我自己當然是「後旅行時代」誕生的世代，小時候，我們是看到火車就興奮的人，從來不知道有「羅斯金的憤怒」；那一列長長的、黑色的、強大的金屬火車，尖叫喘息地穿過山坡和田野，彷彿是一種巨大的能量，足以改變我們的世界與命運。我們忍不住拔腿狂奔，在田裡佯裝追逐著它，想跟著它離開熟悉到已無新意的家鄉，轉化場景來到某一個新世界，在那裡，一切夢想都要成眞，一切無聊苦悶的成長過程都要煙消雲散。

偶爾會有一些機會來到火車月台。有時候是接人，那個時代旅行是莊重而嚴重的，遠方的親友要來，你收到信時已經坐立難安，計畫著要如何盛情接待他們。第一件事，我們會買一張月台票，站在那個發車地名的牌子下，等待遠來者的現身；奇妙地，那個地名牌子永遠信守承諾，一列黑色長長的火車駛進車站，一定吐出一位你正在等待的人；或悲或喜，火車月台是一幕幕通俗劇上演的地方。

有時候，真的是輪到我們旅行，你心焦如焚地在月台上等待著，圓型大鐘好像動也不動，終於比平日更巨大的火車停在你面前，你擠了上去，找到座位；喀啦一聲，火車啓動了，搖搖晃晃出發了，你幾乎還清楚記得每一次不可抑止的興奮之情。這一切太不尋常了，空間是不尋常的，卡卻卡卻的行進聲音是不尋常的，倒退的景色是不尋常的，火車上的玻璃杯和茉莉香片是不尋常的，鐵路便當裡醬油色的排骨也是不尋常的；就是這些不尋常，對照平日生活千篇一律的家常性，陌生事物本身就有嘉年華的氣氛。火車旅行是歡樂的，不凡的，盛大的，讓我們憧憬嚮往的。

後來你真的遠離家鄉，也是靠一列長長的火車分開你和舊日的生活；如果你在異鄉受了挫折，像陳映真《夜行貨車》小說裡的主人翁一樣，你也仰賴一列火車把你回復舊日的安慰。火車就是「Switch」鍵，按一次變出一個世界，再按一次就恢復正常，直到火車從我們的生活淡出爲止。

出國旅行的時候，常常會想要選擇行經田野山崖的緩慢火車，那是一種時間的奢華，喀啦喀啦的行進聲記錄著時間的流逝，你內在生命也有一小部分正在流失；看著陌生國度的景觀，竟然常常看見舊夢裡的熟悉事物，多麼奇妙。你多麼希望這列火車的目的地是「過去」，回到你仍天眞無知的時候，但我們永遠在「現在」一站下車，繼續自己的旅程。

我也許應該向羅斯金說，別爲你未來的事生氣，它已經過去了。

1961

蛇

牠扭曲著身子，緩慢吃力地爬行著，渾身裹著溼泥，髒兮兮的醜東西。但我旁邊的同伴略帶撩撥地說：「你敢打牠嗎？」

那是一條疲乏困倦的蛇，而此刻正是深冬的一月；池塘放盡了水，不知如何把這條冬眠的水蛇給驚醒了，它鑽出藏身之處，艱難地、彎曲地爬走在池水枯竭的塘底溼土上，速度非常緩慢，好像是罹患了痴呆症，和牠平日狡獪迅速的形象完全不一樣。旁邊的鄰居小孩推推我，說：「嘿，蛇呢，你敢打牠嗎？」

一股熱血衝上我的腦門，我說：「當然敢。」我揀選了一根堅硬的樹枝，立刻往池塘走去。

這是我們家搬到鄉下的第二天，我剛剛才出門和其他田裡遊戲的鄰居小孩接觸，我介紹自己是北邊海港新來的「阿宏」，他們沒答腔，眼睛流露出對陌生地來客的不信任，其中一個小孩想用蛇來嚇我，我雖然從沒看過蛇這種扭曲的怪東西，但又怎麼可以示弱？何況再過三個月不到，我就要滿六歲了呢。我揀起樹枝，壯著膽說：「蛇？我當然敢打。」

我大跨步踩入池塘的溼泥，兩腳立刻陷了進去，拖鞋也黏陷在泥淖裡，第一步就受了狼狽的挫折，但我也不氣餒，顧不得拖鞋，赤著腳走近那條灰撲撲又已經疲憊不堪的蛇。我舉起樹枝，重重打在蛇的頭上，把牠打進泥土裡，但牠好像一點事也沒有，池塘底的泥土又溼又軟，受不了力；我心裡有點慌，拿起那根粗壯的樹枝，像下雨一樣，一下一下快速敲打著蛇的頭頸之處，我不知道自己打了多少下，總之，我的手也痠了，整條蛇陷在溼泥裡，上半截已經被我打扁了，牠躺在那裡，一動也不動了。

我丟下樹棍，揀起沾滿泥巴的拖鞋，走回到孩子群中，突然間，小孩子們的眼神有點不一樣，其中一位還主動把他的彈弓借給我。奮力打死一條蛇的我，已經地位不同了，你不但被鄰居小孩眞誠地接受，而且享有某種程度的尊敬。這是初抵農村的我，第一次與蛇的素面邂逅。

但很快地，我就會知道蛇是鄉下平常平凡的動物，你的生活周圍充滿了牠們的存在。大約春天三、四月間，牠們就開始現身了，我們會在草叢裡看到牠們蛻下的皮，乾乾扁扁，透明帶紋的，仍然保有主人原有的形狀和長度。從小鎮旁邊穿過的省道公路，夜晚是卡車載貨飛馳的重要幹道，但道路兩旁都還是綠油油的稻田；我們早上上學行經路旁，總會看到路上壓得扁平的好幾條蛇。這些蛇從一邊的稻田想走到另一邊的稻田（蛇為什麼要過馬路？也許是聽到其他蛇伴求偶的聲音，或者是青蛙的叫聲，青蛙是牠們的美食），在黑暗中穿越馬路的時候，牠們就被疾駛而過的卡車壓扁了。

不僅在蛻下的透明鱗皮或是在路上的扁平蛇屍，你意識到牠們的存在，活生生的牠們也是經常與我們相遇的。在田埂上、草叢裡，你聽到悉悉索索的聲音，然後你迅速瞥見一截游動閃過的蛇影，光滑而斑爛，即刻消失在草堆或石穴的遮蔽之中。牠們總是那麼安靜、敏捷、羞怯、詭異而神秘，很難為你片刻駐停，和你進行某種溝通交流，在自然界裡，你似乎無法和牠形成任何型態的關係，你只能選擇恨牠、嫌牠或怕牠。

而蜻蜓的數量不少，常常會相逢。特別在夏天，是小孩子們捕蜻蜓的季節，我們總是努力尋找稀少的品種，用不同的方法捉牠。最難捉的品種叫做雷公蜻蜓，那是一種有著黑黃相間條紋的大型蜻蜓，牠孤獨飛行，和蒼鷹一樣高傲，常常棲息在池塘中央的突出物，讓我們伸手難及，不得不求助於長竹竿，我們在竿頭沾上黏蠅板的黏劑，伸進池塘中央，把蜻蜓黏上。即使如此，雷公蜻蜓機靈警惕，不容易上手，通常只有在交媾的時候才會樂而忘形，讓我們一擒成雙，只是黏劑常常把獵物搞得一團糟，捉到時也不成形了。

而最容易到手的，是一種一掐就扁的大頭蜻蜓；清晨起來趕快到樹園子裡，與晶瑩露珠同時垂掛在樹葉上的，就是這些成千上百的大頭蜻蜓，牠們垂直掛在葉上還在入眠呢，你一手一隻，可以捉個幾十隻。雷公太難，大頭太簡單，我們大部分的興趣都在小蜻蜓身上；小蜻蜓形體像雷公，但是只有三分之一大小，顏色有黃、有藍、有紅，通常停在田邊的花草上；我們用手捉，我們在一隻停駐的蜻蜓旁站定身子，不要驚動它，一點一點挪動身體，並把手舉起，慢慢地靠近，每一個動作都要稍停片刻，讓警戒的蜻蜓習慣你的距離，直到距離夠近了，你的手迅即一揮，捏住牠的翅膀，你就捉到了。如果一擊不中，你跟著牠，等牠在另一株花草停下來，你再重複同樣的動作；捕小蜻蜓比的是耐性，ＥＱ不高的小孩是捉不到的。

但你不能指定蜻蜓停駐的地方，牠有時候停在路邊，方便你捕捉，有時候則陷進深草叢堆裡，你就感到追隨困難。有一次，一隻漂亮的黃色小蜻蜓飛進竹林裡，我跟進去，地上是厚厚一層枯竹葉，牠停在一個竹節上，我欺身向前，貼近牠，木頭人似地，一動也不動，舉起手慢慢靠近牠；這時候，竹葉裡悉悉索索的聲音響起來，我低頭看見一條草蛇正走到我的腳邊，樸素的黃綠斑紋，發著油光的色澤，牠似乎不覺我的存在，逕自從我光裸的腳背上游走過去。牠的腹部貼著我的皮膚，冰涼、滑溜、黏膩（其實蛇皮是乾爽的，不知爲什麼看著牠就給你一種有黏液的感覺），讓我背脊發涼，泛起一陣雞皮疙瘩，我一動也不敢動，那條越過皮膚的蛇彷彿有千尺長，時間的凍結也彷彿有千年之久。蛇走了，蜻蜓也飛了，我還僵在那裡不能動彈。

又有一次，我在田裡釣青蛙，天色已經轉黑了，我一面看著田裡的稻株之間的田水，搜索尋找肥碩的青蛙，一面把釣餌垂放在青蛙面前，一上一下地跳著誘引牠，終於青蛙撲上誘餌，我隨手把牠拉起來，不料卻拉起一條黑黑長長的東西，嚇得我把釣竿也扔了。可見青蛙咬餌的那一剎那，也正是水蛇撲上吞噬青蛙下半身的一剎那，我拉起青蛙，卻把咬著青蛙不放的水蛇也釣上來了。

我們平日在生活周邊遇見的蛇，大部分是平凡無毒的水蛇與草蛇，傳說中各種毒性最強的蛇，並不是常常可以看見。但有一次，我和幾個同學課後去溪谷遊玩，穿越一片翠綠竹林時，我們哼著歌，用竹子撥開密密的竹葉，我的同學突然大叫拉住我，我定神一看，一條青翠欲滴的青竹絲，嘶嘶吐著蛇信，就掛在我額前一尺處的竹枝上，如果沒有同伴抓住我，我已經一頭撞上去了。

小鎮街市倒是有兩家「毒蛇研究所」，有大量的鐵籠和玻璃罐子，前者關著懶洋洋的活蛇，後者則泡浸著各種罕見的毒蛇；名字叫做研究所，其實每天幹的是殺蛇煮蛇的勾當，老闆晚上就在店門口大聲推銷蛇膽、蛇血、蛇肉的進補價值，講著各種猥褻的笑話，暗示蛇食的壯陽功能。

街市的另一邊偶爾有流浪賣藥的江湖人物，他們帶著麵粉布袋，裝著隱隱蠕動的活物，一抖布袋，就摔出來兩條碩大的眼鏡蛇，扁平巨大的頸部鼓起來，直豎起身好像要攻擊人一樣，賣藝人有時還把蛇抓起來嚇嚇周圍的觀衆，然後才表演他們馴蛇的絕藝，並且推銷一種用蛇鞭製成的藥粉。爲了顯示蛇鞭神秘性能力的來源，賣藝人拉直蛇身，用力踩著蛇頭，大叫一聲：「給我死出來！」在蛇腹的中央，果然張開一個小口伸出一根勃起分叉的蛇鞭，賣藝人隨即發揮講出一番食鞭補鞭的道理來。

蛇對這位鄉下小孩的田野活動與街頭教育（以及性教育），都有著不可磨滅的印象與影響，這當然也是台灣已然消逝的生活之一。但二十年後，一位在紐約開餐館的香港友人把我帶到家裡，端出泡著三條黑白花紋百步蛇的玻璃大瓶，笑嘻嘻地說：「看，上好的三蛇酒，你敢喝嗎？」這口氣太像當年那位慫恿我打蛇的鄰居小孩。我硬著頭皮說：「當然敢。」酒倒出之後，我一飲而盡，除了心裡毛毛之外，其實是什麼滋味也沒有。

1962

木瓜先生

林老師是我小學一年級的老師，人們稱他「木瓜先生」。

木瓜先生的頭已經禿了，戴著一副圓框眼鏡，臉也是圓的，見到人總是瞇著眼點頭微笑，很親切也很可愛的老人。他的國語很不標準，帶著濃濃的台灣腔和用力過度的捲舌音；聽說在日據時代他是一位名師，日本政府還頒過獎給他，但他的國語卻是國民政府治理台灣以後才自修學習的。

木瓜先生是位木瓜專家，對木瓜的種植與應用有許多發明與發現，後來我又發現他也是鳳梨專家、山梨專家，以及很多農產品的專家；也難怪，他是個鄉村農夫，也是讀了書的知識分子，又被時代閉鎖在一個四面環山的小鎮，除了在自己的後院和田裡，他還能研究些什麼呢？

但他顯然是樂在其中的，每隔幾個星期，他就會在升旗典禮過後，對全校小朋友演講他的研究新發現，譬如「木瓜與牛肉同燉，可使牛肉熟軟的時間減少一半」。在這個過程中，總有幾位小朋友在冗長的演講裡被太陽曬得不支昏倒，但多數家裡種田務農的學生都嚇了一跳，牛不是家裡一起耕作的親人嗎？怎麼能煮來吃呢？我自己也一直到長了很大才突然想起來，加了木瓜的牛肉，煮出來的味道怎麼樣呢？

我會成爲木瓜先生的學生也是一個意外。

上小學第一天，我跟著姊姊到學校註冊，要上學了當然是既興奮又緊張，但第一天沒什麼特別印象，只是被一些老師呼來喚去，分到教室班級，也領到新書包和新課本，早早就放學了。下午，我又找了隔壁的玩伴一起去釣青蛙；釣青蛙是我們鄉下小孩的重要娛樂，你需要一根竹竿，綁一條線（偷媽媽針線盒裡的線就可以了），線頭再綁一截蚯蚓，走到田裡，眼睛瞪大尋找你的獵物。當你發現一隻肥碩的青蛙時，你的行動要更加安靜小心，把竹竿伸出去，將蚯蚓的餌放在青蛙面前約二十公分，然後眞正的技巧來了，你用手腕讓竹竿輕輕一上一下地跳動，餌就在青蛙眼前晃動，當青蛙受不了誘惑，跳上前咬住餌時，你把竹竿一拉，立刻把青蛙甩進準備好的塑膠袋裡，這樣就成了。

我是一個鄉下釣青蛙的少年好手，不到一小時，共用的塑膠袋裡已經裝滿了我們兩個人釣來的青蛙，我們可以回家了，但袋子裡的青蛙要怎麼分？我覺得我釣的多得多，應該要多分一些，玩伴覺得應該一人一半才公平，兩個人就吵起來了。吵不過我的鄰居小孩生氣了，用力推了我一把，我頭下腳上跌到田裡頭，整個臉埋進了爛泥裡；旁邊的大小孩跑過來七手八腳把我從田裡救起來，有一位小孩大叫：「頭上流血了！」

我被扶到家裡，滿頭滿臉的泥，身上大概也全髒了，媽媽一面生氣，一面打來一桶水幫我洗臉，但我的頭才放進臉盆，臉盆的水全紅了。額頭上有一個傷口，泥巴洗去後，鮮血像噴泉一樣湧出來，媽媽也慌了，抱起我往外跑，鄰居的大哥哥也衝過來：「來，快送去診所。」在稻田旁邊，媽媽又攔住一輛鐵牛車，駕車的農夫看到那泉湧的血也嚇壞了：「怎麼會傷成這樣？」鐵牛車一面噗噗噗衝往大街上的診所，抱著我的鄰家大哥胸口全染紅了。進了診所，大叫醫生救人，護士說醫生在睡午覺，我去叫他；媽媽急得在診所裡東翻西找，想找止血的藥，找了一種藥膏塗上去，血像受到刺激一樣，啪啦啪啦湧得更凶。這時候，穿著白衣的醫生大跨步跑回來了，揮手把媽媽趕到一邊，一面問，旁邊的人七嘴八舌地回答，醫生不慌不忙，先剪開已經被血染濕的汗衫和褲子，清洗，止血，然後用一種東西在我傷口上釘釘釘，我覺得頭愈來愈昏，天色也愈來愈暗，我張不開眼，但感覺得到診療室窗外擠滿了觀看的人。

我快睡著了，聽到醫生和媽媽說話：「傷到動脈……縫了三針……血流太多……先帶回家……看行不行……可能腦部會受損……。」媽媽則是抽泣低應的聲音，我昏沉沉地睡去了。

我「睡」了幾十個小時，我聽到家裡所有的聲音、進行中的所有事情，也聽到所有家人對我的事件的討論，以及鄰居來探望慰問的過程，但我沒有力氣睜開眼睛，也沒有力氣說話。再醒來的時候，已經不知道過了多久，看到媽媽欣喜的表情，我覺得餓了，我知道我活過來了。

接下來的十幾天，我都待在家裡，每隔兩天就去診所換藥，但我覺得太無聊了，所有的小孩都在上學，只有我一個人在家看著新書包和新課本。我要媽媽讓我去上學，媽媽說：「不行不行，你傷還沒好。」一次在診所，我聽到媽媽在隔房輕聲問醫生上學的事，醫生說：「晚一年上學也沒關係吧，他的頭殼有沒壞掉要再看一看。」回家的路上，媽媽牽著我一言不發。

但我太想上學了，新書包還沒用過呢，我內心有了一些勇敢的決定。第二天早上，趁著媽媽上菜市場，我背上書包自己一個人走到學校去，已經九點多了，校園裡空無一人，每一間教室都傳出上課朗誦的整齊童聲，間歇傳出老師不同腔調的解說聲。我的教室在哪裡？我完全不認得兩個星期前分配的教室，我一間一間去探望，學生們都回頭看我，太奇怪了，這個在窗口張望的小孩沒有穿制服，頭上一層層纏著白紗布，卻背著學校的書包，教室裡的老師轉頭瞪著我，我趕緊換到下一間教室；直到來到一間教室，小孩看來和我一樣小，禿頭的老師講課停下來，笑瞇瞇慈祥看著我，教室中還有一個空位，我走了進去，走到空位坐下來，老師沒問什麼，好像一切都在他了解之中，他走過來摸摸我的頭，叫我找出課本，看〈小花狗玩皮球〉一課。

過了一會兒，一個遲到的流著鼻涕的小男孩匆忙走進來，到了我旁邊說：「這是我的位子。」然後一面扯著我，一面放聲大哭。這個時候，媽媽也趕到教室外了。我不肯還座位給那位哭泣的小孩，也不肯理會媽媽嚴厲示意的眼神，圓臉老師堆滿笑容走出去和母親討論，我只聽見老師說：「他愛唸就讓他唸唸看，跟不上我們再想辦法。」

媽媽終於走了，老師去搬了另一張課桌椅來，讓那位遲到的小孩坐在後面，他繼續上課。這位圓臉老師太好玩了，他把每一課課文都編成歌曲，一面彈風琴一面教，我聽一遍就把課文都記下來了；他又回頭複習前面的課，又唱了好幾首歌，也許是刻意讓我跟上。下一堂課，他說我們學校要做一點測驗，大家放心考試，不要害怕。考卷發到我的時候，他笑著對我說：「不會就空著，沒關係呀。」我拿著生平看到的第一張考卷，發現上面說的我都能明白，我跟著畫了一個個圓圈和三角形（我們還沒教到寫字）、直線和斜線，很快就寫完了。

第二天，媽媽帶我去上學，站在教室外和老師商量，林老師摸著我包著紗布的頭說：「他沒問題，他昨天考第一名，我要給他當班長。」媽媽放心地走了，看起來這個小孩並沒有受到腦部的傷害。林老師喜歡這位聰明又愛上課的小孩，他下了課找我去他辦公室，給我一個梨，說：「吃吃看，我自己種的。」

老師常常在學校裡巡視每一棵樹，我們才聽其他老師說他是「木瓜先生」。他最喜歡每學期學校辦的農品展，家裡種田的學生都要把家裡最好的農產品帶來，你會看到兩公尺長像長板凳一樣大的冬瓜，可是白蘿蔔卻像冬瓜一樣大，而茄子又大得像條蘿蔔，豌豆莢卻長得像茄子那麼大，那些平常功課不好的農村小孩今天充滿了驕傲，因爲他們家的高麗菜最大株。

老師喜歡帶著我在農品展裡東轉西逛，品頭論足，和學生的農民家長討論種植的方法。他也帶我回他的農家，看他的農業實驗（把梨樹的花從這裡接枝到那裡，他會拿著花對我說：「看，這就是頭狀花序。」），我坐在他的摩托車後座，他昂首挺胸，直直地往前開，路過一畝畝農田，兩旁工作中的農夫都從田裡站起來向他鞠躬，他也略微點頭表示回禮，大家都尊敬他，因爲他能解決所有田裡發生的問題。

我從摩托車後座環腰抱住他，覺得非常驕傲，這是我的有學問的老師，我長大要像他一樣。

1962

張望者

天色才剛有一點點亮，天空大部分還是沉重的墨藍色，但遠方已有一抹發光帶白的淺藍色。從窗戶看出去，前方那一條白晝車流如水的省道公路，現在還是一片死寂；道路兩旁的路燈還亮著，橙黃的燈光打在一棵棵的街樹上，把部分樹葉照耀成艷麗的黃綠色，卻把另一些暗處的樹葉對比成墨紫色。掛在塗著瀝青的電線桿木的街燈，橙黃燈泡光暈的周邊，白茫茫散著一片霧氣，好像有人漫天灑著細細的水珠一般。

六歲的小孩，當時的我，坐在窗台之前，隔著紗窗，正安靜地盯著遠方張望，看著因為天亮而逐漸甦醒的世界。他看著那一條沉默的道路，知道暗淡的街道很快地將會變得鮮活起來，一開始極可能是一輛摩托車，一位帶著口罩穿著雨鞋的男子，載著切成對半的豬身，豬皮上印滿紫藍色的稅章，快速往南投方向駛去；不久之後將會有第二輛摩托車，載著另一半豬身疾駛而過，然後是第三輛、第四輛、第五輛、第六輛，中間或許穿插著轟隆隆的卡車，摩托車有時候總共是八輛，或是十二輛，有時候甚至是二十輛，我不曾數過更多。

載運溫體豬肉的屠夫們總是匆匆忙忙，他們從街那一頭的屠宰場出發，趕著把新鮮的豬肉送到鄰近村里的菜市場；屠宰場清晨三、四點鐘就開始忙了，夜裡頭豬隻發出淒厲的巨大哀號，幾乎整個村子都聽見了。奇怪的是我們這些小孩從未因此感到同情或哀傷，如果夜裡一片安靜，不聞豬隻的哭泣，反而意味著那是每月兩次禁屠的日子，第二天我們將無肉可買，那才是令人感到失落的事。如果我五點鐘天未亮陪著父親外出散步，就能看到屠夫們和父親用日文或台語打著招呼，他們正在清洗透著黝黑的石頭地板（已經看不出不久前殺戮的痕跡）；旁邊放著好幾桶冒著煙的熱水，裡頭有著一塊塊顏色仍舊艷紅的豬血，那是最新鮮好吃的豬血，這個時候直接向屠夫洽買豬血，一塊錢就能有臉盆大小的一大塊。

載著豬肉的摩托車總是街道醒轉的序曲，然後就是賣菜的。先是一輛腳踏車的吱哇聲響，熟悉的賣菜農人叫著，白菜喔、蕹菜喔、波菱仔菜喔；鄰居有人會應聲說：「賣菜的，這一邊。」他就會緩緩把腳踏車騎過去，腳踏車前端掛著兩個籃子，後面還載著一個竹簍子，裡面塞滿了早上剛摘下來的青翠綠菜，灑在菜身上的水，像是晶瑩的淚珠。有時候叫住他的，就是在廚房裡忙碌的母親，我就會在窗前看見媽媽走出去，和賣菜的農人議論價格，通常她會多得到一點善意的回應，一把青蔥、一塊嫩薑，或者幾支紅紅的辣椒。

腳踏車離去之後，另一位挑著擔子賣菜的人也將出現，他也是叫喊著，韭菜、豆菜、高麗菜，他的聲音宏亮短促，不像腳踏車賣菜的那樣拖長了尾音。他的菜園離我的學校不遠，如果我們錯過早上叫賣的他，母親就要我放學後去他田裡買一個高麗菜，他會要我在田裡一畦畦高麗菜中自己挑一株，然後用一把銳利的小鐮刀，輕輕在高麗菜底部劃一下，一棵碩大肥美的高麗菜就讓我抱在懷裡了。

賣菜人的聲音遠了，另一個充滿韻律的叫聲又從街角傳來了：「包子饅頭，包子饅頭。」饅頭的尾音先拉長再往下降，好像唱歌一樣。那是北方的外省口音，一位長得圓滾滾的穿汗衫老兵，騎著腳踏車，背後載著一個大簍子，買饅頭的時候，他吃力地把車停好，笑呵呵地掀開簍子裡一層又一層的厚厚棉布，最後一層是還帶著溼氣的白巾，再翻開，露出熱騰騰白胖誘人的饅頭和包子。鄰居的三姑六婆總愛逗他：「胖子，多給我兩個包子，我替你做媒，讓你娶某。」胖子無力招架，只能呵呵陪著傻笑。

然後是賣餅的來了，腳踏車背後載著的是一個圓形平扁的竹籃，他叫著：「豆標、豆標，燒的豆標。」豆標是一種簡單的大餅，做成圓圓一大個，再切成一片片三角形，有的是芝麻餡，有的油酥餡，現在不太看得到了。豆標不是生活必需品，通常街坊的反應比較冷淡，常常寂寞地轉了一圈就走了，我沒有看過母親向他買過東西。

這時候公路上的腳踏車、摩托車、卡車、客運車都開始忙碌起來，喧雜交錯的聲音與車影讓我無法集中注意某一個對象；天色不知何時已經從藍色轉成金黃，地面上有著金黃色澤的反光，路燈也已經悄悄熄滅了，在我身後家裡的餐廳和廚房，也開始乒乒乓乓響起了匆忙準備的聲音，那是哥哥姊姊們上學前的紛亂，這時候我知道，一天又要開始了。

童年的早上，好像都是這樣開始的。窗戶後面的我，彷彿是一個不動的沉默塑像或觀影者，窗戶外面則是一場每天固定上演的彩色影片，窗框是它的大銀幕。這個小孩常常每一天呆坐兩個小時，看著天色的流轉與人事的流轉。他看見賣菜的人每天來，有時候他們沒出現，他們的太太或小孩代替出來賣菜，那表示他生病了，或者到遠方探親去了；如果他們從此不再出現，他可能是死了或者是搬走了。窗戶是這個小孩了解世界的唯一線索。

坐在窗口他會看見，日常生活的例行儀式，買菜或者討價。但也會看見鄰里偶然的喧嘩爭吵，從吵架的內容你會知道那是關乎婚姻出軌或者是財產爭執，有時候，一位冤屈的婦人會對著街頭大聲哭訴丈夫的暴力與不貞；或者，對吵的兩人會在街頭相互斥責陳述，並且要鄰居評評理，多半鄰人都會善意地勸阻，沒有人打算辨別是非，因爲兩天之後這些爭吵將會變得不曾發生一樣。

坐在窗口他會看見，廣場裡來的走藝團，他們穿著戲服演《甘羅拜相》，一連演兩個星期，每演完一段，穿著戲服的演員就會開始向四周的觀眾兜售一種可以治百病的藥；戲團女子扮起男裝來俊美之極，有時候他眞想追隨她們到天涯海角，但這些戲團及其成員總在某一天醒來就消失了蹤影。但你也不必太難過，再過幾天半個月，總有另一個歌舞戲團，會敲鑼打鼓再度來到廣場，帶來輕歌熱舞或另一齣戲碼。

坐在窗口他也會看見，某一位街坊老人身後的葬禮，那位村裡智障的憨春仔一定走在送葬儀隊的最前端，拿著一枝長長綁白布的細竹竿，興高采烈地大步走著；等憨春仔笑嘻嘻拿著紅包從墳地回來，鄰居就會嘲笑他：「憨春仔，你今天第一名喔，可以娶某囉。」憨春仔也以爲是讚美，羞紅了臉，但笑得樂不可支，村人也覺得這是永不疲乏的笑話，樂得一再地重覆。

坐在窗口他會看見這些人生的重覆，以及它的荒謬與無關緊要，如果他坐得再久一點，譬如說一、兩百年，他或許也可以看到朝代的更替，和歷史的興衰，也一樣是荒謬重覆和無關緊要。

但他更常看見的，是鄰居小孩放鴿子的景觀。在每天傍晚時分，鄰居小孩總是準時爬上屋頂打開鴿籠，一群二十幾隻的鴿子立刻振翅飛出去，啪啦啪啦的聲響加上小孩吆喝的聲音；

小孩吆喝是要指揮鴿群的方向，鴿子在空中盤旋，聽著聲音整齊地轉向。遠方也有人在放飛鴿子，另一群鴿子盤據了天空的另一角，我也會聽到傳來的吆斥之聲；兩群鴿子有時候會飛得很靠近，鴿子主子就會發出警告的叫聲，禁止牠們混在一起，因爲混合的鴿群會帶走一些迷糊跟錯群的鴿子。那些盤旋的鴿群像是在黃昏的金色天空中飛舞的黑點，牠們慢慢模糊了形體，只剩下一幅定格的畫面。

這些畫面的意義不明，如今只是他生命中失去的諸多事物的一件。本來他是一位無知的張望者，他坐在窗後靜止不動，世界在他眼前流轉飛揚；如今他自己變成了旋轉不止的陀螺，而世界在一旁冷冷看著他，一動也不動。

1964

我爸爸的恐龍

我有一位管理資料井井有條的姊姊，她把讀過的每一天報紙都按日期整整齊齊地疊起來；我在小學三年級的時候無意中發現了這一堆蒙塵的寶藏，開始就在課餘依日期一張一張讀了起來。最先讀到的是高陽的連載小說，他最早的歷史小說《少年遊》、《荊軻》，都藏在這一堆一九五〇、六〇年代交替的舊報紙裡，當時帶給我的閱讀悸動，現在回想起來，恐怕是比他後來細節豐富、結構鬆散的小說要強烈得太多。

但這一堆舊報紙裡的材料還不只是這樣，我在裡頭看到迷人的「林叔叔講故事」欄目，讀到美國扭扭舞以及迷你裙流行的消息，看到〇〇七詹姆士．龐德的〈你只能活兩次〉的漫畫連載，以及合唱團披頭四風靡全球的報導；這些不該在我的年齡讀到的舊聞與故事，流連在我的腦中，我後來也無法分辨哪些是當時報紙讀到的新事，哪些是我在下午不上課的時光瀏覽舊報紙所得，我的年紀突然往回延伸了五、六歲，我記得許多「從前」的事，這使我在同輩中成爲最神秘而古老的人。

在那個閱讀材料匱乏的年代，我飢渴而靈敏地撲向每一種可以滿足心智追求的片紙隻字；但如果在那一堆報紙之中，偶爾缺了一天，連續的故事出現了一段迷失的環節，可以想像它如何困惑這位剛剛開啓閱讀之門的小孩。他常常在入睡前苦苦思索那片失去的段落，想像它的各種可能，像是推理又更像是幻想，他必須使自己相信其中一種推想，但他也許一輩子沒辦法知道眞正的原貌是什麼，想到這裡他有時感到超出年紀的哀傷，甚至動搖了童眞。

除了一個意外的例外……。

有一次，我無意中找到一張舊的《國語日報》，這是常有的事，它可能是包裝紙、可能摺疊起來墊在桌腳，或者任何舊報紙可能有的用途。我沒有注意它的日期和我發現時的關係，但一張插圖牢牢吸住我的眼光，那是一隻有著斑馬條紋的可愛恐龍，有著胖嘟嘟的身材和一條長長的尾巴，頭上有一隻獨角獸式的角，最令人嚮往的，牠的背上還有一對小小的翅膀；我攫住報紙，故事的名字叫做〈我爸爸的恐龍〉，又是一個懸疑而引人入勝的標題，屋外正淅瀝淅瀝下著夏日的午後雨，我，那個小孩，就津津有味地讀了起來。

故事裡說有一個小孩，在下雨的街上撿回來一隻溼透了的老貓，他把牠藏在地下室，給牠烤火取暖，也給牠喝牛奶，但母親回來發現後大發雷霆，告誡小孩決不可以把街上的野貓帶回家。小孩只好失望地把貓送出去，他爲大人們的不禮貌向貓道歉，兩「人」在公園裡遊蕩，交換一些可以安撫心情的想法，老貓問起小孩的心願，小孩說他想要擁有一架飛機，可以飛到世界任何一個地方。貓說牠沒辦法爲他找到一架飛機，但牠知道有一隻會飛的龍，被鎖在一個小島上做渡河的奴隸，如果小孩可以去救牠出來，牠就可以成爲他的飛機。小孩在夜晚就收拾他的各種寶貝家當，離家出走，藏身在貨船之中，前往小島去救恐龍了。

故事愈來愈精彩，重要的情節也正要展開，但這是個連載的故事，當天只寫到這裡，底下是「待續」的字樣。可憐的鄉下小孩去哪裡找到這張舊報紙的待續？這是他各式各樣沒頭沒尾的閱讀邂逅之一，但卻是讓他最傷心的一個，因爲他太喜歡這個故事了，喜歡那隻老氣橫秋的野貓，更無端爲那隻根本還沒出場的飛行小恐龍著迷；他爲這個故事輾轉反側，夜裡瞪大了眼睛，那個小孩究竟如何抵達小島找到恐龍，又如何救牠出來呢？

一個晚上接一個晚上不停地追索想像，然後就稀疏了，偶爾他還想到這個未能完成的故事，但是其他的新鮮事物漸漸蓋住舊的遺憾，更重要的，他長大了，他有新的事物要煩惱，然後他就慢慢忘了，完全忘了。

三十年後，躺在他身旁的三歲小孩不肯睡，堅持說：「還要講一個故事。」他突然想起那隻胖嘟嘟有著斑馬條紋的可愛恐龍，他說：「爸爸有一個好聽的恐龍故事，可是只有開頭，沒有結尾，你要聽嗎？」

「恐龍故事？——要。」

他就開始搜索記憶枯腸，講了起來，但講講，講得太長了，他自己都覺得有點疑心，而且說到最後，竟然是一個有頭有尾完整的故事（小孩在島上找到恐龍，避開壞人救了牠，帶回去藏在家裡、藏在學校、藏在公園，一直到牠長得太大完全藏不住，被鎮上的人發現了，可是恐龍可以做很多事，也被大家接受了）。故事說完了，小孩睡著了，昔日閱讀的小孩如今困惑的爸爸卻沒有睡著，他在想這是怎麼回事。沉沉睡去之前，他得到一個結論，當年太喜歡這個偶然相遇而殘缺不全的故事，他小小的腦袋已經一次又一次把故事修補起來，現在它是一個完整的故事，但哪些是原來的故事，哪些是後來自己編的故事，已經分不清了。

記憶可以是這麼騙人的東西，你發現它已悄悄依你的需要做了假，但你卻找不出中間編造的界限與痕跡，如果你發現記憶的一個謊言，你就開始擔憂，會不會自己眞實的一生都是依自己的喜愛編造的，那些美好的記憶有多少是眞實的？所幸人生太勞累也太紛雜，並不適合這類本體論的思考，你上班開了兩天頭昏眼花的業務會議，對人生大問題也就不著急了。

三年後，他來到日本青山的「蠟筆屋書店」為長得更大的小孩尋找一些兒童讀物；在一張桌子面前，他感到呼吸急促，他見到睽違三十多年的形象，一隻胖嘟嘟帶翅膀的小恐龍，被一個小孩親暱地擁抱著，牠和當年不同的是：牠是彩色的，黃藍條紋相間。我心中那個小男孩蘇醒過來，我曾在夢中多次為牠著色，但我從來沒有想過這樣的顏色，牠是熟悉的，但也是陌生的。

與其說是為小孩買下那個系列三本書，不如說是買給失去童年的自己。現在我知道故事的創造者，叫做露絲·史提兒絲·賈納特（Ruth Stiles Gannett），繪製可愛圖畫的則是她的繼母露絲·克麗絲曼·賈納特（Ruth Chrisman Gannett），三本書分別出版在一九四八到五一年間，第一本名字就叫《我爸爸的恐龍》（My Father's Dragon, 1948）。

我打開來，第一段就是我熟悉的雨中遇貓的故事，一直到小孩離家出走為止，故事和記憶都一模一樣，彷彿是昨天讀過的書。但小孩上了小島，故事就和記憶完全不同了，插圖也是從來沒見過的。

我把三本書帶回家，重新講給小孩聽，他有點困惑：「為什麼和你以前說的不一樣？」我解釋我從前並沒有讀到全部，後面是我自己編的。「自己編的？」他還在試圖理解這件事，卻好意地安慰我說：「但你的比較好聽。」

　　順便一提，又過了幾年，聯經出版了這三本書，給牠一個可愛的名字叫「泡泡龍」；我和小孩一樣，覺得「原來的」名字比較好聽，而且有點生氣，爲什麼他們三十六年前不做這件事？

1967

穿山小孩

到了下午五點鐘，天光還亮得像正午一樣，我們全班都還留在學校裡，心不甘情不願地上著輔導課，但是老師並沒有忘記一位特別的學生，他把粉筆捏在手心裡，指著坐在我前座的小孩：「廖俊傑，你要準備了。」

銅色皮膚閃閃發亮的廖，服從地點點頭，他站了起來，從抽屜拿出外套、雨衣、雨靴，甚至還有手套，慢條斯理一件一件穿了上去，他一面還偷偷和後座的我擠眉弄眼，打個明天見的暗號手勢，等他全身披掛完畢，他的額頭已經熱出汗來。在這樣的熱天裡，他包裹得像個粽子似的，手上還拿著一個巨大的手電筒，好像要進入深山一樣。

但這卻是實際的情況，他的確是預備進入深山；他的家要越過學校後面的一座山，走一個半鐘頭的山路才能到達。這時候是夏天，他得五點鐘離開學校，趕在天全黑以前回到家，山路上是完全沒有燈光的，他家裡也沒有自來水和電力，這是他帶著大型手電筒的原因。到了冬天，天暗得更早，他上課上到四點半，老師就要催他走了。

當他穿成一個全身綑紮的鐵甲武士，背起沉重的書包，拎起他巨大的飯盒袋；老師就會說：「你們要和廖同學說什麼？」

我們朗聲齊唱：「廖—俊—傑—再—見！」

每一天都是這樣，皮膚黝黑、個子矮小的鐵甲武士，就在教室門口和我們揮手告別。我們不知道他的山路有多崎嶇難行，也不能想像他這麼小的年齡，要如何鼓起勇氣獨自穿過那片幽暗樹林，我們只知道他可以比我們早一小時下課，只要想到這一點，我們心裡就充滿了怨恨和羨慕。

廖坐在我前面，他的功課不太好，常常上課時會回過頭來問我問題，害得我有時候會和他一起因爲上課說話被罰站或罰跪，手心吃籐條竹鞭也是常有的事。他家裡沒有電，晚上在家沒辦法寫作業，他總是早上第一位到學校（他說他四點半就出門了），他先到老師的宿舍去拿教室的鑰匙開門，然後孤單地坐在教室裡等其他同學上學。第一位到達學校的學生常常是我，我並不是用功，我是爲了捉清晨的大頭蜻蜓而提早來到學校（牠們還傻乎乎在樹上睡覺呢）。這時候，廖就會問我功課該怎麼做，他是我最要好的朋友，雖然有點笨，我總是不厭其煩地幫他把功課做好，並且分給他幾隻大頭蜻蜓。

廖的家裡種植果樹（台灣人稱爲「種山」），夏天來了，總是某一天，他會把書包翻過來，掏出一堆梨子，說：「這個給你。」但他又加了一句：「剛剛出來，很酸，要再過一個月才有甜的。」然後是另外的某一天，他用布袋裝滿荔枝，塞到我的抽屜，還是同樣的一句話：「這個給你。」書包或布袋裡翻出來的，順應季節的變化，還會有梅子、李子、桃子、棗子、枇杷、香蕉、橘子、芭樂，以及我們兩個人都最愛的芒果。

他每一天要背一個大書包和兩個飯盒，還要穿越樹林的全副武裝，重量已經不輕，但他還是常常再背上沉沉一袋水果要給我，多得好像不知道數量和重量。我內心知道他是我的兄弟，這個時候，汗珠從他額頭滴流到脖子，他赤銅色的皮膚在陽光下閃閃發亮，他把布袋遞給我，瞇著眼傻笑說：「這個給你。」我還能說什麼？他眞的是我的兄弟，我應該教他更多功課，不要讓他常常被老師打，站在他這邊，不讓其他同學或女生嘲笑他。我們已經小學五年級了，我內心第一次感覺到血氣澎湃的男性友誼。

但事實上，多半時候是他保護了我。有一次，我因爲什麼事惹到了隔壁六年級班的兩位小太保，下了課，兩位惡煞般的大個子把我叫出了教室，來到不遠處的鳳凰木樹蔭下。同學們都嚇壞了，忘了去叫老師，女生甚至已經哭了起來，我咬牙挺著胸，準備捱過一陣拳腳的衝撞。

突然間廖走了過來，兩眼露出凶光，他臉上的肌肉激動地漲鼓起來，顎關節卡啦卡啦作響，走到鳳凰木下，本來就不善說話的他現在更說不清楚，他大叫說：「你們不可以……。」用力扳著樹幹，嘩啦一聲，一根粗如象腿的樹幹被硬生生拉斷了，兩位高年級學生互看了一眼，嘴裡恨聲不絕地說：「你們好膽不要走。」一面卻掉頭走遠了。

我們默默回到教室，廖還激動得說不出話來，我也心虛地不知該說什麼好。老師上課回到教室，看到教室外如颱風肆虐過後的樹木殘局，大吃一驚，怒問是誰做的好事，我們兩個毫不猶豫都舉了手（我希望他不要被罰，他想的也一樣）；我們都挨了一頓棍子和斥責，又被叫到走廊上罰站，很奇怪地，我們都覺得手心並不如平日疼痛。

春天裡的有一天，廖突然對我說：「禮拜天要不要到我家玩？」

我想像穿過樹林和越過山頭的遙遠地方，不知道那種滋味是怎麼樣的，我感到有些興奮，但也只是淡淡回答：「好呀。」

他認眞想了一會兒，說：「那天早上七點鐘，我到學校來接你。」這表示他五點多鐘就得從家裡出門，也意味著他得一口氣走兩趟山路。

我也點點頭，沒說什麼。

星期天到了，我找了一個藉口溜出家門，七點鐘來到學校。星期天早上的校園空蕩蕩的，沒有一個人影；大頭蜻蜓倒是都已經起來了，正成群低空盤旋在操場的天空上。不一會兒，廖來了，和平日上學一樣，他仍然穿著全身披掛的雨衣、雨靴，手裡拿著大型手電筒，身上濕漉漉的，頭上也都是汗，好像剛穿過瀑布底下一樣。

我們點點頭，他把雨衣脫下，說：「這個大概不用了。」他把雨衣和手電筒都收進袋子裡，然後說：「我們走吧。」

我們從學校後門走進農田，穿越一片農莊，就開始進入山區了。山路其實還蠻寬敞，坡度也並不陡，濃密的雜樹林遮蔽了陽光，加上山上涼風習習，我們走得很舒暢。路過溪澗的時候，清澈湍急的溪水在石頭上跳躍，發出琤琮的聲音，水邊常常有白色的水芭蕉，也一定有美麗的蝴蝶和蜻蜓飛舞著。我們都沒說話，沉默地走在山路中。

約莫過了四十五分鐘，我們走到靠近山頂的一座山神廟，在廟口的奉茶處喝了一點水，這是我曾經冒險過的文明盡頭了。廖瞇眼笑著說：「已經一半了，再走一個鐘頭就到了。」再走一段林中路，我們就走到山頭了，從山頂上我們可以看見遠方住家、街道、學校的操場，以及附近一畝一畝的菸葉田。

過了山頂，視野變得開闊，我們走的路逐漸平緩起來，周邊的樹木突然都變矮了，而且整整齊齊，有的樹枝甚至有鐵絲固定。廖指著那一片平整的林子說：「這是梨子樹，我們家種的。」

再走一段路，樹木變得彎曲多節，那是另一片不同的果樹林，廖帶我走進林子裡，他說：「這是梅子，現在應該有長出來。」熟練地在林中鑽來鑽去，他停在一棵樹前面，指著樹上：「你看。」

我看過去，果然是滿枝結實纍纍的綠色梅子，顏色和剛長出的嫩葉一樣，不仔細看分不清楚。廖折下一個小樹枝，枝頭上肥滿的梅子約莫有十幾個，他摘下一個遞給我：「可以吃。」我咬了一口，來不及聽他的警告：「很酸，這是用來醃的，也有做酒。」

我們一片林子、一片林子看過去，到他家的時候已經快中午了；房子是低矮的土厝，屋外堆滿了木柴。我們在屋外看到他的父親，瘦削黝黑，滿臉哀戚，他正埋頭修理一張竹椅，廖走上前，嚅嚅說：「同學，來家裡玩。」廖的父親抬起頭，眼睛看了我一眼，彷彿什麼事也不曾發生，說：「帶他去吃飯。」

我們兩個人如獲大赦，廖帶我穿到屋子後方的廚房，熱騰騰的菜飯已經擺在餐桌上，他用大碗公裝了兩碗飯，挾了一大堆菜放在飯上面，我們就端著大碗公到屋後的樹林裡吃。我們坐在石頭上，廖家養的雞、鴨和火雞就在我們旁邊走來走去；菜很香，有筍子，有高麗菜，有韭菜花，還有豆乾，走了一早上山路，我們都餓了。

廖說種山不好做，父親種了很多年都賠錢，想要到南部養鴨子，可能不久就會決定。我意識到這可能是我們最後一次這樣相處，以後我們可能會再難相見，眼睛突然就熱脹起來。

1968

後車站

火車不到小鎮已經好多年了，雖然小鎮近郊還看得見大片大片的甘蔗田，但收購甘蔗製糖的台糖會社支局已經關閉了，運輸甘蔗兼載運人客的燒煤火車也就停駛了，只留下一座相貌端莊雅致卻已冷落廢棄的木建築火車站，站前的圓型大鐘永遠停在一點四十五分，還有一截一截埋在荒涼野草堆裡，蛇一般神出鬼沒的黑色鐵軌。

如今小鎮的對外交通仰賴汽車客運，鎮上的東邊和西邊各有一個巴士站。靠西市街中心新建雙層水泥的是公路局車站，地面是黑得發亮的新鋪瀝青，簇新的建物有著省主席黃杰的金色題字，通往許多大城市的車子都從這裡發車；東邊鎮緣綠色鐵皮屋的是員林客運，鐵架已經黝黑鏽蝕，候車處未鋪水泥，車輛迴車時總是一陣塵土飛揚，通向各處窮鄉僻壤的車子則大多從這裡發車。

我，一個小鎮上無處可去的小孩，午後的冗長時光特別難熬，街上散發午睡的昏沉氣息，小店的老闆娘躺在竹椅上打瞌睡，椅邊的收音機傳出歌仔戲的鑼鼓點與六字仔哭腔，成群蒼蠅則在老闆娘的醃芭樂上盤旋。我能做些什麼？家裡的幾本書已經翻爛了，玩伴有的放牛，有的下田，有的不見蹤影，上街閒逛十分鐘就已經來到小城的盡頭，東逛西轉，你終究不得不回到小城裡一切的中心：公路局車站。

即使是昏昏欲睡的夏日午後，車站永遠比其他地方活絡得多；販賣小食的攤販仍舊賣力地叫喊著，鎮上僅有的兩輛計程車也打開車門等著客人，行色匆匆的乘客們不免帶著些風塵，神情戚苦的母親用包袱巾背著娃娃，公務員模樣的外省男子提著棕色皮包，膚色深黝的農夫扁擔肩著兩籠子大公雞，兩個穿汗衫拖鞋的小孩在候車室吆喝鬥著竹劍。還有我，昔日那位無處可去的十歲男孩，在一旁繞著車站東張西望。

車站，多麼奇妙的地方，那是想像力的延伸之地，站裡的牌子寫著一個一個誘人的地名，台中、桃園、新竹，還有那夢中也不可想像的繁華都會——台北。想想看，只要從這些站名牌子走進去，它就將帶你脫離這個十分鐘就無處可去的貧瘠小鎮，帶你走向那些無限誘惑、無限可能的異鄉世界。這雖然是一個小小的車站，但在招牌文字所顯示的，卻是一個輻射向各個地方的神秘機器，它能把你變到不同的地方，也把你變成不同的人。

小鎮的例行生活日復一日，多半是局促在兩條較熱鬧的商店街上，我反而比較有機會用到另一個通往其他鄉下小鎮的客運車站，有時候到南投，有時候到水里，有時候到埔里，多半是學校老師帶著去參加各種縣裡的書法或作文比賽；我心裡則更嚮往另一些繁華的地名，也就是必須從另一個車站出發的各種目的地。在盼望中的時光總是過得緩慢，到了六年級，有一天，老師喜孜孜地跑來告訴我：「我們要去參加全國科學比賽的決賽了，在台北。」

我和老師花了幾個星期準備那些展覽的海報和表板，這是來自農村學校的田野科學實驗，沒有魔幻的玻璃試管和神奇的化學藥品，我們的題目是「梨子的移植」，實驗用的材料就是後院的梨樹。梨花一開成束，爲了讓梨子長得更好，農夫會剪掉大部分的花，只留一朵結成果實；老師卻把本來農夫都要剪去的梨花，接枝到另一段沒有開花的樹枝，爲了避免剛接枝的花朵失去水分，我們又試著包上塑膠袋和牛皮紙，一週後接枝成功的梨花竟然也能長成梨子，而且成熟期在所有梨子的季節之後。這是一個梨子增產的好方法，而且出產的季節將比其他梨子更遲，可以賣得更好的價錢。

充滿期待的老師帶著我乘坐公路局的車子來到鄰近的大城台中，再轉火車前往台北，這是一程超過六小時的長途旅行。一樣很少出遠門的老師也顯得焦躁不安，難得穿上全套西裝的他，在火車上盯著窗外沉默不語，不斷地添水喝車上的香片花茶，時時還把圓眼鏡拿下來擦拭。我自己並不覺得科學比賽是什麼重要的事，我也不知道我們接枝出來的梨子有什麼要緊，那只是老師和學校要我做的表演，眞正重要的是，我即將要到夢寐以求的台北。那裡有傳說中會自動上行的電氣樓梯，有花果山一樣寶藏豐美的百貨公司，有摩肩擦踵的時髦人種，還有發生不完、永遠不會無聊的新事新物。

台北在幾個鐘頭的搖晃後終於到了，這個車站並不是我所能想像的車站，它不是鄉下那種一眼就看透的小建築，它太大了。車站裡人聲鼎沸，一條軌道接一條軌道，一個月台接一個月台，連出口都分前站和後站，一邊一個涇渭分明的世界。老師帶著我往後車站走去，後車站往往是一個比較寒酸猥瑣的出口，面對著比較幽暗狹窄的道路與敗落頹敝的街町；這是台北的古老社區，路燈昏黃，曖昧的霓虹燈在暗處一閃一閃，並沒有我想像中的大都會的形貌。

鄉下來的老師和學生沒有很多出公差的預算，我們必須找一個後車站的便宜住處；我們走進一條黑暗的窄街，一家招牌燈箱已經壞了兩個字的旅社，老師在櫃台前和女中討價還價，最後要到一個一百四十元的房間。服務生拿著厚重的大鑰匙帶我們走到二樓的後方，走廊上只有微弱的黃色燈泡，中央有天井，木屐走路的步伐在天井發出空蕩的迴聲。房間則是一個昏暗的斗室，散漫著一種發霉不潔的氣味，碎花的床單和大紅的棉被不知爲什麼都帶著一種沉淪墮落的色彩。

我和老師坐在房間裡相對無言，老師把圓框眼鏡擦了又擦，嘆了一口氣，說：「走，我帶你去吃飯。」我們走出昏黃的走廊，走出幽黯的街道，一轉彎，一個亮如白晝的熱鬧街市冒出來，那就是聞名的圓環夜市了。我目瞪口呆地看著川流不息的人潮，啞口無言地跟著老師走進一個賣清粥小菜的攤子，攤子上琳瑯滿目的菜餚，吆喝招徠客人的攤販主人，這是寧靜的小鎮夜晚不曾有過的景觀。這就是台北了嗎？

吃過不知如何形容滋味的晚飯，老師又說：「帶你去看看百貨公司。」我們沿著彷彿城開不夜的街道，來到一個十多層樓的「摩天大廈」，店裡白花花的燈光，明亮得刺眼，售貨小姐穿著制服，每個人都擦著口紅，像電視看到的明星一樣漂亮。而我終於也看到傳聞中的都市奇觀，一種緩緩上昇的樓梯，人只要站在上面，它就自動把你送上另一層樓，這就是未來世界裡所謂的「電梯」了。

老師和我都沒有買任何東西，商品太華麗耀眼，售貨小姐也太漂亮，我們根本不敢靠近那些擦得發亮的玻璃櫃台。我們沉默地走回黯淡的街道，走回燈光不足的旅館，穿過那條沿著天井的迴聲走廊，回到那間狹窄霉味的房間裡。老師不知爲什麼一直嘆著氣，梳洗之後，我們背對背上了床；夜裡頭，我一直聽到老師翻身的聲音，夾雜著嘆氣的聲音。天井裡也傳來擣衣洗滌的聲音，人客進進出出的聲音，女中扯著嗓門對醉酒晚歸的客人喧鬧：「要叫查某麼，二百啦。」

再晚一點，我還懷著某種陌生城市的興奮因而睜大了眼睛，但老師的鼾聲已經起來了，天井裡的洗衣聲也已經歇止了。然而旅館似乎不是安靜的，不曉得哪一邊的房間響起了奇怪的聲音，一開始像是切切細語，然後像是喘息，夾雜著男聲與女聲，然後又像是痛苦的呻吟，愈來愈大聲。正想聽得更清楚，另一邊的房間也響起相似的喘息聲，也愈來愈急促，他聽了這些聲響，內心感到忐忑不安，無法成眠，這眞是一個奇異的後車站世界。十二歲的小孩並不知道，後來他的一生將陸續與某些城市的後車站爲伍；他將從逐漸荒涼的鄉鎮離開，從另一個猥瑣的後車站鑽出來，那個時候，他就要眞正面對一個成人的世界了。

1968

繁星若夢

科幻小說的創作與出版圈裡有一句行話叫「修補小說」（a fixed novel），指的是小說家本來把一個故事構想寫成了短篇或中篇，後來可能是因爲賣座成功，或者因爲要改拍電影，作者遂應出版社之邀，再把它「修補」成適合單獨出書長度的長篇小說。

有名的例子像丹尼爾．基斯（Daniel Keyes, 1927-）的傑作《給阿格儂的花》（Flowers for Algernon），本來是以短篇的形式完成於一九五九年，一九六〇年在雜誌上發表，獲得那一年「雨果獎」（Hugo Award）的「最佳中短篇小說」；一九六六年作者把它修補成長篇，加了更多的人物與更多的情節，再度獲得當年「聶布拉獎」（Nebula Award，或者稱爲「星雲獎」）的「最佳長篇小說」。改編成電影的《落花流水春去》（Charly, 1968），根據的就是這個修補過後的版本。

有時候小說的原創者與「修補者」並不是同一人，像艾撒克．艾西莫夫（Issac Asimov, 1920-1992）的《夜幕低垂》（Nightfall）就是一例。艾西莫夫在二十一歲時（1941）把這個獨特的故事構想寫成了短篇小說，自發表以來就一直被公認是科幻短篇的經典之作，艾西莫夫晚年也有意把它修補成長篇，但體力已經不容許他親力這麼做。出版社乃找來另一位科幻小說的名家羅勃．席維伯格（Robert Silverberg, 1935- ），和艾西莫夫共同進行這項工作，兩人一共合作完成了三本「修補小說」，依出版序是《夜幕低垂》（1990），《醜小孩》（The Ugly Little Boy, 1992），和艾西莫夫死後才出版的《正子人》（The Positronic Man, 1993）。

艾西莫夫很幸運地在中文世界有一位熱心引介的「代言人」葉李華博士（他自己也是一位科幻小說家），艾氏作品的中文譯介多半與葉有關，品質也最出色；在《夜幕低垂》的中文版，葉李華也是譯者之一，小說譯得既用心又文采飛揚，譬如小說原作中六個太陽的名字，他一一從中國古書裡找出可以對應的譯名，眞是令人感佩。但我對書名譯做《夜幕低垂》卻有一點不同的感受，包括葉李華早期把同名短篇譯爲《夜歸》，都覺得不是最貼切的譯法。

小說裡的那個異世界，因爲有六個太陽輪流昇降，每二〇四九年才有一次六個太陽都「下山」的機會，也就是說，每二〇四九年才有一次「黑夜」；所有星球上的居住者又都沒有那麼長的壽命，黑夜並非任何人的經驗，甚至不知道它的存在。能夠測知或傳遞「黑夜經驗」的，一種是科學家的探索推理，一種則是古老邪教的怪誕傳說。《Nightfall》寫的就是一個「黑夜將臨」的故事，另一個二〇四九年天文現象的到來，按邪教的傳說，「人類」文明又將經歷一場浩劫（艾西莫夫可沒說他們是人）。我覺得「nightfall」這個字既可以是名詞也是動詞，在原書裡是一個逼近的陌生事實，「夜幕低垂」則是一個狀態，「夜歸」更通常不是指黑夜本身，何不老老實實譯做「黑夜將臨」或「夜降」呢？

如果世人一般都沒有黑夜的經驗，黑夜對他們而言會是什麼樣的意義？小說開始時寫一位心理學家去調查一個事件，有家遊樂場推出了一種遊戲設備，讓遊客乘車進入一個無光的隧道，經歷一種絕對刺激的黑暗，結果參與者發生了各種身心症的徵狀，嚴重的甚至精神崩潰。畢竟在那六個太陽的世界裡，日日全晝，沒有人看過眞正的黑暗，遊戲所設計的驚悚經驗（本來和自由落體之類的遊戲是同樣的意思），沒想到竟然超過他們心理所能負荷。

小說從心理學家發現黑暗的心理效果開始，另一個考古隊伍又發現一個層層相疊的考古遺址，每兩千年就有一次燒毀的痕跡；天文科學家則計算出來，星球運行軌道似乎不只六個太陽的重力牽引，彷彿另有其他隱形的星體存在；宗教組織則大肆宣揚，按照古老經典所記，另一個文明毀滅的日子又要來了。當黑夜眞正降臨時，使不曾經歷黑夜的「人們」眞正瀕臨崩潰的，並不是無邊無盡的黑暗，而是滿天不可勝數的如瀑繁星，那是兩千年乍現一次不可思議的奇景，也是令人瘋狂又令人敬畏膜拜的神秘，更是破壞了原有宇宙秩序的想像。小說裡說：「數以千計的星斗湧出不可思議的光芒，一顆又一顆，一顆又一顆，連成無盡的星牆，形成恐怖而明亮的光罩，覆滿著整片天空。上千顆太陽閃閃發光，但在冷漠的光芒裡，那令人恐懼的冰冷更勝於淒涼的凱葛世界裡的刺骨的寒風。」

我不知道新一代的年輕人是否知道萬千星斗布滿天空的滋味？但我自己卻有小說中所描寫相同的戰慄悸動經驗。

時間要退回到一九六〇年代，當時我還只是一個鄉下成長中的少年。我們家住在一棟兩層樓房的二樓，水泥與紅磚，那是當時很普遍的建築樣式，有一個獨立通往二樓的門戶與樓梯；二樓之上是一個平頂的陽台，它既是晾衣場，也是家裡曝曬蘿蔔乾的地方，更是小孩們遊玩的廣場；屋頂一角有一小畝園地，種著每天會用到的九層塔之類的香料和花草，母親每天就在小菜圃中摘取她的食材。陽台上有一個突起部分，是樓梯間的小屋頂；才十一、二歲的我，發現了這個小屋頂有另一個功用，你可以躺在上面仰望天空。

鄉下能做的活動有限，書太少，事件也少，我們仍有足夠的時間發呆和幻想；我特別喜歡一個人躲在沒有旁人的角落，觀看周圍世間的流動以及各種自然現象的狀態。小屋頂正是這樣的好去處，它突出的居高位置，即使有人在陽台活動也未必發現上面躺著一位沉默無聲的小孩。小屋頂是傾斜的，最好的姿態是仰躺，這樣你就面對了整片無遮蔽的天空；你可以躺在上面兩個鐘頭觀看雲的形態以及它的飄浮，或者遠方飛翔的鷹雀與風箏，你也可以看著夕陽天色的流轉以及遠方建築光影的游移，或者乾脆坐起來，你就看到田裡工作的人影與遠處放學的孩童。

到了晚上，我更愛躲到這片黑暗之處，它比室內更安靜也更涼爽，你有逃離全世界的管束的一種自由。但是，你必須面對一整片的深藍色星空；那是還沒有光害和污染的時代，夜空一向是清澈透明的，你看見一顆星連著一顆星，密密麻麻，各種光度和各種距離，甚至是各種光芒的形狀，每一個角度你都看到密布的星牆，星星是太多了。你看著看著，就覺得自己不是仰望天空，而是俯瞰一口深不可測的星空深井，你覺得彷彿天旋地轉，隨時就要墜入黑暗深淵。這一片星空突然間會變得令人生懼，心悸難耐，呼吸困難，你必須暫時閉上眼睛，喘一口氣，才能夠再度平靜地觀看天空。的確，如果這面如瀑布傾瀉的星雨每天都在我們頭上，我們也將習以為常，不再凝神眺望；但，就像愛默生的詩句說的，如果這些蒼穹繁星是千年僅得一見，看到這天國乍現景觀的人，將會如何敬畏、恐懼、讚嘆、膜拜，並以無數的傳說來記錄這個奇特的經驗。

童年的星空，已經消逝在遮蔽的髒空氣與散射的紅塵霓光之中，住在城市裡的我，已經很久沒有看到明亮的星星了；偶爾走到鄉下，甚至旅行中來到空氣清新之地，旁人驚呼說：「哇，好多的星星呀！」我抬起頭，看到幾十顆或幾百顆黯淡發光的星星，比起小時候看到灼灼逼人的億萬繁星，總覺得還是不足以比擬，那個景觀究竟是永遠失去了，還是我的記憶曾經欺騙了我？

1969

風雨中的計算機

包租的計程車走到這裡，已經是道路的盡頭，也是文明的盡頭，再往下，連未鋪裝的山路也沒有了，更不要說商店和住家了，但父親的煤礦還在更幽深的山裡面。

父親從計程車後車廂拿起行李，笑笑說：「底下還要走兩小時。」我順從地點點頭，心裡很高興終於不用再坐車了。我是個會暈車的人，但從昨天開始，我們先乘坐客運巴士從家裡出發，在鄰近大城換了火車，新竹站下來後再轉第一次、第二次巴士，地方愈走愈偏僻也愈荒涼，我也已經在車上昏昏沉沉暈了一整天，昨晚睡在山村旅館裡還一直覺得反胃；今天早上吃過早飯，父親先在山區小村莊裡拜訪了一位友人（他好像在任何地方都有朋友），近中午時就包了一輛「Haiya」（從前台灣鄉下對出租車的稱呼，現在回想起來，應該是「Hired Car」的

「hired」一字的日文外來語），小轎車在顛簸中埋頭一直開到山裡，碎石道路在乾河床前戛然而止，出租車像擱淺一樣無奈地停了下來，以下就是步行小徑了。

穿過河床，立刻就入山了，小路鑽進濃密的森林裡，綠蔭微風的涼爽，使我們在爬坡的喘氣中並不感覺不適。山路幾乎是沒有規則的，每一步所踏之地都有自己的地形，有時候是一塊石頭，有時候是一截樹根，有時候則是鬆軟的泥土，我們必須一步高一步低地走，眼睛也隨時得盯住地面。但路旁腳邊卻一直有潺潺細水，山泉湧流不息，發出悉悉琮琮的聲音，似乎我們走的原本是一條水路；父親說，是他花了五百元請兩位山胞開了這條小路。山地勇士沿著山澗，拿著番刀一路砍去雜草樹枝，清出一條窄巷般可攀行的小徑，遇到落腳不易的地方，他們還鋪上一塊墊腳的石頭，甚至用樹幹修出兩三段階梯；這一切工程，對那兩位原住民壯士，「只花了一天。」父親簡潔地讚歎。

父親工作的煤礦藏在兩個縣分交界的深山裡，從桃園縣的復興鄉或新竹縣的關西鎮都開了路可以進入，「這一條是山路，只能走；另一條可以通車，比較遠。」在山路中途休息時，平日很少說話的父親費了一點力氣，向我解釋煤礦的位置。很多年以後我成了經濟系的學生，總算明白爲什麼父親的事業不能成功；他永遠是工程師的思考，他會發出嘖嘖的讚歎說：「那裡的煤炭，眞美。」但他從不考慮從深山裡把煤炭運出來要花多少成本，也沒有想過，光是開設那條運煤道路的巨額投資，就已經註定不可能賺錢的命運。

轉眼也已經是三十多年前的事，此刻走在山裡頭的少年的我，還沒有能力了解父親其實完全不適合經營事業這件事實，父親的探礦、採礦的技術據說是廣受推崇的（日據時代的日本人甚至拿他當國寶一樣來保護），我們也隨著盲目崇拜；扛著行李在山路上，我雖然汗流浹背、氣喘吁吁，但能和父親一起進入山裡，內心還是非常驕傲而高興。

我們比預定時間更快到達礦區，穿出森林，礦場前豁然開朗出現一片空地，幾隻雞在地上昂首闊步啄食著，迎接我們的還有旁邊一條白練般的喧嘩瀑布（後來父親還在瀑布下裝了一個發電用的水車）；父親最忠實的工頭老友火生叔已經等待多時，笑盈盈一張銅黑結實的臉，迎上來接過行李，把我們帶到工寮。

工寮是貼著山壁搭蓋的一棟長條型竹屋，中央一間放了兩張木頭書桌，幾個鐵櫃，算是克難的辦公室。工寮左翼的空間裡放了三張圓餐桌和一大堆板凳，盡頭處則有大灶和大鍋，地上零亂擺著一些青蔥綠菜，那應該就是廚房了。工寮右翼廂房裡，則是一長條的榻榻米通鋪，邊緣處堆著大量的枕頭和棉被。工寮的右側後方，又有同樣建材的兩間大屋和三間小屋，大屋是帶了家眷住進深山的工人的宿舍，小屋則是大夥兒的廁所和浴室。

父親把我和行李丟在通鋪，自己也不喝茶也不休息，立刻換了工作服、紮了綁腿、套上長統膠鞋、戴了頭盔，就和火生叔下坑道去了。我在臥榻上等得有點無聊，晃晃來到辦公室，想在書桌上找看看有什麼可以打發時間的東西，結果看到一部像老式打字機的怪機器。

機器上有十幾個圓形按鍵，寫著「0」到「9」十個阿拉伯數字和一些運算符號，右側有一個把手，上端則有一綑窄窄的紙條；我猜想這是一部可以計算的機器，試著打進幾個相加的數字，再將右邊的把手用力一扳，卡啦一聲，紙條露出一小截，果然總和就印出來了。這太好玩了！一部會自動計算的機器，每個按鍵底下是一根鋼線，像鋼琴的內部又像織毛線的針織機，這是礦場會計邱伯伯工作用的機器。邱伯伯是外省人，跟著父親很多年了，忠實可靠，一直幫父親處理財務的事（也管礦場的雷管與炸藥）。

但是計算機重複加來加去，也有點煩了，我想讓它做一點新的事，我試著讓它做乘法，結果並不成功。我不知道要如何才能讓它改變運算功能，狠下心來把所有的按鍵和把手都亂動一通，機器發出一種奇怪而不祥的金屬聲音，鋼線纏繞在一起，紙條捲軸也糾結在一塊，把手也卡住動彈不得了。顯然，我把邱伯伯這部珍貴的計算機器弄壞了。

天色有點暗了，廚房裡的阿婆生起火，喊喊喳喳地炒起菜來；坑道口那邊傳來扯著喉嚨的歌聲和喧笑，工人們陸陸續續推著車子從礦坑裡出來了，每個人都是黑不溜秋的，臉上臂上滿是泥土和炭屑。工寮一下子熱鬧起來，幾位工人脫了汗衫急忙去洗澡，另外一些工人則圍站在空地上，先點一根菸解癮。我看見父親和火生叔不知什麼時候也出了坑，連同邱伯伯三人，佇在一角抽菸討論著事情。我怯生生地靠了過去，想找個機會自首。

「我看明天得走一趟……。」三個大人正好談完事，父親一句話下了結論。我拉拉父親的衣角，小聲說：「邱伯伯桌上的機器好像壞了。」父親回過頭，睜大眼睛，眉毛豎起來：「你的手怎麼那麼賤。」邱伯伯馬上笑呵呵打圓場：「沒關係，沒關係，我等一下去看一看。」天色幾乎全暗了，工寮餐廳裡發出鍋碗的乒乓聲，大夥兒已經要開飯了。

下了工的工人們喧騰笑鬧著，口裡講著一些猥瑣下流的笑話，他們多半打著赤膊，露出棕紅發亮的肌肉，其中幾位身上有很顯著的刺青，有的五官輪廓很深，眼睛又大又黑，一看就知道是原住民。大家都拿著筷子和大碗白飯，或站或坐搶著挾菜。父親要我坐到其中一桌去，我瘦小的身形立刻被結實的肌肉和汗水團團圍住，我忍受著工人粗鄙的語言和戲謔的笑聲，默默扒著飯吃。吃完飯後，工人們圍坐在餐廳賭起四色牌，呼聲笑罵一陣一陣，燈光下白色煙霧迷漫；父親和火生叔泡了茶坐在辦公室談話，邱伯伯在一旁修著他的計算機。我內心充滿罪疚，一個人到通鋪一角蓋上棉被，過了一陣子，山上的蟲鳴和工人的喧嘩逐漸融和，我也模糊地睡去了。

第二天，我被打在屋頂上的大雨驚醒；天空昏暗，傾盆大雨好像要壓垮這簡陋的工寮，我走到門口，看見白色秀氣的瀑布已經變成濁黃色的巨瀑，水量大得嚇人。父親從工寮另一頭走過來對我說：「趕快去吃飯，等一下我們要下山；颱風來了，再晚溪水漲起來，就過不去了。」我到水溝邊草草刷了牙，跑進廚房塞了一碗稀飯。走出來，父親和邱伯伯已經全身雨衣等著我了。

我們在大雨中出發，走山另一邊的路，這條路很寬，很平，和昨天走的山路完全不一樣。但雨水像一盆一盆似地潑灑下來，鑽進我的脖子，溼透我的衣服和身體，一部分的水也從帽沿流入我的眼睛，幾乎看不到前面的路。邱伯伯手上拿著那部必須送修的機器，雨水嘩啦打在機器上面，再從下端像瀑布一樣流下來。他走了幾步，把機器的水甩一甩，湊到眼前看一看，再繼續往前走。

三個人在大雨的山路一直走，風吹得我們搖搖晃晃，好像是沒有終點的路，距離下一個村莊至少要走三小時，旁邊的溪流水聲浩大，我們各自懷著心事，我偷偷望向邱伯伯，他停下來，甩一甩機器的水，又拿到眼睛前面細看。那部奇妙的機器，現在是我內心最沉重的負擔了。

1969

山路

在颱風的大風雨中，我們默默行走了近兩個鐘頭的山路，離開父親的煤礦礦場已經愈來愈遠。但我們一再受到暴漲溪流的阻攔，好幾次必須沿溪繞行，找到溪石突出之處才可穿越，比平常多花了不少時間。

這些溪谷平日都是旱溪，碎石與巨石散布羅列，卡車可以直駛其上，猶如天然道路一般，但現在它變成浩浩蕩蕩的土色濁流，水量澎湃，聲勢洶洶，夾雜著砂土石塊翻滾在水中，發出喀拉喀拉的聲響，聽起來十分駭人。而強風粗雨撲面瘋狂打在我們的臉上，把我們吹得軀體搖晃，難以平衡，一張口喘氣，水和砂就灌入嘴裡，從遠處看過來，一定像是空曠山谷中三個忘形而手舞足蹈的渺小人影，滑稽默片一樣的動作畫面。

我被大雨打得睜不開眼睛，鑽進領口的冰冷水流和我流汗發熱的胸腹接觸，一種嘶嘶作響冒出水蒸氣的感覺。而溼透的衣服緊緊貼著身子，用力拉扯著我，鈕釦也承受著拔河的力量，好像隨時要奪身而去。父親出發前叮囑我要注意踏實每一個腳步，但此刻我卻覺得腳底輕浮，輕點一下石頭就飄然而去。

雖然風雨路上險象環生，但我並不感到害怕，因爲我就走在父親的身後。這不是我第一次和父親進深山，他是人人稱道的礦場工程師，一半的生涯都埋藏在沒有人蹤的深山裡；即使在他居家養病的那幾年閒散時期，他仍然突然心血來潮，就要到山裡頭探礦，採一些「露頭」來驗證他對各地礦脈的想像。有一次，他又帶著媽媽準備的飯糰和鹽醃小黃瓜，要我背著一枝丁字鎬和他一起上山；乘車到了國姓鄉，他又雇了一位不說話的老工人。我們走在入山的路上，慢慢就走到沒有落腳處的密林裡，老工人在前面揮著開山刀，闢出一條勉強可容身的小徑，父親指揮著向東向西，好像是個熟悉的所在，最後穿出雜樹林，我們出現在一個河谷裡。

休息吃著飯糰時，父親忽然指著前面一片山壁說：「看到土壁上露出來那一段有顏色的泥土嗎？你去挖挖看。」我依言放下飯糰，拿起丁字鎬走到山壁，對著土壁一陣亂挖，棕色和黃色的泥土混著樹根、雜草和石塊紛紛落下，過了一會兒，泥土裡露出乳白色，我氣喘如牛地停了下來，父親卻展開笑顏要老工人接手。半個鐘頭後，我們吃完點心，帶著一竹簍的白色泥土回頭走了。我問父親那是什麼東西，他說：「高嶺土。可以做陶，或者銅版紙的填充料。」我當時的知識太少，不知道這話的細節意義，內心則充滿了景仰和佩服。

有父親同行的路上，我不感到害怕。但老於路途的父親卻在此刻緊蹙著眉頭，停在嘩啦嘩啦作響的溪流面前。他回頭對邱伯伯說：「水漲得太高了，過不去了。」邱伯伯帶著預備送修的機器到小鎮，他也喘著氣，全身都溼透了：「我看要回頭了。」河南省籍的邱伯伯是父親的得力幹部，忠心耿耿的助手，父親把礦場所有的金錢事務都信託給他。

「你先回去，我走山地村。」父親下了個結論。

兩個大人很有默契地彼此點點頭，也不多話，我們就分道了。邱伯伯回頭走原路回礦場，父親帶著我轉向沿著溪往上坡地走去。

山地村，是山區裡頭一個原住民居住的村落，有一家小雜貨店，平常也是礦場工人下山拿信（郵差送信只到這裡）、買酒、補充雜糧和日用品的地方。我們頂著雨又走了大約一個鐘頭，遠遠就看到山坡轉角的派出所了。坡地爬了一半，派出所走出一個張望的人影，父親用日文叫他：「Takeo（武雄），Takeo，是我啦，Sen desu（我是詹）。」

皮膚黑裡透紅的壯漢來不及穿雨衣或者拿傘，冒著雨快步走下來，露出滿臉熱切的笑容：「啊，詹樣，Hisashiburi（好久不見）。」他上身只有汗衫，下身卻還是警察制服的黑色長褲，腳上是夾趾拖鞋。在深山僻處，我總是不明白爲什麼父親有這麼多朋友，他好像知道每一個有人居住的部落，而且每一個村落都有願爲他做一切事情的朋友。

「怎麼在這種天？」警察朋友把我們帶進派出所的客廳，他臉部的輪廓很深，五官端正，眼睛又黑又大，顯然也是原住民，父親要我叫他簡叔叔。

「本來要出復興，但溪水漲了，過不去。想翻過山，看能不能走到龍潭。」

「急什麼？先到我家吃飯。下午我再幫你找看看有沒有少年仔，叫他們背你們過溪。」兩個人又用日文交換了一段談話，我們又冒著雨走到派出所後面一棟農舍，那就是警察叔叔自己的住家。

進門才坐定，就看見一位紅衣少女，拄著拐杖端茶從廚房出來，她一雙水靈晶瑩的黑色大眼，塗了藍色眼影，嘴上還抹有艷紅的唇膏，那些化妝在她無邪的年輕面孔上，顯然是太風塵味了些；她穿著一件紅夾克，藍色的學生裙，但無可躲避的，更刺眼的是她一隻萎縮的小兒麻痺的右腿。她艱難地撐著拐杖把茶端到我們面前，露出甜美至極的笑容。剛剛處於青春期的我，根本不敢正視這麼一張美艷逼人的臉龐；聽了她警察父親的介紹後，她倒是大膽地充滿挑釁地把我這位在城裡讀書的高中男生從上到下細細打量一遍。

女孩哼著歌轉身回到廚房，乒乒乓乓從裡面傳出準備飯菜的鍋鏟之聲；大人們坐在椅子上泡茶聊天，我盯著門外看，雨好像漸漸小了，看雨水的弧度好像風也弱了，一些山地小孩冒著雨在不遠處的空地上嬉鬧玩耍。快中午了，我們早上從礦場出發，到現在也快過了四個鐘頭。

不久，紅衣女孩已經端出滿桌熱騰騰的菜，堆滿笑容招呼我們吃飯，上桌的除了簡叔叔、父親和我之外，還有派出所裡的兩位山地青年。女孩自己倒是盛了一個大碗的飯菜，端到客廳一面吃一面看起電視來。菜很豐盛，好幾種不同的山上蔬菜，還有土雞和野豬肉，而且我真的是餓了。

突然間，紅衣女兒對著電視瘋狂地大叫起來，把手上的大碗飯摔在地上，艱難地爬起來，向前猛烈地敲打著電視，電視畫面上是一位當紅女歌星正在演唱，美麗的臉孔特寫放大在螢幕上。簡叔叔用眼睛示意，叫那兩位山地青年：「趕緊去把她拉開。」兩位年輕人衝上去，一左一右架住她，女孩開始放聲大哭，全身扭動，但很快就被帶進後面的房間裡。

在圓餐桌對面，警察叔叔帶著歉意的苦笑對父親低聲說，但我聽得不算清楚：「她姊姊……沒辦法……她要去台北……我不讓她去……每次看電視……就是這樣……。」我大概明白了意思。電視上那位不久前才變得大紅的女歌星，大家都知道她是原住民，但想不到眼前這位山地警察就是她的父親，而那位紅衣少女就是紅歌星的妹妹。妹妹比姊姊還更美麗，聽說歌聲也更動人，但她患了小兒痲痺，有一隻不方便也不美麗的腳，阻撓了她明星的夢想，困在山地的村落，煮飯洗衣，守著一位單身的父親，滿腹的怨尤和不平衡；平常也是開朗活潑的女孩，看到姊姊出現在電視上就發作起來。

我一下子就失去了胃口，停下了筷子。兩位山地青年擦著汗從房裡出來，若無其事地繼續吃飯。過了不久，女孩也出來了，重新化了妝，頭髮也整理過了，好像沒有發生任何事一樣，她看了我一眼，露出天真慧黠的笑容，拿著一個塑膠盆子走到院子裡去餵雞，傳來一陣一陣清脆的歌聲。這個時候，我才發現太陽已經露臉，大風雨暫時是停歇了。

父親叼著一根菸，站在門口台階，獨自不語看著白亮的天色好一陣子，猛地他把菸蒂丟在地上，回頭說：「Takeo，茶不用泡了，我看水要退了，我們要出發了，出了復興，晚上應該可以趕到桃園。」

1970

珊瑚礁中的龍蝦

醫院在小鎮街市的邊陲，已經靠近山坡了，再過去就是野草蔓生的一片荒蕪，坡上公園的那片相思樹林，不久前才因爲一位怨婦上吊自殺，而添加了幾分陰森詭異的氣氛，有幾位清晨到公園散步的老人，甚至言之鑿鑿說，他們在相思樹林旁看見一位年輕紅衣女子，在小徑上逢人便攔，哭著探問回家的路。

這是小鎮裡唯一的醫院，日式的木造平房，類似學校教室的格局，進大門要先穿過鋪著細石的花園，有綠葉成蔭的榕樹和修剪整齊的鐵樹，然後才步入玄關。玄關中央是一面屛風式的鏡子，鏡面上有舊縣長的題字，鏡子後面是護士的接待室，兩旁則是一排排的玻璃櫃子，櫃子裡陳列著許多大玻璃瓶，放滿了嬰兒胚胎之類的標本，代表著醫生們的專業，與他們高人一等的神秘生命世界。玄關往兩旁延伸，兩條長長的走廊，各有許多房間，一邊是醫生看門診的地方，另一邊則是病人住院的病房。

到了夜裡，醫院變得又幽暗又安靜，空氣裡漫著藥味和夜間植物釋放的氣息，走廊一邊的燈全熄了，因爲醫生已經不看診了；另一邊的走廊則吊著一排微弱昏黃的燈泡，房間裡不時傳出病人呻吟呼痛、床上輾轉的聲音。其中有一個房間，門上亮著一盞紅色的小燈，這意味著裡頭住有一位病危的病人，醫生和護士都應該對這間病房的動態提高警覺。

父親就是那位紅燈所警示的病人，他已經住進來幾天了，病情一直不太穩定；我躺在病床旁的長木凳，夜已經深了，但我沒有錶，不知道時間，只有玄關那裡有大鐘可以看到時間。我翻來覆去不太睡得著，一方面是醫院裡陌生的空間與氣味讓我的身體無法放鬆，另一方面，在走廊盡頭的廁所裡，傳來一種持續不斷的漏水聲，滴答滴答滴答，在空蕩的走廊廳堂迴響，聲音充滿了我的腦袋，讓我完全靜不下來。

那一年我初一，父親與他的疾病搏鬥多年了，每隔一陣子就突然得住到醫院，母親也常常必須放下我們去陪侍。剛從北邊的海港搬到中部山城時，父親還習慣住到基隆的醫院去，那時候媽媽就得丟下家裡的小孩，或者請阿姨來照顧，或者就讓小孩自立自強。有一次留下三個最小的小孩，二哥四年級，我三年級，弟弟一年級，我們既興奮也害怕地度過一段每天自己煮飯、煎蛋、洗碗的日子。後來父親不再走遠了，他對自己的病也淡然了，狀況好的時候只到診所裡打打針，不好的時候就住在鄉下唯一的醫院。這一次緊急叫來的三輪車把他載到醫院，一進去就亮起紅燈，也就是我們後來所謂的加護病房。

我已經初一，大小孩了，家裡要我夜裡來陪父親，如果病人有任何不適要趕快拉警鈴，或者跑到護士站叫人。我陪了一個晚上，父親吃了藥一直在睡，反倒是我一點也睡不著。

但父親不知道什麼時候醒轉了，瞪眼看著天花板，突然說了話：「很大。」

「什麼？」父親不常和我們小孩說話，我嚇了一跳。

「那眞的很大。」他看著我重複了一遍。

「什麼很大？」

「龍蝦。在水裡頭。」

父親立刻自覺說得沒頭沒腦，自己也笑了。他告訴我一個故事，他小時候成長在漁港，漁夫的小孩多半很會游泳，他七、八歲就能下水捕龍蝦，拿一根小鐵鉤，閉氣潛入水裡，在石頭縫中找尋龍蝦，發現龍蝦就用鐵鉤鉤住，用手把它從洞穴抓出來，再浮出水面。

「抓到以後呢？」我想像那個水中的場面。

「拿到市場上去賣。」

有一次，大概是他八歲或九歲那年，他像往常一樣潛水想找一隻龍蝦，但龍蝦好像都躲起來了，他在石縫裡鑽進鑽出好一陣子，完全找不到，正想放棄搜尋，突然在礁石底下撞見一隻超大型龍蝦，「鉗子張開來，幾乎和我那時候的身材一樣大。」父親張開手臂，比了一個很大的姿態。「然後呢？」我覺得這比電影還刺激了。

「然後我上前想抓牠，牠一揮鉗子，打到我頭上，頭上立刻破了一個洞，血流出來，因爲在海水裡，眼睛幾乎就看不見了。我感覺不妙，想跑走，但牠還在後面追，我浮出水上，頭上傷口才開始痛起來，因爲海水有鹽。」

「眞的很大，我到現在還記得。」這一年父親五十歲了，他說的是四十多年前的故事。

不知道父親是心情非常好，還是覺得自己即將離開人世，他一個晚上都在和我講他童年和漁村的故事，那是一個我全然陌生的世界。他告訴我，他的祖父如何帶他出海，教他各種海上的智慧，如何教他應付翻船，如何在退潮時游回海岸。講到這裡，父親突然嚴肅地說：「如果方法不對，你會被浪潮愈衝愈遠，最後精疲力盡而淹死。」

沒多久，父親出院了，此後他還出出入入醫院許多回，當時醫生都已經說：「讓他回家休養，愛吃什麼就給他吃吧。」一派交待後事的模樣，但父親仍然好好壞壞，又活了二十年，還進了醫院動了幾次大手術，最後病逝的原因並不是折磨他幾十年的舊疾。但夜裡在一家醫院的病房裡，他不經意透露的童年故事，卻成了我們之間長存的親密關係。

三十年後，我把少年與龍蝦的大戰當做一個冒險故事講給小孩聽，小孩跑去問阿嬤，阿嬤說：「哪有這種事。一定是你爸爸編的，他從小就愛吹牛。」

全家人都不相信父親曾經向我講過這樣的一個故事，弄得我自己也狐疑起來。媽媽說的沒錯，我從小愛做白日夢，編了許多奇怪的故事騙同學、騙老師，也騙自己，我又是一位入戲的表演者，後來我自己也不能確定哪些記憶中的事情是眞實發生的，哪些是幻想的。如果，我的父親在少年時代不曾和一隻碩大無朋的龍蝦大戰一場，我會覺得非常失望和失落，因爲這是一大半我內心父親印象的由來，我對他的感情，不是也有很大的成分是來自那個醫院夜晚的傾談經驗嗎？

但衆人的不相信，有一點傷了我的感情，我絕口不再提起這個故事，慢慢地，我自己也有一點不相信了。也許那個夜晚，父親根本沒有醒來，我只是因爲害怕臨近那紅衣女子的自殺地點，才編出父親對我說故事的溫馨景象，來安慰縮在長凳上的自己。

最近有一天，電視播出日本美食綜藝節目《料理東西軍》，介紹到奄美大島徒手捕龍蝦的方法；漁夫沒有任何潛水器械（沒有繩索、沒有氧氣、沒有蛙鞋），臂上綁了一個手電筒，手上抓著一根鐵鉤，就鑽入珊瑚礁裡捕捉龍蝦，漁夫身手矯捷，可以左手抓一隻、右手抓一隻，左腋下還夾了一隻。我一面看，一面腦中浮起父親的故事，這個景觀太像他的描述了。

沒想到，介紹完捕捉的方法後，漁夫又說，有一種四、五年才能見到一隻的夢幻龍蝦，日本俗名名叫「錦龍蝦」或稱「老虎龍蝦」，是一種體型巨大的龍蝦。在節目中，漁夫眞的徒手捕捉到這樣的大龍蝦，身長六十公分，比一般龍蝦要大好幾倍。奄美大島與台灣北邊海域相通，父親少年時代見到的那隻大龍蝦，一定是這種錦龍蝦無疑了。電視上正在介紹那隻龍蝦的調理法及其美味，我的思緒卻回到那個醫院的夜晚，父親半夜醒轉，和我講的許多故事，果然是眞的了。

1970

小刀

鎮上這家戲院有一個比較奇特的結構，它是一列長長的兩層樓建築物，一側貼近熱鬧的菜市場，另一側卻伸入了安靜的稻田。樓下有挑高的騎樓，那是一排商鋪，商鋪的貨架或廣告牌有時候會放肆地溢出騎樓的地面，廊下零零星星擺了幾條長板凳，那是商家給熟客坐下來聊天喝茶用的。騎樓的盡頭是不起眼的戲院售票窗口，隨便貼了幾張五顏六色的電影海報，算是盡了招徠的任務；戲院則在二樓，你從騎樓的盡頭轉到建築的後方，那裡有一座又窄小又昏暗的樓梯，直直走上去，就是放映電影的廳院。

這棟馬來人「長屋」般的建築結構，靠市場與大馬路的這一端車水馬龍，另一端卻冷冷清清；冷清的建築物末端有一堵L型的牆，把戲院大樓的底部和反面都包裹起來，翻過了牆就是翠綠的稻田和菜園，而圍牆的腳下也冒出若干生機盎然的雜草，與牆另一邊豐饒的農作物呼應；牆的轉彎處種了一棵茂盛的枇杷樹，夏天時候，風吹枝搖，綠葉中洩露出纍纍的黃澄果實。牆和建築之間有一些狹窄隱密的空間，我們有時候會瞥見情侶們躲在牆角竊竊私語，枇杷樹下閃動著一襲卡其黃衣與一襲黑衣白裙緊密依偎的身影。

這一刻我恰恰行經戲院，預備從牆邊的小路穿過稻田抄捷徑回家。突然間，一股提高音調的嘈雜談話聲引起我的注意，我轉過頭，看見牆的轉角站著三位穿著黃色卡其制服的高中生，那是附近一所聲名狼藉的職業學校學生。他們正扯著嗓門激烈地爭吵著，其中一位戴帽子的白臉小生揮舞著手大聲說：「不然你要怎樣？嗄？」

一位頭髮濃密有鬍渣的黑臉學生沉著臉，猛吸著菸，悶不做答；另一位個子矮小猥瑣的學生欺身向前，伸手攔住激動的說話者，好聲說：「大仔，莫受氣，伊是欲問你有做還是沒做？」

但他講話勸阻是假，突然間，矮個子高中生伸手抓住白臉小生的手，迅速轉到他的背後，黑臉學生把菸一擲，大步向前，狠狠一拳打中白臉小生的腹部。「嗯！」的一聲呻吟，白臉小生全身扭動，不知是疼痛還是想掙脫，大盤帽掉了下來，在地上打了好幾滾，但矮個子從身後緊緊箍著他，黑臉學生咬著牙叫了一聲：「幹！」繼續又是急雨般幾拳打在他的腰上、胃上、胸前和臉上。

事實上這一切全發生在幾十秒鐘之間，我驚呆了，腳底好像被釘在地上，不知如何拔身而走。但迅速的動作還在進行，黑臉學生伸手入褲子的右口袋，銀光一閃，翻出一片白晃晃的小刀來，他握著刀直直地向白臉小生的肚子刺了進去，白臉小生悶哼了一聲，頭垂了下來，好像已經沒有力氣發出哀鳴。這時候，騎樓另一邊的商家似乎感覺到這邊有些奇異的動靜，兩三個人正朝這一端走過來。小個子鬆開手，讓白臉小生軟趴趴地滑到地上，回身兩步就敏捷地翻過了牆頭，跳到另一邊去了；黑臉學生丟下刀，手上還沾著血，匆匆往我的方向衝過來，我和他雙眼相接了雷電般的一秒鐘，他停下來惡狠狠地瞪了我一眼，才擦身衝往農田的小徑。

商家幾個人已經趕到倒地不起的白臉小生身旁，其中一位說：「唉呀，給人家打成這樣。」另一位說：「流血了，緊去找車，緊送醫生，緊，趕緊。」七嘴八舌間，已經有人找來一輛機動鐵牛車，大家合力七手八腳把白臉小生抬上車，一轟又跟著車子全走了，現場恢復平常冷清的模樣。

但那一頂油污的高中生大盤帽，像屍首一樣，靜止地躺在地上，不遠處，那把小刀也刺眼地、孤伶伶地躺在那兒。

那是一把兩面刃的小刀，雙鋒對稱，弧線和造型都很完美，長度大概二十五公分，底部用紅線纏繞成為一段握柄，握柄因為長期的汗漬，原來的艷紅色已經轉成黝暗的黑紅色。刀柄紅線上沾有一點血，刀刃卻還是光滑乾淨，透著一種無辜清白的色澤，好像剛才的血腥行動與它並沒有什麼關係。那是一把美麗的小刀，如今靜靜躺在這裡，四下也沒有其他人，我應該揀起它嗎？

我停立遲疑了半晌，終究沒有勇氣拿它，只好轉身離開，我一路走一路懊惱自己的孬種。第二天，我心神不寧地回到原地尋找，大盤帽不見了，刀子也不在了，地面上只安靜地躺著幾片枯葉和紙屑，一灘一灘棕紅的檳榔吐汁，好像什麼事也沒發生過。我往騎樓轉角望去，只看見枇杷樹下，一雙白衣和卡其的身形，交纏在牆角樹影之中。很快地，我自己就來到血氣方剛的青春時光，鬍渣從我的唇上和下巴冒出來，我的聲音變了調，渾身充滿了叛逆的力氣，我發現自己多次粗聲粗氣地說：「不然你要怎樣？嗄──？嗄──？」我不知道如此使用這個新得來的肉體，它好像有自己的意志，它渴望衝撞，渴望出汗，渴望一種精疲力盡的虛脫之感；除了在球場上消耗我過剩的體力，我每天躍躍欲試想要衝突、挑釁、打架，渴望一場身體的衝突能帶給我一次美好的高潮。

我在書包裡藏了一截鐵條，準備隨時在衝突中能用上它。不久，我如願進入了學校的棒球隊，和一群學校裡精力充沛的壞胚子為伍；我們練球之餘，也成群結黨在街上和校園呼嘯，我們向鄰近的學校學生叫罵挑戰，並狠狠修理那些落單的可憐學生。

我的大日子終於來了，有一天，球隊裡的憲哥眉飛色舞地說：「晚上要和他們對幹，約好了，八點在公園，誰不來誰孬種，大家把傢伙帶著。」

晚上吃完飯，我心神不寧，這是我第一場群架，怎麼樣不讓人看輕，又不會受太多身體的威脅？我拿出書包裡藏的鐵條，想把它塞進褲子裡，但它又硬又長，刺得我胯下難受，走路也走了樣；最後只好用一張報紙包著，依約來到公園。

白色路燈照耀下，夜裡無人的公園像個鬼域，風吹過相思樹林發出驚人的聲響，加上長草搖曳的陰影幢幢，令人坐立難安，總覺得敵人無處不在。憲哥頭上綁著白布，興奮難掩，不得不用一連串的三字經來舒解緊張的心情；球隊夥伴幾乎都來了，十幾個蹲在草叢裡，香菸輪替著吸，大家盯著遠處燈下慘白的公園入口。

「你這是打蚊子嗎？我操！」憲哥看到我的鐵條，大聲笑了出來：「這給你。」他丟給我一個泛著黑色光芒的東西，我從地上揀起來，湊著燈光一看，是一支頭大身小纏著紅線的扁鑽。

小指頭勾著扁鑽底部的圓環，四指握著握柄，我心裡覺得踏實多了；對即將來臨的對抗也熱血沸騰，想想看，這將是我揚名立萬的日子，我的英勇不僅將顯示在等一下某個倒楣鬼的身上，也將顯示在我完全不理會明天的月考這件事上，同學們將會知道我是個凶悍的狠角色，他們走過我的身旁將會假裝低頭談話，不敢抬頭接觸我的眼光。

但風吹得愈來愈大，我們單薄的衣服有點擋不住了，草叢裡的蚊子也愈來愈多，變成我們真正的對幹的對象，一群草莽英雄拍打大腿的聲音，加上含混的幹譙聲，已經漸漸有點像鬧劇了。時間已經九點，鄰校的隊伍卻一點蹤影都沒有，我們是被放鴿了。「幹！都是些沒卵巴的東西。」憲哥咬著牙啐了一口。在白花花的路燈下，我們垂頭喪氣的身影愈拉愈長，我青春歲月的第一次械鬥，就終止在一個荒謬的結局裡。

但扁鑽放在書包裡多年，即使我早已結束我短暫的浪蕩叛逆，它仍然貼身陪伴著我，似乎它給我一種面對陌生環境的內心安全。唸大學時，我把它包在棉被裡背上台北，帶到學校。但大學生活是一個全然新鮮、和平、安全的生活，夜裡頭我從枕頭下把扁鑽翻出來，它黑桃型的尖端仍然可以刺痛我的指尖，紅色纏線已經脫散了，露出一截黑色生鏽的鐵枝，我看著床頭書架上擠滿各種知識的書籍，我明白自己是再也用不上它了。

年底宿舍大清掃時，我決定把家裡帶來的破舊棉被丟掉，棉被攤開，扁鑽匡郎一聲掉到地上，我停下來注視著它，大概過了一世紀之久，決定把它包在棉被一起送走，也送走我依依不捨的青春期。

1970

稻田舞女

我從住家的後方穿過一大片稻田，疾走在田埂之中，這是一條通往小鎮北方的捷徑，我無須經過市街，直接可走到小鎮的另一邊，我的同伴在那邊等著我。突然間一個奇特的景觀吸引了我也困惑了我，在綠油油稻田的不遠處，一排建築物灰黝簡陋的背後，其中的一扇後門，走出一位穿著鑲滿亮片寶藍艷色胸罩的妙齡女郎，陽光下她的衣著和肌膚閃閃發光，時間大約是下午三點多，戶外的溫度還很高，稻田裡並無其他耕稼的農人或水牛，一片綠色水稻中，一位三點式艷麗衣裳的女郎悄然出現，彷彿是超現實的海市蜃樓。

那位女孩一臉濃妝和倦容，面龐是秀麗的，年齡的感覺混合著稚氣和滄桑，她點起一根菸，血紅的唇迅速噴出一圈白霧，她蹙著化妝塗黑的濃眉，似乎有著萬重的心事；我從建築物的位置立刻有了領悟，那是鎮上一家經常演出歌舞的戲院後門，這一定是一位歌舞團裡的女伶，在休息時間她從後台打開戲院的小門，抽根菸透一口氣。也許平日衣著艷麗的她們，生活中也有艱難的問題吧？她很快地吸完了紙菸，轉身消失在小門之後，不一會兒，她又現身，潑倒了一盆污水在稻田裡，再轉身時，我瞥見她胸衣的背釦已經解開，閃露出一大截雪白的背脊。這一次，她把紅色的木門帶上了。女郎退去，沉默的稻田上方，盤旋著幾隻聒噪的烏鴉，景觀就恢復成我熟悉的田園模樣了。

「歌舞團來了，歌舞團來了，黑貓歌舞團來了。」我們總是先聽到擴音器的聲音由遠而近，在街頭巷尾飄揚，夾雜著喧騰的鼓聲與喇叭聲，擴音器裡的中年男聲繼續帶著下流的口吻熱切地說：「黑貓歌舞團已經來了。今天下午兩點準時，開始在大觀戲院為你演出。數十位男女紅星為你帶來好看的節目，歌曲動聽，舞蹈香艷，還擱有魔術特技，娛樂高尚，精彩萬分，敬請闔家光臨，千萬不要錯過喔。」然後是鞭炮聲、播放歌曲聲、汽車喇叭聲，以及嬌滴滴招徠觀衆的女子聲音。

那是一九六〇年代的農村小鎮，兩條交錯的道路是鎮上熱鬧的街市，交會處是菜市場，市場旁的街上分別是雜貨店、糕餅店、西藥房、中藥房、診所、布莊、桶店、青草店、腳踏車店、家用品店、冰果室、兼賣麻油的米店等等，滿足生活的基本需求；但誰說農村是樸實的地方？在這個小鎮上，不但有超過十家有女侍陪伴的酒家、茶室，還有一家專供香艷歌舞劇團演出的戲院。每次新的歌舞團來到鎮上演出，照例要遊街宣傳，貼著大膽海報、裝著擴音器的宣傳車，穿著鑲滿亮片戲服的濃妝舞女，彷彿嘉年華會的遊行一般，給平靜無波的農村小鎮帶來艷麗的色彩與炙熱的誘惑。

小鎮曾經是香蕉的盛產地與集散地，在香蕉輸到日本的全盛時期，擁有蕉園如同坐擁銀樓，身上滴著蕉油的農夫進到聲色場所，比企業老闆還受到小姐們的歡迎。但香蕉輸出已經開始走下坡，菲律賓和墨西哥的香蕉成了爭奪市場的新競爭者，鄉下的農夫百般不服氣：「菲律賓、墨西哥的香蕉又小又硬又澀，怎麼能吃？我們台灣的香蕉又白又肥又甜，它們根本不能比。」

雖然嘴上不服氣，但自己心裡的氣勢也衰了，畢竟實情是銷得少了。連累茶室徐娘半老的小姐生意也好不起來，只能穿著單薄的衣裙，近乎袒胸露乳地坐在門口，一面冒著汗搧著扇子，一面招攬過路的客人。歌舞表演的戲院卻還沒有看見敗象，也許在鄉下這還是闔家同歡的娛樂，並不因為香蕉外銷的衰頹而立即受到影響；每隔幾個星期，總會再帶來一團全新的走藝人，一團全新濃妝艷抹的女孩，同樣的黑色大眼、血紅的嘴唇，和加長的髮鬢，在街上喧嘩招攬。

我們家租屋的房東就是表演歌舞戲院的主人，他有時在父親繳房租時笑呵呵地塞來一疊招待券。父親在夏日的晚上就帶幾個小孩去看，節目中通常會有一位面容猥瑣、言語挑逗的瘦小中年男子擔任主持人，先是一場開場的群舞，一群女郎穿著閃亮的羽毛衣裳，不太整齊地雙手揮舞著、偶爾也吃力地抬起豐腴不一的人腿，這些女郎的面容也不能太挑剔，有的年輕秀美，有的平庸抱歉，但更多是青春已逝、白粉蓋不住皺紋的女子。開場一陣潦草的群舞之後，就有幾位號稱紅歌星的女子出場演唱，她們穿著過度修飾的晚禮服或開叉過高的旗袍站直了，用鼻音唱些哀戚的台語或日語歌曲，小孩子則在戲院滿場亂跑，大人觀眾一面斥喝小孩，卻也似乎心不在焉。

直到主持人以秘告式的猥語宣告「梭羅」（Solo）要出場時，戲院裡的成人觀眾才專注起來，但這個時候讀過書的父親就說話了：「頭低下去，這些小孩不能看。」我們服從地把頭低下去，下巴抵在胸前，只聽見一陣一陣令人血脈賁張的挑逗音樂，加上主持人猥褻的旁白解說，我常覺得不明所以的口乾舌燥與心跳加速；音樂結束後，父親會輕敲我的肩膀，示意警報已經解除。有一次，我在音樂結束後自己抬起了頭，正好瞥見昏暗舞台上一個匆匆離去光裸的鬆弛屁股。

到了魔術和特技表演時，我們全都目瞪口呆地望著那些不可思議的奇幻景觀與不可能的動作，這才是眞正的小孩時光。然後舞台上又回到一些充滿哭腔的歌唱節目，穿插著若干深深刺激著農村的美女梭羅；偶爾也有雙人舞，一男一女穿著淺色緊身衣，曲線畢露，在舞台上隨著音樂肢體交纏，主持人對男女動作即興加上各種有色的解釋：「小孩問他老爸說，伊們在做啥，老爸說，夭壽喔，這就是在『起唇』（Kiss）。」

喧騰一個晚上的表演也許是平靜農村掀起波瀾的小小刺激，夠我們興奮地回味好幾天；但是一個歌舞團來到鎭上，可能停一個星期或兩個星期，鎭上也同時充斥著她們生活的痕跡。這些歌舞女郎，早上遲遲起來，卸除濃妝，滿臉倦容地出現在豆漿攤子上，她們的臉龐比舞台上瘦削枯槁得多，穿著簡單樸素的便服，幾乎和我們隔壁的阿花、阿珠沒有兩樣；不，不，還是不一樣，她們雖然變得一樣平凡而不再美麗，但她們仍然沒有我們鄰家女孩那種太陽曝曬的棕紅膚色，她們太慘白了，白裡泛青，黑夜滋養的膚色，像是患有長期疾病的人。

她們白天活動在街市裡，買菜、挑衣、吃飯，鎭上的住民也像鄰人一樣親切地對待她們。我們在上學、放學的途中常常看見她們的芳蹤，當中總有一兩位姿色特別突出，眼睛黑白分明，晶瑩靈動，像是小說中的美女。我們剛來到對女性有幻想的初中階段，女同學大部分是粗壯結實的農村女孩，缺乏引人浪漫的想像，有時候我們會記住其中一位歌舞女郎的面容，偷偷把她放在夢裡，做著各種英雄救美的情節幻想。但當你覺得她們已經熟識到成爲小鎭的一部分時，總是在一個散戲的深夜裡，布景道具搬上了卡車，歌舞團的男女團員裹著禦寒外衣，沉默無言地上了巴士，卡車與巴士隆隆駛入黑夜之後，你這一輩子就再也見不到她們；最後，連你挑選的夢中情人，也逐漸在夢中變得面目模糊，不得不黯然放棄。

那一次，稻田裡穿著藍色胸衣的歌舞女郎，以一種全新的視覺刺激了我過敏的感官，我回到家始終無法把畫面從腦中清除；第二天我情不自禁地來到田埂相同的位置，渴望看到同一位女郎。等了片刻之後，小門打開了，果然還是她，這一次她穿著金色鑲亮片的內衣，低下頭不知弄著什麼東西，胸前的金色亮片一片片垂下來，搖晃著。過了一會兒，她轉身進去，又出來點一根菸，這一天她的心情似乎很好，好像哼著歌，菸抽完了她就關門進去了。

第三天我又來到田間，等到她開門，她穿著第一天的藍色胸衣，緊皺著眉點起一根菸，狠狠地吞吐著，又狠狠地吐了一口痰，眼光往我的方向飄過來，我著了慌，以爲她看見窺探的我，田野平疇無處可藏，我只好蹲下來，希望水稻的高度足以遮蓋我的身影；她的眼神看著我的方向，但是一片迷離，不一會兒，她抽完菸，轉身把門帶上了。

當睡人醒來

把紐約世貿中心雙塔大樓炸毀的回教激進「聖戰士」，西方新聞界把他們的存在形態描繪成「睡人」（Sleepers）。因為這些胸懷犧牲悲願的「恐怖分子」，平日藏身在西方的日常社會，他們讀書工作，溫文儒雅，笑容可掬，與周邊旁人無異；直到召集行動的「叫醒電話」（Wake up call）來臨，他們彷彿才醒轉過來，從容收拾好行李，搖身一變，成為劫持飛機或驅炸藥車做自殺式攻擊的死亡戰士，他們的同事和鄰居事後都將對這個眞相大吃一驚。

醒來的「睡人」，多麼動人卻又多麼駭人的比喻。

但我卻猛想起來，遠在一八九八年，開創科幻小說類型的元祖之一英國作家赫伯・喬治・威爾斯（H. G. Wells, 1868-1946），就曾寫下一個驚人的「睡人」的故事；在威爾斯作品當中，這本相對比較不那麼出名的小說，名字就叫做《當睡人醒來》（When Sleeper Wakes）。

在小說裡，睡人得到一個奇怪的疾病，先是為失眠所苦，多日絲毫無法入眠，然後他疲憊不堪昏倒在一位科學家家中，身不由己地沉沉睡去，再醒來時已經過了三百年；可憐這位錯亂了時代的人，他眼前的社會制度、思想態度、科技器用，如今都是另一種全然不同的面貌，他必須竭盡心力去了解並適應。百年之後重讀這部「古董科幻小說」的讀者，可能會驚訝於威爾斯驚人的想像力，他已經細膩地描繪出未來世界地下錯綜複雜的交通網路，垂直昇降的運輸機（電梯），以及在空中控制地面的作戰，準確得彷彿是一場炫技式的巫師預言表演。

仔細再想，又覺得威爾斯的「睡人」更像是一種失去參與世界變化的寓言，好像朱天心的小說〈從前從前有個浦島太郎〉一樣，一位政治犯被關在黑牢裡三十年，再出來時世界已經變得不能辨認，時間欺騙了你，趁你不在的時候偷天換日，串通世界共同起了一些你無法認識的變化。你一覺醒來，發現自己其實是沉睡了三十年，像龍宮歸來的浦島太郎，人面桃花，世事全非，令人恐懼也令人憤怒，你是被遺棄在陌生世界的孤兒。

那是從睡去而後醒來的故事，但如果是清醒而後緩緩睡去，那又將是如何的滋味？另一位科幻小說家丹尼爾．基斯在他的《給阿格儂的花》處理的就是心智沉沉睡去的故事。一位智能不足的麵包店助手接受實驗性的藥物治療，竟然心智開啓，從一個白痴逐漸變成一位學習能力超強的天才；他彷彿從昏沉的睡眠中清醒過來，發現自己的潛力，發現知識的力量，發現人生有各種價值可以追求（包括愛情）。正當我們爲了他的幸運而高興，高興他獲得人生珍貴的智慧能力，高興他將因此有了完全不一樣意義的人生，突然間，那藥物實驗失靈了，病人又有了奇特的癥狀，他的智力又一點一滴失去。但是，這一次他已經是有知識的人，他知道這個發展是什麼意思。從前他是個白痴，他並不知道自己是個白痴，如今他知道智能不足是什麼樣的狀態，那是一種「活著的死亡」，這也意味著「意義世界」的告別，回到混沌的世界；他必須和他所愛的人告別，他不能讓她看見這樣的自己……。

好萊塢電影《睡人》（Awakenings, 1990）裡的勞勃．狄．尼洛，飾演一位患有昏睡性腦炎的病患，但沙克醫生相信這些病人的內心是活著的，不放棄任何治療的可能，他有一次嘗試以藥物治療，竟然讓這些「睡人」都醒了過來，逐步進展到與常人無異的模樣；但這個美景只是曇花一現，藥物的副作用隨即開始發生，而維持他們清醒所需要的藥物劑量也愈來愈重，醒過來的病人與他們的昏睡病奮鬥抗爭，卻只能眼睜睜看著自己一點一滴地再度死去。這個故事和《給阿格儂的花》幾乎是一樣的，只是《睡人》是眞實的故事，那是奧利佛．沙克斯醫師（Oliver Sacks）自己記錄的治療經歷，他主張把病歷人性化，因而產生一種「病史文學」的寫作形式。

眞實世界的「睡人」，也許帕金森氏病患庶乎近之。他們的感官能力一點一滴地「睡去」，直到完全沉睡爲止；有人說帕金森氏症猶如兩次的死亡，你的知覺先死去，然後你的肉體才跟著死去。看著帕金森氏患者的親友，彷彿看一場電影慢動作的死亡，你清楚地感覺著「生命流逝」的具象意義，像沙漏一樣，令你感到觸目驚心。

那一年，我回去探望已罹患帕金森氏症的高中老師，老師已經瘦弱得不成樣子。他曾經是紅光滿面的古典胖子，一張圓滾滾的臉卻又寶相莊嚴，不苟言笑加上一雙怒目相視的鳳眼，使他十足像個古畫裡威嚴的大臣。現在他的臉變長了，皮膚皺摺成布紋，他坐在輪椅上由家人攙扶，從前懸腕寫書法紋風不動的雙手現在拚命發抖著。

「老師，詹宏志來看你了。」陪我前來的高中同學附著他的耳朵大聲說，老師沒有焦點的眼神從我臉上飄過去，臉上肌肉彷彿抽動了一下。「詹宏志呀，你最喜歡的學生，記不記得？」同學還在他耳邊大聲說話。老師的身體突然劇烈地顫抖起來，他的眼睛仍然找不到方向，右手發著抖試圖要舉起來，「他聽到了，他還記得你。」同學回過頭來對我說，昔日年輕的同伴如今已經是小腹突出的中年生意人了，但這幾年老師的情況一直多虧他。我想對老師說：「對不起，我來遲了。」但話哽在喉裡，我一句話也說不出口。

老師當年是嚴厲而關心的老師，他上課要求嚴格，手持一根油亮的籐條，每天晚上卻留下來陪伴即將大考的我們，他說：「你們讀多晚，我就待多晚。」他就坐在講台上，一筆一劃練著和他體形不相似的娟秀書法。他對我彷彿又有一種獨特的關心，雖然不曾明說；但當我年輕氣盛地在週記上寫滿批評時局的牢騷時，他把我叫到一邊，給我一本新本子，說：「把舊的帶回去收好，別給人看見了。」那是多言賈禍的時代，老師自己是不得志的軍人兼文人，他是知道利害的。

他知道我的家境正逢困難，不動聲色幫我申請到了兩個獎學金，又爲了確保我不會失學，每學期註冊時一定問同學：「詹宏志註冊了沒有。」但我的困難卻發生在大學，有一學期幾乎註不了冊，也感到灰心，想乾脆離開學校算了；高中同學跑去告訴老師，老師立刻託人帶了學費來，說一定要把書讀下去。我那時已有兩年沒看見老師了。

後來開始工作，我一直是個闖禍者，消息常常出現在雜誌與報端；我沒有時間去看老師，但同學總是帶來老師問起我的訊息。然後我出了國，隨後又捲入俗世的漩渦，做的工作未必都是老師贊成的，有時候我會想像他搖頭的樣子。但同學說，老師患了帕金森氏病，親人也認不得，再不去看恐怕就來不及了。

但我來遲了，老師的身體激烈顫抖起來，右手似乎想舉起來，我趕緊上前握住它；老師的眼神搜索著，嘴角抽動著，他有話想說，但控制不了自己的身體，最後眼淚從眼眶溢出來。師母搶上前來說，好了好了，不要太激動；又回過頭對我說：「不行，他血壓高。」情緒穩住之後，老師的眼神又迷離了，彷彿不知道我們是誰，剛才發生什麼事。他的知覺彷彿又沉沉睡去，進入另一個世界，我看著這位曾經如此照顧我的長者，知道我們是永遠隔離在兩個世界了，一個是醒著的紛沓世界，一個是睡著的黑暗世界。

我站起來，平靜地對師母說：「老師該休息了，我們回去了。」

1978

但願少年有知

法國人的諺語說：「但願少年有知，但願老者能爲。」（If the young only knew, if the old only could.）這句諺語句型優美，對仗工整，令人一聞難忘，可惜我只聽得懂它的英語譯文，另外那一句聲調鏗鏘動聽的法文，對我來說只是陌生語言的歌曲旋律一般。

當一個年輕人出現在世界時，擺在他面前的是無限的可能，他可以愛更對的人和做更對的事，可惜他對這種命運的豐富和美好一無所知，註定要揮霍浪費泰半；當他變成老人，他已嚐盡失敗與錯誤，對人生與感情已有所悟，他知道怎樣可以做對很多事，但他已經錯過時機，再也無能爲力，除了悔恨和惋惜；當他看著擦身而過的一群群新鮮年輕人，他看著他們鮮豔顏色的頭髮和任性無邪的笑容，他多麼著急想讓他們知道他的悔恨，好像地獄回來的鬼魂，急著要訴說彼岸的景觀；但年輕人仍然毫無所覺，鬼魂渾若不存，他們相信所有的事都會等著他，悲劇就這樣世世代代重複地上演。

我聽到這句話的時候，年紀才二十出頭，雖然也覺得它音調優美好記，彷彿富涵哲理，懵懵覺得有點意會。現在回想起來，諺語中那種滄桑蒼涼的口吻，深沉悲哀的感傷，其實那時的我是無法眞正體會的。

十幾歲到二十幾歲之間，人生通過否定與反抗而成形。我急著要否定父母，否定老師，否定權威，否定秩序，否定社會，否定建制，希望從衆多的「不是」當中，看見「我是什麼」。這也顯然是一種成長本身的「生物設計」，否則他將如何形成自我，甚至有勇氣遠走高飛，像一隻成長飛揚的鳥一樣，毅然離開他熟悉的環境與依賴的體系？

我沒有趕上父親的全盛時期，我只是從母親、親戚、父親友人的口中聽到許多父親的傳奇。包括他如何在近乎文盲的家族裡單獨得到受高等教育的機會，他如何年輕時期就事業成功，他的專業如何受到日本政府的珍重，他如何慷慨幫助在困難中的友人，他如何成爲全村尊重諮詢的智者……。

父親生長在窮困的捕魚家庭，讀完公小學之後應該就要回家勞動；但他在學校表現得不尋常地出色，又寫得一手上乘書法，他的日籍校長覺得絕對不能讓這樣的小孩失去教育。這位在殖民地異鄉從事教育工作的校長，特地全身盛裝（也就是戎裝和軍刀），大跨步走到漁村，來到祖父家中，村裡頭的鄰人都奔相走告說：「大人來了，大人來了。」校長說服祖父讓父親繼續讀書，校長則供應他學費和食宿，一直讀到技術學校畢業。我還留有父親唸技術學校時的一本《橋樑工程》教科書，和一本筆記，裡頭密密麻麻的鋼筆眉批，依稀還看得到一個用功的青年學生昔日的形象。

國民政府來台之後，父親的煤礦事業受到沉重的打擊，我後來問他爲什麼，他告訴我，台灣那時候沒有工業，只有糖廠和鐵路局需要一些煤炭；在一九四五年以前，台灣的煤主要是外銷到日本九州去的，一九四五年以後就改銷上海，那都是當時工業比較發達的地方。一九四九年以後，煤就沒地方去了，價格一落千丈，做炭礦的人都很慘。

煤礦發生困難時，礦場發不出薪水，父親是工程師，不是老闆，但他覺得工人都是他雇的，他有責任照顧他們，他要所有的工人和眷屬都來我家吃飯。我記憶裡仍有這樣的圖像（我不能確定是眞實的，還是後來想像的？），上百的工人帶著全家老小，把鋪蓋都攤在我們家的騎樓下，難民一樣浩浩蕩蕩睡滿了一整條街，媽媽和阿姨用巨大的鍋子煮鹹稀飯，每個人都拿了一個盆子來盛著吃，在騎樓的每個角落，火紅的燭光搖曳在一張張灰撲撲的臉上。

這些英雄事蹟多半是經由親人轉述的，我從懂事以後，父親就是一個待在家裡的病人，他已經失去事業也失去健康。我很想向同學炫耀父親的光榮歷史，但我不能，因爲這和父親咳嗽駝背的猥瑣形象太不相稱，沒有人會相信我。我剛搬到山城時，因爲畫了停滿飛機的航空母艦，被從未見過船隻和大海的同學嘲笑了一頓：「怎麼可能船會比飛機大？」我怒沖沖地辯駁說，船本來就比飛機大，結果在同學間贏得一個大騙子的名號，有了這個教訓之後，我並不覺得可以把潦倒的父親再說成一個英雄。

父親並不嚴厲，從不大聲斥責我們，也許他覺得斥責打罵子女是女人持家的瑣事；但他非常威嚴嚴肅穆，至少是沉默寡言，每天都坐在固定的位置，像座雕塑一樣，几上一盞熱茶，抽著菸想著我們無法理解的事情。我並不覺得自己有資格和他說話，連一起走在街上也從不交談，雖然我也衷心相信他是疼愛我們的。

很快我就來到我青春年代的「否定時期」，我渴望逃離家庭，逃離學校，逃離一切管束，以及逃離鄉下無所不在的空白與苦悶；我對課外書本發生興趣，我對陌生事物發生興趣，譬如宗教和哲學的議題，還有文學和愛情的誘惑。就在青春期的混亂和焦慮中，我的注意焦點離開了家人，也就遠離了父親；大學唸書時，當我頂著一頭憤怒的長髮回家，進了家門，一聲「回來了」是我唯一的招呼。父親坐在他的老位置一動也不動，盯著我半晌之後才說：「那頭髮怎麼不理一理？」

我雖然一身叛逆的姿勢，其實內心已經因爲新的知識而轉爲柔軟。我對父親重新有了好奇，在大學的圖書館裡，我奮力尋找關於台灣礦業發展史的各種資料，想從中找到父親的蛛絲馬跡，結果父親口中常常提及的那些煤礦，果然都在書上有紀錄，那些他的工程事蹟可見是眞實的了。

但不和父親交談已經成了習慣，我只能偶爾冷箭一般問他一個問題，譬如在兩人默坐讀報時突然問他：「你讀了那麼多書，爲什麼家裡一本書都沒有？」他沉吟了半晌，壓低聲音說：「二二八事件後，到處在抓讀書的人，那些日文書都丟到古井裡去了，連同校長的照片，穿日本服裝的照片。」那是我第一次從他口中聽到那些禁忌的語詞，聽到他的謹慎和低調。

大學畢業，我到報社工作，我開始想要從寡言的父親口中得到更多的歷史故事；我假裝報社有意做一個煤礦史的專題，問他願不願意幫忙，還說有一筆錢可拿，父親無可無不可地答應了。來台北時，我到車站去接他，父親已經老了，他爬座陸橋已經是氣喘吁吁，我覺得有點不忍。他還是堅持要帶我往深坑、石碇，到昔日的煤礦去找他的朋友；但那是一場尋鬼之旅，礦場裡他全然找不到認識的人，每當他問及一個人，場裡就有人應答說：「你說那個陳火生仔呀，昨年就過身了。那邊一位就是他的後生。」

夜裡父親坐在我租來的公寓客廳沉默不語，像個暗處的黑影，一閃一閃的紅光是他的香菸，我不敢驚動他。他倒是開口了，他指著窗外，「以前這裡什麼都沒有，半山腰那裡有一個柑仔店，上面住的都是山地人，我從上面礦坑開了一條路下來。」我看著他指的大片山地，柏油路蜿蜒爬滿整座山，各種大型坡地住宅社區點著閃亮的燈火，他原有的世界已經變得不可辨識了。

我沒有再要他做任何口述歷史或帶我回他昔日的地方，我自己生涯波折不斷，身不由己，總覺得可以晚一點再說。等到再要做一點紀錄的時候，當然，和人生其他所有的悔恨一樣，父親已經不在了。

我所知道他的故事，仍然是由教育程度不高的親人所敘述，但這些是可靠的嗎？正確的嗎？但願我少年時候有知，就不會有今日的不行了。

1982

孔子雕像下

「那，你覺得在哪裡見面比較好？」

我說這句話的時候，雖然口氣仍然禮貌客氣，內心其實已經有點不耐煩；因爲在此之前，我先建議在我辦公室見面，他表示不方便，後來我又提議了幾個在格林威治村的咖啡店，都是標的醒目而方便談話的地方，但他也是支支吾吾不肯答應，推說地方和道路不熟悉，我沒辦法，只好請他自己提出見面地點的建議，不料他的回答仍舊嚇了我一跳。

「我們在唐人街孔子雕像前的廣場見面好嗎？」

那是一九八二年的舊事，我在紐約一家中文報紙上班，負責編輯並調度各種影劇副刊生活等類的版面，一個陌生人打電話來，聲音聽起來像個年輕人，自稱叫喬治．楊，他劈頭就問，你們要影評的稿子嗎？並且很粗魯地立刻問道：「稿費怎麼算？」

長期的編輯工作要我不要怠慢任何人，因爲作家有各種形狀和面貌，你永遠不知道下一位作家會從哪裡發生。我很客氣向他解釋用稿的原則，稿費的概況，並且探問他想寫的稿子的類型以及他的背景。他告訴我他是輔大畢業，來美國攻讀電影已經兩年，他原來在台灣就寫過影評，有興趣爲我們寫一點談電影的東西；但在談話中，我很意外地發現他對當時正在紐約上映的電影一無所知，他立刻改口說他想寫的是和影史有關的東西。我向他解釋說，這樣的稿子通常是有計畫地向特定作者邀約，如果我們能見面談談，了解你的構想，我會更容易決定是否這是報紙想要的稿子。

「你可不可到我辦公室來談談呢？」

「不，我都在曼哈頓，我從來不去皇后區。」他的聲音像是受到了驚嚇，彷彿我提了一個駭人的意見。

「曼哈頓也可以，要不然我們找一個咖啡店見面，MacDougal街上的但丁咖啡好嗎？就在格林威治村裡。」

「不方便，我也不知道那個地方。」

號稱就讀紐約大學的學生不知道格林威治村裡的但丁咖啡，事情有點奇怪，但我還是很有耐性：「或者，Bleecker街上的費加洛咖啡，就在最醒目的街口？」

「我，我不想去咖啡店。」他還是有一種獨特的堅持。

「那，你覺得在哪裡見面比較好？」

他說：「……在唐人街孔子雕像前的廣場見面好嗎？」

這眞是一個奇怪的約會地點。孔子雕像位於唐人街的邊緣，被稱爲「醉貓街」的包爾利街（Bowery Street）的三角盡頭，轉彎處就是上曼哈頓橋的拱門，那是一個中央有座孔子雕像的廣場，就叫做孔子廣場（Confucius Plaza）；一九八〇年代，在朱利安尼尚未擔任紐約市長，在他尚未施展鐵腕整頓紐約治安以前，這裡平日盤旋的盡是無家可歸的醉漢，人人衣衫襤褸、儀容不整，手裡拿只棕色紙袋，袋中是一瓶廉價烈酒，華人稱這些醉臥街頭的homeless叫「醉貓」，包爾利街也因而成了「醉貓街」。

那是一無遮蔽的廣場，時間已經是入冬轉寒的十二月，約在戶外也著實奇怪；但我也沒有太感到不便或不願，我樂意和「各種作者」見面，我心中想的是：如果室外眞太冷的話，在唐人街裡找一家茶館不就行了？

約的是星期日下午兩點，我準時來到孔子廣場，當天陽光明亮，氣溫仍然凍人，廣場上有兩個華人老婦帶著嬰兒車，幾個東倒西歪的醉漢，還有幾隻昂首闊步的鴿子，但看不見我約的作者。就在我等得心疑對方是否失約時，一位一直坐在雕像下的髒兮兮醉漢，向我走了過來，我以爲是要討錢，突然間他開口說：「是詹先生嗎？我是喬治。」

我才看清楚他的華人面貌（我們多麼容易錯過街上醉漢的面貌），他身上披著一件厚重的破爛大衣，臉上簡直沒有乾淨的地方，嘴角還有一個明顯的傷口。細看之下，他的面容頗爲清秀，年紀也的確是三十以下。這時候，我已經明白約會地點的理由，他這一身打扮，沒有人會讓他進入室內，咖啡店和餐廳都會趕他走的。

我們就坐在孔子雕像底下，一面打著哆嗦，一面冒著煙講話，我不知道該不該觸及別人的歷史，也不敢問他「何以致此」，談話中感覺到他對自己的處境是敏感的，說及背景總是藏藏躲躲，前言不對後語。我也明白他爲什麼不知最近上映的電影，但他談起一九六〇、七〇年代的大師卻又如數家珍，讀過電影或曾經是文藝青年應該也是眞的。

我突然覺得自己應該勇敢做一件事，我掏出一百塊錢給他，說：「你需要振作一些，你先拿去把自己弄乾淨，然後再替我寫稿。」

他有一點受傷的表情：「是我的朋友出門把鑰匙帶走了，我回不去。」但他還是收下了錢，「等朋友回來了，我再還你錢。」

過了兩天，我又接到他的電話，聲音仍然鬼鬼祟祟，但輕快開朗很多：「我去看了電影，我可以給你寫個影評，我寫得比他們都好。」

過兩天，稿子寄來了，這眞是一份最奇怪的手稿；那是一小段一小段各種紙張黏貼起來的「拼布」長紙條，每一片都密密麻麻寫了字，那是他的稿子。文章有點跳來跳去，但還是寫得不錯的，從此，他成了我的作者。

每一次在電話中，我們都講一點話，我也慢慢把他的故事拼了起來（像他的稿紙一樣）。他大學畢業後，大概在台北待了一點時間，是一位「有一天我要拍電影」的文藝青年；費了很大的力氣他說服家人（應該是寬裕的家庭）讓他出國唸電影，但某種緣故被退了學（或因鬼混而離開了學校），他沒有勇氣回家面對這個事實，拖到身無分文而流落街頭，因爲年輕而俊美，偶爾會被同性戀者帶回家（就是每次他口中所說的「朋友」），這些關係好像也未能持久，直到塵土掩蓋他清秀的面容，連這樣的機會也不可得；他可能在街頭上撿到一份報紙，窮途末路中打電話來試試，然後就是我的「孔子廣場」會面記。

有一次，我在電話中終於忍不住：「喬治，我這句話可能會冒犯你，你應該回台灣去，重新給自己一個機會，你知道流浪漢的下場，他們一開始也以爲這是一陣子的不順利，但通常會變成一輩子。」

他沉默了一下，他正在想，他不是不明白，但他還在掙扎：「等我朋友回來，我和他商量。」

「你沒有朋友，你的朋友已經把你趕出來，你每天睡在哪裡？」我第一次把我的了解說出來：「喬治，我借你機票的錢，你趕快回台灣去，再來美國的時候，你就不會是這樣。」

他再度露出受傷害的音調：「我自己借得到錢，我舅舅就住在紐澤西。」

「那就趕快去找他，趕快把自己從街頭拉回來，再過幾年你就習慣這種生活了，你永遠不會回來了。」

他沉吟了半晌，說：「我還是要和你借點錢。」

我要他來報社附近停車場，我拿給他一千塊，他低著頭說：「只要兩百。」然後他走了，大衣拖到地上的背影，是我最後一次看到他。

我沒有他的任何音訊，我不知道他拿了錢之後，是回到街頭，還是去了紐澤西（還是根本沒有紐澤西的舅舅）？

幾年後，我回到台灣，一位編輯朋友對我說，他曾經接過一個電話，奇怪的人，不肯說他的姓名，只問他是否需要影評的稿子，神經病一樣，編輯朋友說：「但他說他認識你，還說他欠你錢。」

啊，原來你在這裡，親愛的喬治，你終究回到了台灣，我很高興你安然無恙。

1982

咖啡應有的樣子

西方人在提到他們的日常飲料時，有一句俏皮話形容咖啡應有的面貌說，它應該「黝黑如暗夜，炙熱如地獄，甜蜜如愛情。」這裡說的是，當咖啡烹煮調理恰適時，水熱、色黑、味甜，缺一不可；當然，如果你不加糖，那咖啡也至少應該「苦澀如失戀」。但這句俏皮話顯然是不夠的，咖啡固然應該黑熱甜美，我們之所以喝它，卻還因為我們相信它能在身上起某種作用。

一九七〇年，國學大師錢穆先生接受當時成功大學羅雲平校長的邀請，專程南下在台南一連演講四場，學院內外聽衆踴躍，蔚爲盛況。那四場演講後來整理成《史學導言》一種，是錢穆先生論治史一本饒富趣味的通俗之作。在演講之中，錢穆先生竟然出人意表地舉了一個咖啡的例子（漢學大師不說茶，倒提起洋人的咖啡，是有趣的事）。他是這樣說的：

讓我再作一淺譬。一杯開水，調進兩匙咖啡，咖啡就在水裡發生了變化，但水還在那裡，咖啡也還在那裡。再加進一些牛奶和糖，又變了。但這杯水和咖啡、牛奶、糖，也還在那裡，這樣你便可以把來喝。這是一路積存，一路變化。一路變化，同時也一路積存。「所過者化」，不是過去了，乃是變化了。「所存者神」，這更奇妙。諸位要知這杯咖啡怎麼地成，或許諸位喝慣了不注意。它便是一個「存」，同時又是一個「神」。你喝它，它會在你身內起變化，那不是「神」嗎？

爲了解釋孟子說的「所過者化，所存者神」，大師神來之筆，以咖啡作譬，說水是水，咖啡是咖啡，混在一起，咖啡粉不見了，水也變黑了，但它們不是消失了，而是「化」（改變）了；形體雖然變化不見，卻還是一種存在，並且有一種「神」（作用）。喝了咖啡，亢奮難眠，那就是所存的「神」。

大師說得對，的確，你喝的咖啡，如果是眞正的咖啡，它應該「如眞夜之黑，如地獄之炎，如失戀之苦，如神明之靈」。

但人生各地遭逢的咖啡，卻不一定是它該有的樣子。一九八八年，台灣剛剛開放大陸探親沒多久，大陸也還在人民幣和外匯劵同時通行的「一國兩幣」時代。我來到北京，投宿在當時最具代表性的「北京大飯店」；中國大陸還未受自由市場經濟的污染，「服務」的概念還是不流行的。在北京大飯店的餐廳裡，我把手舉起來，上百位站在兩側的服務生有志一同地把臉別開，當做沒看見，那也是已經看不見了的壯觀場面。

而我兩次在大堂咖啡廳裡點了咖啡，教訓都十分慘痛，服務生用泡茶的熱水瓶沖泡雀巢即溶咖啡，水溫不夠已是致命的調理，其中一次咖啡粉放得太少，幾乎只是染了棕色的開水；另一次咖啡粉則放得太多，濃得猶如勾芡一般。我後來細想，在這些服務生當中，他們極可能沒有人喝過這奇怪的藥水，如果你不曾喝過這種東西，又怎麼知道什麼樣才是正確的味道。要怪，只能怪自己爲什麼入境不問俗，不能不喝咖啡了。

爲什麼不能不喝咖啡？追究起來，應該追溯到一九八二、八三年間在美國工作的經驗。在此之前，我在台灣偶爾也喝咖啡，但那只是「坐」咖啡店（文藝青年不能不坐咖啡店）不得不然的副作用，並未特別覺得喜歡或不喜歡。到了美國，可能因爲異鄉寂寥，或者因爲天寒乾燥，每當坐下來，一杯咖啡在手，就感到身心安頓；而在美國餐廳，只要點了一杯咖啡，就像自來水一樣沒有完結，服務生巡邏管區，不由分說，只管添滿空杯，不知不覺你總能喝個七、八杯。

我的工作從晚上六點做到半夜兩點，差不多到了十點左右，身體就覺得有點僵硬，這時候，我起身外出，冒著大雪，走兩條街去一家速食店買一杯咖啡，熱騰騰捧在手中，呼著白煙走回辦公室，既舒活了筋骨，也調節了心情，異鄉孤絕中也微微有些溫暖幸福的感覺。直到有一天，早上起來未喝咖啡，到了中午，手卻不聽使喚，激烈地顫抖不停，喝了咖啡才止，這才知道已經咖啡因成癮。紐約市政府有「上癮藥物指南」手冊一種，詳列各種成癮藥物成分，咖啡因是名列其中唯一合法販賣的「毒物」。

咖啡自從上古時期在衣索匹亞被發現以來（據說是牧羊人看見羊吃了咖啡果實亢奮不已，因而發現了這種令人興奮的飲料），先由阿拉伯人所流行飲用，再隨十字軍東征傳入歐洲，然後傳染了全世界。咖啡在傳播擴散的過程中，並不是完全通行無阻廣受歡迎，至少在英國倫敦掀起咖啡館風潮的十七世紀，不得其門而入的婦女們曾經發起大規模的抗議請願，甚至出版了一本叫《女性反咖啡請願》（The Women's Petition Against Coffee, 1674）的小冊子來主張禁止咖啡，她們的理由是咖啡使她們的男人「不舉」。但同一年，若干擁護黑色飲料的男士們則出書答辯，書名是《男性給女性反咖啡請願的答覆》（The Men's Answer to the Women's Petition Against Coffee, 1674），他們聲稱這種飲料令他們「勃起更生猛」（the erection more vigorous）。何以他們從這種神秘飲料得來的生猛，閫中女性竟都不曾享受到，這就是另一樁歷史之謎了。

咖啡本來有可能成為令一種社會應該禁止的毒品，卻因緣際會成了舉世流行的情調飲料，如今更成了世界交易量第二大的大宗貿易物資（Commodity），利益糾葛交纏不清，想要禁它恐怕已經不可能了。當你可以合法享受某種興奮劑或上癮物，其中的細膩講究（如同昔日的鴉片），當然可以發展出許多精緻幽微的學問來。喝咖啡的講究可以從「豆種」開始，你也許聽說過，好的咖啡豆都叫做「阿拉伯種」（Arabica）；然後你得講究「產地」，名字不管叫做爪哇、曼特寧、哥倫比亞、吉力馬札羅，都是咖啡生產地的名稱，各有各的性格氣質，有的泛酸，有的帶苦，最神秘也最高貴的產地叫做「藍山」，幾乎和茶葉中的「凍頂」的原意相同；然後是烘焙的方法與表面焦黑的程度（火候）；然後是煮法，現在流行的拿鐵、卡布奇諾，無非都是「加牛奶」的外來語，說明的只是一種調理方法；你當然也可以問是用濾泡式、滴泡式、虹吸式，還是氣壓式所沖泡而成；咖啡還可以加香草、榛果等一起烘焙，成為「加味咖啡」；或者加白蘭地、威士忌等烈酒類一起調製，那就成了所謂的「特調咖啡」。

更優雅的咖啡飲者，當然可能還可以講究器皿、時間、佐配點心和環境氣氛，以及和什麼人共進咖啡，談什麼話題（詩文或許可以下酒，哲學卻更適合不加糖的咖啡），但講究到一個地步，一種敗家傾頹的靡爛氣息也就離得不遠了。

咖啡與人比較眞實的情況應該是，你早上睡眠不足醒來，昨日的餘倦未消，今日卻還有四個會議、五個面談等著你，你的身體與理智分道揚鑣，不知聽誰的才好。對我來說，此刻的我意志單薄，心理動搖，就像站在魔鬼面前的浮士德一樣，我只能嘆息說：「我的靈魂你拿去吧，此刻只要換給我，一杯黑得像背叛、熱得像畸戀、苦得像癌症、焦得像戰場、神得像鴉片的咖啡，就好。」

1984

咖啡館裡的革命者

有一次我曾經提到，錢穆先生在三十年前的演講中用了咖啡做譬喻，解釋孟子的「所過者化，所存者神」。我覺得他不但生動巧妙地詮釋了孟子，也意外地點醒了咖啡的提「神」作用；咖啡如果不「神」，我們耽飲這杯黑色苦水要做什麼?朋友看我鎮日以咖啡當飲水，狀似自殘，詢以緣由，我只能用杜撰的打油詩自嘲，心虛地辯解說：「連日殘業常無眠，一杯咖啡如有神。」(「殘業」是日文，加班的意思。)

咖啡傳說在上古出現於衣索匹亞，牧羊人兼詩人卡爾弟(Kaldi)發現羊隻吃了某種樹果而亢奮「起舞」，他好奇試食之後，也「快樂地加入了牠們」，連美妙的詩與歌都不假思索，從口中泉湧而出，一種如有神助的刺激物就從此誕生了。但在鄰近的伊斯蘭教或基督教的「一神教」

信仰裡，都是「除了我，你不可以有別的神」的唯一與至高的概念，他們容不容得下咖啡這種別的「神」呢？幸虧，歷史上高智慧的伊斯蘭學者爲咖啡找到許多神學上堅實的存在理由，因而保住咖啡不至於淪入魔鬼掌中，後來先成爲伊斯蘭教世界最重要的日常飲料。有經驗的大旅行家甚至說，阿拉伯人絕不與敵人共飲咖啡，如果他們請你到家裡喝咖啡，就是眞誠視你爲朋友的表現，一天半之內，你是絕對安全的。

咖啡的種植大約在六世紀傳到阿拉伯半島的葉門，再通由葉門普及於阿拉伯世界；十六世紀，土耳其人圍打維也納，退軍之後留給了歐洲人喝咖啡的習慣；十七世紀荷蘭人通過荷屬東印度公司把種子帶到印尼種植，十八世紀初法國人則在馬達加斯加外海波旁島（Bourbon）試種咖啡，再由此傳往巴西；從此咖啡種植遍及中南美洲、亞洲、非洲三大洲，這是後來大家熟悉的事。但咖啡性喜高濕高溫，只產於南、北回歸線之間，可是最大的消費地區卻都在北回歸線以北的歐洲、美國、日本，迫使咖啡必須貿易流通，穿梭於大洋，成爲當今之世僅次於石油的第二大貿易物資，這絕對不是昔日與羊群共舞的牧羊詩人所想像得到的。

阿拉伯人何以認爲咖啡與伊斯蘭教義沒有牴觸？甚至把它命名爲「Qahwa」（讀做Kafwa），三個子音代表的意思包括了「堅忍不拔、內在感動、歡喜無憂」（我想不出比這三個描述更能準確讚美咖啡的任何言詞）。原來聖者發現了咖啡的幾個美德：第一、它能夠幫助僧侶守夜。在深夜滿天星空中祈禱敬天，本是伊斯蘭教徒的恩典，教義中更要求僧侶輪流守夜，做爲重要修行，黑色聖水恰巧可以幫助你徹夜清醒；第二、它能夠抑制食慾。沙漠民族視臃肥豐滿爲柔弱病懦的象徵，瘦削飢餓才合乎美與賢的條件；他們有強烈抑制食慾的禁慾主義傳統，加上伊斯蘭教每年的斷食齋戒月，咖啡更成了強化意志力的實用良伴。

阿拉伯世界裡歷來爲咖啡辯護的伊斯蘭教學者很多，十六世紀的阿拉伯學者阿布德·阿卡達（Abd Alkader）在一五五八年所寫的《論咖啡的正當性》最爲重要，該文在十九世初被譯爲法文（Traité de la Légitimité du Café）在歐洲流傳，這些伊斯蘭世界天人交戰的咖啡神學論述，才逐漸爲其他世界所熟悉。

奧圖曼帝國治下的土耳其伊斯坦堡，十六世紀中葉出現了咖啡館，標誌了咖啡文明史上的大事；而它的進展神速，僅只十年間，城中咖啡館數量就躍增到六百多家。當時的咖啡館，土耳其語稱爲「咖啡哈內」（Kahvehane），哈內其實是指商旅客棧、朝聖旅館之類的臨時租用空間，也許我們應該譯做「咖啡棧」才對。但咖啡棧很快就風行成爲新的社交場所，提供了一個當時正在興盛的貿易商談的潤滑機制。

本來土耳其繼承羅馬人的傳統，最重要的社交場所是公共浴場，在熱水浴、冷水浴與蒸氣浴之間，在按摩與色情之間，權勢與財富在此既公且私之域，彼此放鬆警戒，交換利益與協議，達成官式場所做不到的事。咖啡館的出現，成了另一個「自由感」洋溢的場所，也造就了一種全新的生活形態。

「自由感」洋溢之處，有時候是危險的，因爲一切「反抗感」也會伴隨而來。在既有的「私空間」裡，或已完成特定使用任務的「公空間」裡，都沒有新的可能性可以發生。咖啡館在這裡，提供了一個暫時的不特定多數人集結之處，就接收了所有正在發生的力量。美國獨立戰爭與法國大革命時期，一開始的作戰司令部都在巴黎的咖啡館裡，這裡透露了某些有趣的線索，不是嗎？

台灣早年的黨外時代，民主運動的革命者當然也只有咖啡館可去；公開集會是禁忌而危險的，一種有住所的「革命總部」更是不可能的，咖啡館就成了臨時搭建的通訊處與交會處；結識盟友、討論行動，一家一家流轉聚會的咖啡店就扮演了從此處到彼處的空間。

二十年前，我失業在家，對自己的前程正感到困惑難明，幾位朋友打氣說：「開家咖啡店吧。」因而我在台北東區還不熱鬧的街道裡有了一家很小的咖啡店。很快地，因著我原有的工作背景，咖啡店主要的來客是新聞記者、作家、文藝圈與影劇圈的工作者，還有，和這些人過從甚密的「革命者」。

革命者，和其他族群一樣，也是多樣多面，他們有的熱情洋溢、有的鬼鬼祟祟；有的博學多聞，有的猥瑣草莽；有的大聲喧嘩，有的靜默警戒。但他們共通對社會的不滿溢於言表，永遠有你不知道或不敢相信的內幕消息；更有趣的，革命者共同的特性之一，是不愛付他們的咖啡錢。

革命者和僧侶一樣，他們是習慣受供養的人；僧侶漠視此世，推銷彼世，革命者也一樣，他們也提供「下一個政府會更好」的允諾，至少他必須讓我相信這一個政府有多麼不堪。當時我還年輕，對彼世與下一個政府，都充滿了嚮往，也不在乎爲這些革命者付一兩杯咖啡的錢；但他們愈來愈多，呼朋引伴，對別人付帳視爲當然。我才想起來，小說家康拉德（Joseph Conrad, 1857-1924）不是早在他的經典之作《我們的人》（Nostromo, 1904）裡頭已經向我們暗示，要革命者爲信仰犧牲容易，要他們守住一桶金幣可就太難了？

這些流連於我的小咖啡店的革命者，現在大半變成有權有勢的名人了；有的選上公職又因醜聞下台了，有的入了新政府內閣，有的進了國會殿堂，有的成了義正詞嚴的媒體寵兒。但我只要想到當年他們推拖遷延、避免淪爲付咖啡帳的人的滑稽模樣，就覺得咱們的國家有點危險。

我無意提供內幕給大家笑談議論，我只是從這裡看見咖啡館的性質；是的，咖啡館是變身之地，是你從這裡到那裡的出發之地。我自己不也是嗎？每次人生轉折失業待業之際，坐咖啡店的時間就多得不可勝數，它是一個臨時的場所，把你從私空間裡拯救出來，直到你有下一個公空間爲止，你在那裡成爲一個固定的身影。沒有一家咖啡館或者一杯又一杯的咖啡，我們眞還不知道怎麼走人生的下一段路呢。

鮑伯・狄倫（Bob Dylan, 1941-）在他一九七六年的唱片《慾望》（Desire）裡，就有首歌叫〈再一杯咖啡〉（One More Cup of Coffee "Valley Below"），歌詞象徵式地寫出行路人在咖啡館流連的心理意結：

再一杯咖啡要上路，
再一杯咖啡我就走，
前往下面的山谷。

（*One more cup of coffee for the road,*
One more cup of coffee 'fore I go
To the valley below.）

1986

依莎貝拉的來信

第一次收到依莎貝拉的來信，那已經是十四年前，我們從未見過面。

那並不是一封信，我收到內容完全相同的信至少有四封，分別從各種不同的地方轉來。她在信上說，她是一位曾在台灣唸大學的香港僑生，讀過我的書，對我上班的遠流出版公司也很熟悉，聽說遠流計畫要到香港開設分公司，我自己也將前往香港工作，她是否有機會可以和我一起工作？

這其實是一個意志堅強的求職行動，發信者顯然並不知道我眞正工作的場所在哪裡，她把一切可能和我有關係的單位都發了信，希望他們能轉寄給我，結果我收到了四封（後來她告訴我她發了近二十封）。

但到香港工作的事又是怎麼回事?當時我工作的出版社業務發展得還不錯，在香港地區的銷售也漸入佳境，又看到未來與中國大陸在出版上的可能往來，我和我的老闆王榮文都覺得有在香港開公司的價値，而我也覺得我自己應該親自渡海赴會，試試到香港去開拓。雖然只是一個正在研議的構想，不知什麼緣故被香港報紙報導了出來，一位名叫依莎貝拉的年輕畢業生就看到了消息。

到香港開公司的事並沒有眞正開始進行，我們總是有太多藉口，覺得台灣分不開身；決心一旦下得不夠，立刻就被台灣新的出版案子纏住了。我只好寫信給這位年輕女孩，告訴她報紙上說的其實超過了事實的進度，我們並沒有立刻要在香港開公司的打算（也許未來會），所以也沒有工作可以給她，希望將來有機會。

這樣的故事在多半時候應該結束在這裡，但這位發了二十封求職信的女子並不是普通的人，一年半之後我又收到依莎貝拉的來信（這次只有一封），信上告訴我，她到美國讀社會學的碩士學位去了，希望拿到學位後能回香港做社會工作，但也很擔心畢業即失業，回到香港未必找得到理想的工作，信的末尾還問我，你原來計畫的那個香港公司還開嗎?

我看著信，內心有點酸澀和苦楚，因爲我與我工作的公司已經發生了困難，我正努力思索自己的去留與下一步，我怎麼有力氣考慮香港公司還開嗎，台灣的公司都快與我沒有關係了呢。但這樣內在的心情怎麼能夠對陌生人說，我只能回一封禮貌的信，說香港的公司一時之間還沒有計畫，謝謝她的關心，並對在遠方求學的她發了一番勉勵的話。

一年之後的夏天，我失業在家，因著一個特別的邀請我到了香港演講，講的仍是我已經失去舞台的「華文出版」；演講會後衆人交際談話時，一位高個子直頭髮戴眼鏡的女子走過來，想說什麼似地看著我，終於開了口：「我是依莎貝拉，曾經寫信給你的人。」

她希望能有一個時間說話，她很成熟而拘謹地說：「想向您討教一些問題。」這不是我從信上所認識的依莎貝拉，信上的她說起話來掏心挖肺似地滔滔不絕，言詞也直接眞實毫無修飾，不像是會說「討教」的人。但我也同樣的拘謹，客氣地表示樂意，並且約了第二天早上一起吃早飯。

第二天她如約前來，神情輕鬆了一些。她在餐桌上告訴我，她在美國求學時和一位丹麥同學結了婚，畢業後他們對要到哪裡發展頗有一番掙扎。最後，她請求她的丹麥丈夫支持，先陪她回到香港，讓她有機會在家鄉做一點事，盡一點理想；她先生同意了。兩人回來已近一年，依莎貝拉找到一個還不錯的工作，頗接近於她服務社會的理想，但是她的丹麥先生一直找不到工作，也對她的廣東家族無法適應。她覺得她先生已經爲她犧牲一年，是否她也應該犧牲自己，陪他回歐洲去。她幽幽地說：「回他的歐洲，我就和他在香港一樣，沒事可做了。」

我已經記不得我在桌上說了什麼，我一定是努力想為她找出一個合理的思考基礎，我的意見一定笨拙得可以，因為這根本不是我有過的處境或想過的狀況。但她還是禮貌地謝謝我給她時間，並說將來希望還能寫信打擾我，我們就告別了。

可能是半年之後，我收到依莎貝拉來自北歐的信，她已經和丈夫回到「另一個家鄉」，和她猜想的一樣，她先生立刻有了很好的工作，也快樂起來，但是她完全找不到像樣的工作，她說：「我連他們日常的話都不會說，怎麼會有人給我工作？」在充滿哀怨的信紙裡，她甚至說：「你能想像每天看著灑水機在草地上灑水的滋味嗎？」

這種異鄉的孤絕，自己變得毫無用處的感覺，我其實不是不明白的。我曾經多次失業，也曾經徹底懷疑自己；我也曾經在陌生的異鄉工作，連基本的生活都對付不來，卻又求助無門。這位戴黑框眼鏡、書呆子氣很重的年輕女子，處在一個困難的陌生環境，那裡她有愛她的丈夫，卻像個甜美監獄，她沒有同伴可說話，沒有事可以做（卻又是一位有抱負的人），這種心情我是能想像的。

我突然有衝動給她寫一封長信，當時正是台北的書展，我從世貿中心走出來，在附近一家咖啡店裡振筆疾書，也顧不得字跡的潦草。我寫給她一個故事，那是女權思想的先驅瑪麗·伍士東克拉芙赴北歐旅行的舊事。瑪麗·伍士東克拉芙曾經有一段神秘的北歐之旅，當時的北歐仍然落後，旅行也很困難，但她乘船兩次跨海峽，恓恓惶惶於今日的哥特堡（Göteborg；位於瑞典）與克莉絲汀桑（Kristiansand；位於挪威）之間，後人考證她旅行的目的，是爲她的男友追蹤一艘被黑吃黑的船與貨。此時她的男友已經背叛了她，她雖然是揭櫫女性獨立、反對婚姻制度的先驅，眞正面臨感情問題時仍不能免於心碎，甚至爲此兩度投河尋短（女權鬥士爲愛尋短其實是理論上的難堪）。但瑪麗出發爲男友追討船隻時已略有所悟，她意識這趟西歐人罕有的北歐之旅將是她重整心情、反省自身的絕佳良機；她一路上把她所看見的北歐細膩寫下，並佐以自己逐漸清澈的心境，最後出成一本書《北歐短停書簡》（A Short Residence in Sweden, Norway and Denmark, 1796），成了激發西歐人理解並傾心北歐的重要作品，今天更重新被發掘，成爲女性自省思想的里程碑之作。

我的意思是，人生處境有時詭異難解，總要使它變得有意義。一個人孤絕於異鄉當然是苦的，但如果視這個經驗爲一個僅有的機會，把一個嫁在北歐的中國人的狀態、處境反省下來，代替我們這些無此經驗的人觀察這樣的景致與生活，從長期的歷史來看不是宛如天意嗎？如果只是哀怨，異國婚姻反而只有分裂一途。

似乎這封長信有安定（或震撼）的作用，收信的另一端沉默了很久。依莎貝拉再來信時，她已經有了小孩，把全家福的照片寄來，她說：「每天處理家事也很幸福。如果你路過哥本哈根，何妨來我們家中小住。」我讀了信，心裡就偷偷地笑了。

一個通了十幾年卻只有幾封信的奇緣朋友，最近不知何故又捎來了一封e-mail，信上簡單的幾個字：「你還在嗎？」我想起這位發了二十封信求職的勇敢女子，正不知如何給她回這封信。

1997

給我全世界

國外書店寄來的一箱新書裡，出現一本印象陌生的書，封面上有一張像奧黛麗．赫本模樣的短髮美女，書名叫做《給我全世界》（Give Me the World），出版時間是一九五八年，作者則是我完全想不起來的蕾拉．赫德麗（Leila Hadley, 1925-），我為什麼買了一本這樣的書？

通過郵購目錄或網路書店買書，摸不著看不見，你只能憑隻字片語的描述就做了選書的決定，偶爾會買到某些名實不相符的書，這是常有的風險；或者，在我長久的遠洋購書經驗裡，書店倉庫工作者看訂單撿錯書寄錯書，也不是不會發生的事。問題是，這一本封面印著美女的精裝書，看起來完全不像是我會買的類型，到底是為了哪一種理由來到我的桌上？

我坐下來翻了幾頁，立刻發現它的確是我選擇的書，只是封面太不符合我原來的想像，我依稀記得當時書店對這本書的廣告，那是一種使我心跳加快、強烈嚮往的書的描述，文案劈頭就引述作者的話：「……我要在某個世界當個陌生人，在那裡，一切我所見、所聞、所觸、所嚐，都將是既鮮且新……。」

故事開始的時候，蕾拉．赫德麗才二十五歲，剛剛離婚而且心情難定，身邊還有一個六歲不滿的小孩，她下決心要在「某個世界當個陌生人」，冒險就開始了。她帶著小孩先是乘了貨輪來到馬尼拉、香港和澳門，然後是曼谷；在曼谷她遇見一艘由四位美國水手駕駛的三桅帆船「加利福尼亞號」，正在環遊世界的旅途之中。她渴望這樣的機會，拜託四位美國青年讓她上船，但年輕貌美的女子來到純男性的船上只會帶來麻煩，水手們拒絕了，鍥而不捨的赫德麗繼續追到下一站新加坡，水手們被她的毅力感動了，同意她和小孩上船，並且正式把她登錄為船上的廚師，小孩則登錄為船艙小弟。他們一起遊遍戰後不久的東南亞，再到錫蘭、印度，再航往中東，最後進入地中海，然後她和小孩下了船，乘另一艘船回到紐約，成為一位嶄新而有自信的人，也找到一場全新的愛情……。

就是這樣的描述，觸動了一位晚來的讀者，使我買下這本差一點讓我以為錯買的書。當赫德麗在亞洲流浪、在海上冒險之時，我還來不及出生，但通過書本這種奇妙的媒介，你仍然可以結識並心儀另一個時代、另一個世界的奇女子，在她青春貌美之際。

但爲什麼此刻我坐在桌前，咀嚼著這些文字，竟然覺得這位蕾拉．赫德麗有點熟悉？

「你不是覺得每個你喜歡的作者都有點熟悉？上輩子就認識了？」我的同伴們有時會嘲笑我這個書呆子，談起死去一百年的作者，鉅細靡遺，好像和他們多年老友似地。但這一次不像，不應該是這種感覺。我站起來，翻找一層層的書架，終於，我找到另一本書，作者也叫蕾拉．赫德麗。

那本書叫做《與艾莎．克勞德同遊》（A Journey with Elsa Cloud, 1997），我自己在書上記錄的買書日期是一九九七年八月二日，比買這本書的時間早了近四年，書的出版則相差四十年。但這位蕾拉．赫德麗與上一位蕾拉不同，她是一位七十二歲的老太太，書衣上也有她的照片，那是一位雞皮鶴髮的濃妝貴夫人。但你仍然認得出照片上的她們，其實是同一個人，只是相差了五十歲。

我也還記得買上一本書的過程，那也是通過網路買的。爲什麼會買它？因爲介紹文字裡，有一段動人的故事：

……一位母親接到她已經疏遠的女兒的電話，這位年輕的女兒正在印度、尼泊爾一帶流浪，兩年來沒有一點音信，她突然要母親來印度看她，可能是內心有了困難或感情有了麻煩。焦急的母親飛了過去，母女相會，因而同遊印度大陸並且拜見達賴喇嘛，路途上逐漸相知相惜；但母親內心深處也有一個年輕叛逆時期的自己，也有一場遙遠的東方旅行，以及一生不盡順遂的愛戀情結，許多記憶不斷甦醒過來拜訪老去的自己。這本來應該是一場親情之旅，一個對女兒的安慰，不料竟成了自己的更新之旅、心靈之旅、一場心理治療意義的自我檢視⋯⋯。

那是一本近六百頁的厚書，但作者的敘述魅力很難讓你停下。一開始，它像是一本旅行書，後來你就發現它隱藏著一本自傳或懺情錄，隱藏著對自己一生總的回憶、追悔和反省。比起年輕時的蕾拉·赫德麗，這本書的作者更老練，更世故，更洞悉人生世情的種種虛幻；但年輕的赫德麗則更勇敢，更熱情，更想探究世間生命的種種可能。

兩本書一起擺在書桌上，也足以讓人感慨萬千。昔日美人，如今遲暮，這只是感傷其一。年輕叛逆的自己，終究要成為心焦似焚的母親，不得不面對另一個年輕叛逆的「自己」，這究竟是輪迴的懲罰，還是世代接力的追尋？而這世間人事的重複與循環，也足以令人稱奇。

另一種感慨，則純屬於個人。你以為自己有多大的幅度和彈性，事實證明自己的反應如同帕伐洛夫之犬。你永遠會被同一種書的描述所吸引，永遠會被同一種主題或聲調所吸引，你會被同一個人所吸引，不管是四十年前或四十年後。也就是說，你比自己想像中更簡單、更同一、更狹小。（我有一位從前的上司，結了三次婚，在我看來，三位老婆長得一模一樣。）

但了解自己的局限，有時反而覺得釋懷，或者說，你可以卸下必須寬廣或博聞的重擔。發現自己重複喜歡一個作家，尤其是沒認出她時，心中也有一種親切之感（啊，原來是你）。我曾經崇拜一位旅行指南書的作家東尼．惠勒（Tony Wheeler），誰知道有一天竟然眞的與他相見，他只知道這是一位來自台灣要和他談生意的出版商，不知道我偷偷讀他的書已經二十年；見面時，我既興奮又恐懼，但他身材短小得令我驚訝（照片是多麼騙人的東西），又意外發現他有點小氣（在他請我吃飯時），他的同伴又偷偷告訴我，他出門也住觀光大旅館，絕不像他書上所寫得那樣刻苦……。我仍然崇拜並喜歡這位作家，只是此刻比較自然清醒一些罷了。

蕾拉．赫德麗的才氣令人著迷，說故事的本事更是讓人無話可說。我也喜歡她鑄造的一些字詞，譬如她把女兒叫做「艾莎．克勞德」（Elsa Cloud），因爲女兒小時候作文說：「我願成爲海，森林，或者雲。」（I'd like to be the sea, the jungle, or else a cloud.）。Elsa Cloud就是從「or else a cloud」來的。

所以我們應該把她女兒的名字譯成「或者雲」。

賽蓮之鄉

羅馬皇帝台伯留（Tiberius, 42BC-AD37）有一次在朝廷上語出驚人地問他的大臣：「賽蓮們都唱些什麼歌呀？」（What songs the Sirens sang？）滿朝文武面面相覷，完全答不上腔，因爲賽蓮已經很久沒唱歌了。

賽蓮的歌聲本來沒有壞的意思，卻被希臘盲詩人荷馬搞得惡名昭彰。在荷馬史詩《奧德賽》裡頭，希臘遠征軍大將攸力西斯（Ulysses）乘船返鄉，像唐三藏一般歷經千驚萬險，其中一個劫難就是「賽蓮之歌」。當時，滯留攸力西斯多年的女神塞栖給他忠告：

> 你此去將與賽蓮相遇，

那妖魔善使過路人昏惑沉迷。
航海人若無戒備，
當那妖魔的聲音輕吹入耳，
從此便見不得妻兒。
原來那賽蓮坐在牧地，
四周是枯骨成堆，
並有一堆堆爛碎人皮；
她們於此歌唱，
把個個的靈魂鉤繫。

同樣的勸告出現在中國歷史上，班超（32-102）出使西域的時候，聽說海中有「大秦國」（也就是羅馬帝國），乃派部將甘英前往，這是西元九十七年的事情。甘英一路前行，《後漢書》裡說他「抵條支，臨大海欲渡，爲安息船人所阻」。安息就是波斯，今之伊朗，當時海上航海人以阿拉伯人技術最高，渡海遠行得找他們幫忙；條支在伊朗西部，甘英臨海欲渡的地方，估計約在今天伊朗西南臨波斯灣的布什爾港（Bandar-e Bushehr）附近。

波斯水手又是怎麼攔阻了甘英尋找羅馬的呢？在《晉書・四夷列傳》裡記載了水手說的話，「船人曰：『海中有思慕之物，往者莫不悲懷。若漢使不戀父母妻子者，可入。』英不能渡。」

大海裡頭有令人戀戀不去的怪物，聽到那美妙歌聲的人都會自感身世，悲從中來；你這位來自大漢的使者呀，如果不眷戀你的父母，你的妻兒，就請出發吧。

就是這一段話，打消了甘英締造探險歷史的勇氣。安息人並不曾欺騙甘英，古代世界神話與知識相鄰相親，互不排斥；賽蓮之歌是航海知識的一部分，和大海怪、大漩渦一樣，同屬於航海意外災難的一種，如果同伴水手一去不回，你自然可以相信，他是聽了賽蓮歌聲，上岸不回來了，你當然爲失去一位朋友而感傷，但你想到他是在最美妙的歌聲中迷醉而死，不幸中有一種絕頂幸福，也就不那麼難過了。

羅馬皇帝台伯留問起他的文武大臣關於賽蓮的問題時，比甘英猶豫徘徊於波斯灣港邊還早一百年，但大臣們的賽蓮知識已經很貧乏了。台伯留自己知道的賽蓮故事可能比滿朝大臣多得多，他是一位「賽蓮崇拜者」（Siren-worshipper），雖然二十歲就與繼父奧古斯都共同治理羅馬，年輕時也東征西討，戰功赫赫，但他對文治武功都沒興趣，對研究賽蓮的身世、曲目卻是興致勃勃。

晚年（AD27）他提前退休，避居賽蓮之鄉，也就是義大利南方那不勒斯的卡布利島（Capri）；

他在島上懸崖僻處興建了一座莊園別墅，命名「朱比特別莊」（Villa Jovis），在這裡他與他的賽蓮們歡度餘年。可惜這樣看來圓滿的結局，在史家塔西佗（Tacitus）的《編年史》（Annals）書中，被誹謗成一種淫穢的興趣，弄得今天如織的遊人穿梭在卡布利島的別莊遺跡時，在空蕩蕩的廳堂裡各懷鬼胎，想像的都是《秘戲圖考》般的春宮畫面。

兩千年前台伯留、甘英的時代，賽蓮們還出沒於海域，那是普遍的常識，但她們究竟唱的什麼歌，連朝中最有學問的文臣都瞠目以對，可見她們的傾頹與不幸已經開始了。

再過一千四百年，在一四〇三年，史上又有記載，人們在荷蘭外海祖德海（Zuider Zee）捕獲一隻賽蓮，她全身赤裸，被帶到哈倫（Haarlem）。荷蘭是當時世界上最富裕的國家，在港城哈倫裡，這位賽蓮穿上衣裳，學習像尋常荷蘭人一樣飲食，學做針織等女紅；書上說她溫文有禮，高壽善終，只是終身不發一語。荷蘭人顯然也不知道賽蓮們唱的什麼歌，因爲她們已經不唱歌了。

又過一百年，另一個暴發戶國家葡萄牙，國家檔案裡埋藏了許多賽蓮的訴訟案件，爭論究竟捕獲的賽蓮應該屬於領主還是國王？最後法庭頒布了物權歷史上重要的裁決命令：「此令即刻生效：海浪沖刷上岸的賽蓮和其他海妖，應由該海岸領主交付國王所有。」（Be it enacted—that Sirens and other marine monsters ejected by the waves upon land owned by The Grand Master shall pass into the possession of the King.）

爲賽蓮興訟，並勞動法院裁決，可見此時海邊出沒的賽蓮還偶爾可見。我不能再舉後來史上更多發現賽蓮的例子了，你要看更多的賽蓮資料，應該尋找一本名叫《賽蓮之鄉》（Siren Land, 1911）的書，那是現代作家兼現代「賽蓮崇拜者」諾曼・道格拉斯（Norman Douglas, 1868-1952）的成名作品。他和羅馬皇帝台伯留一樣，晚年在卡布利島度過餘生，他也想要在一片污染的海洋上尋找最後隱藏的賽蓮。

在較早道格拉斯旅居希臘時，一個金色的黃昏，他雇了一艘船，穿梭在海上無數的無人岩石小島當中，有一個小島黝黑幽靜，怪石倒懸，海苔攀生，他覺得那應該是賽蓮最佳的藏身之處。上岸之後卻發現島上有的是成千上萬的跳蚤，牠們立刻撲到他的身上大咬特咬，他和船夫慌忙跳船逃命。現實世界裡賽蓮的蹤影，並不是想像中那麼容易。

諾曼・道格拉斯的名譽也與台伯留相近，他沒有找到賽蓮，倒是找到「幼齒西施」，一九一六年他被指控對一位十六歲少女行使不檢點的猥褻行爲，而他一生的愛情也顯示他對未成年女子的忘年之交最爲投入。他和台伯留也許都想要找到傳說中清純無邪、令人留連不去的女妖賽蓮，最後都認錯了人，也許不能怪他們，要怪賽蓮絕跡得太久了。

我不能確定我是否有過賽蓮的幻想，但童年時候在祖母家的海邊，當我一人蹲踞在巨石參差的海岸，其他小孩都散去了，只剩下規律拍打海岸的潮騷。在四下無人的安靜之際，我的確聽到大石頭後面有女子細微的聲音，有笑聲，有輕聲唱歌的旋律，有自言自語的聲音。那是金色黃昏的辰光，我看不見一點人影，想到堂兄弟相互告誡的抓人水妖，就嚇跑了。

多年之後，我來到沖繩離島的座間味島（Zamamijima）；那是樸素荒涼的漁村，但擁有世界聞名的珊瑚礁潛水勝景。全副武裝的潛水客穿梭在古老樸拙的鄉間街道，構成一種不協調的景觀，他們都是雇漁船去找潛水景點，透明得像綠色玻璃一樣的海灘反而乏人問津。

在似乎被人遺棄的微涼沙灘上，我把臉埋進清澈的海水中，可以看到五色的小魚在兩側游動不息。突然間，我看見魚群後方一位面容姣好的女子，從水中底下望著我，我吃了一驚，心裡迅速閃過一個水妖的念頭，但那位穿著比基尼泳裝的銅膚女子立刻從水中嘩然站起，溼淋淋的臉上滿帶著歉意的笑容。這分明是另一位練習潛水的女子，不知道何時從海邊的另一頭游過來，而我並不知道海邊還有其他人。

尋找賽蓮，畢竟是不容易的事。

地方

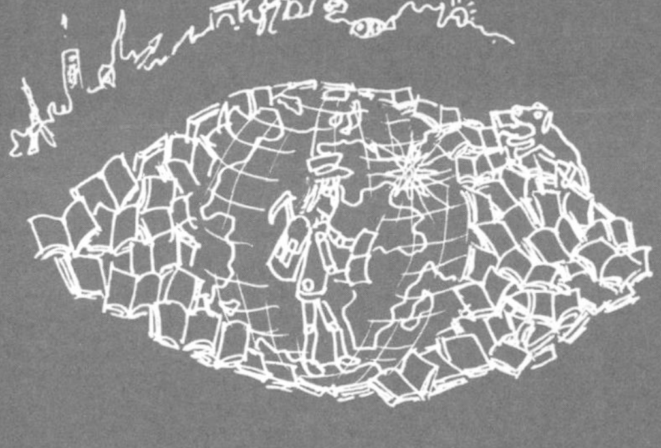

祖谷溫泉

亞歷士・克爾（Alex Kerr）在一九九六年出版的《消逝的日本》（The Lost Japan），講的恰巧是和小說家朱天心（1958-）的《古都》相反卻又相同的故事。在《古都》裡，相對於台北恣意的更動變換，破壞記憶，京都則像是一個沉靜安穩的存在，歷史彷彿在此駐足流連，與現代人不忍相別。但在《消逝的日本》裡，日本古老美好的景物與人情卻變成了另一個台北，另一個留不住記憶的無情地。

克爾寫他最難忘的日本傳統之地，寫的是位於四國島的祖谷（Iya）。他第一次來到這個號稱日本三大秘境之一的祖谷，時間也僅僅是不太古老的一九七一年，那個時候，原始森林仍然盤據在遊客不多的山與溪谷，處處煙霧繚繞，秘景若隱若現，使他不禁讚歎說：「彷彿是宋代水墨畫裡走出來的山水。」

克爾當時才只是剛開始流浪旅行的高中生，但一切似已註定，這個水墨山水成了終身難忘的召喚，當他繞了世界一圈的求學就業之後，他又回到日本，來到祖谷，甚至買下了一棟當地特有的農家茅廬建築「平家屋敷」，並且爲祖谷地方的文物保存而奔走努力，祖谷成了他的家鄉……。順便一提，我的朋友郭重興（曾經是貓頭鷹出版社的創辦人與發行人）不久前到四國去玩的時候，就住在克爾的茅草屋裡。

有人爲心中夢想奔走打拚，像克爾；有人爲理念流散失聲痛哭，像朱天心（小說結束時，作者寫道：「這是哪裡？……你放聲大哭。」）。慚愧得很，長期以來，我卻渾渾噩噩做了一個只知開心享受，致使古老文化逐漸流失的無心的觀光客。

因爲我也曾來到祖谷……。

那也是十幾年前，我背上肩負著體積不小的登山包，胸前用背帶垂掛著一個乖巧的三歲小孩，不諳日文，也沒有預訂任何旅館，我們遊走到四國的門戶高松市（Takamatsu）。在火車站前的案內所裡，我請工作人員幫我們設法找到一泊二食在六千日圓以下的旅館；我們一副自助旅行者流浪天涯的打扮，加上我的「帶子狼」的獨特模樣，激起案內所服務人員的同情心，努力打了好幾個電話才找到這種超低價格的旅館。

那是一家「後車站」式的旅館，外貌是平凡的水泥磚房，裡面則是全新的榻榻米房間，公共浴室在樓上，鋪設白色和淺藍色的磁磚，介乎我童年印象中的醫院和游泳池之間。但到了吃晚飯時，我們一進餐廳，立刻變成搶眼醒目的異人，因爲全場幾乎都是下了工的卡車司機，他們換上白色內衣和衛生褲，頭上綁著白毛巾，桌上一大瓶清酒，翹著腿喧嘩地說話吃飯。我們一家旅行人的斯文打扮，加上講著日本人最害怕的英文，全場的喧鬧聲一下子低了下來，所有的人都盯著我們看。不過這也只是一小瞬間，很快地我們彼此都看出不能把對方怎樣，他們恢復喝酒說話，我們埋首吃飯；旅行社提供的食物材料平凡，分量很大，很粗疏樸素但卻美味好吃，也許是我們走太多路了。

第二天，我們決定到祖谷溫泉去，因爲書上說它是日本三大秘境之一，說它有斷崖絕壁與奇岩怪石，說它是歷史上神秘的「平家落人之里」，又說有一座野籐編成的「Kazurabashi」（籐橋），是日本三大奇橋之一。書上說得愈神秘，愈發引起我的好奇；我的計畫是沿著祖谷溪上溯，夜宿祖谷溫泉，過一天再沿地圖上那條細線想辦法找車穿越四國東部，回到神戶去。但我心裡仍有一點忐忑不安，因爲手上那本無法完全讀懂的日文導遊書上，提到祖谷溫泉時說：「位於祖谷溪斷崖上一軒宿的溫泉。」可是什麼是「一軒宿」（Ikenyado）？

我們先從高松搭火車到阿波池田，一個山間轉運站的小鎮，然後要耐心等待稀少的上山巴士；一上了巴士，立刻有了不一樣的感覺，車上除了幾位看起來是旅人模樣的乘客之外，清一色是膚色黝黑、頭上綁著竹簍的「原住民」，我們開始興奮起來，這些住民的打扮與我們心目中的「秘境」再搭配也不過了。車子在山路中蜿蜒前進，赤日曝曬下，我並沒有克爾初見祖谷時那種水墨山水的驚艷，但兩旁溪谷之深，山勢之險，倒也覺得景觀壯麗，氣派非凡。

遠遠地，我可以看見一棟建築孤伶伶掛在斷崖之上，彷彿中國人說的「懸空寺」或「飛來寺」之類的奇特景致，前前後後並無一物；隨著車子愈走愈近，我內心已有不祥之感，到了那奇特的建築之前，果然小站牌上正寫著「祖谷溫泉」四個大字，我已經明白「一軒宿」是只有孤伶伶一家旅館的意思。

我們匆匆下了車，那旅館門口站著穿和式制服的接待人員鞠了一大躬，嘴裡唸著一長串恭敬歡迎的話；隔著馬路，我用我的洋涇幫日語大聲問：「部屋有乎？」

接待員大吃一驚，也不答話，急急忙忙攔住了駛出幾步的巴士，才回頭鞠躬說部屋已經滿載，客倌請趕快再上巴士；說得也是，這一個地方，除了一家懸在峭壁的旅館，全是荒涼一片，不走又能如何呢？

可是下一站要去哪裡？昨晚讀旅遊書只讀到這一站，並沒有想到往下該如何安排，就連巴士的下一站也不知道通往何方。（多年後我略習日文與日本習俗，才知道日式旅館不預定就直接闖去，是很不禮貌的，因爲宿費包含了必須精心準備的晚餐，而旅館有時候也不肯接受臨時出現的客人。）

我心慌意亂看著美麗卻全然陌生的景色，想要從記憶中找出一個合適停留的地點或地名；時間並不太晚，天色卻開始轉暗，不曉得是不是山中氣候多變，或者深入林中光線受了阻擋。突然間，柳暗花明似地，山路一個轉彎，讓我們豁然看到林中一座漂亮建築；車上正好也有其他兩位旅客下車，我跳了起來，毅然說：「我們在這裡下車。」

這座林中忽然出現的豪宅是一家很新的和式旅館，藏身深山美境之中，名稱就叫「Hotel Kazurabashi」，可見離著名的籐編奇橋應該不遠。我們走進華麗寬敞的大廳，我到櫃台想盡辦法解釋我不會說日文，但能讀漢字，沒有預定旅館，但需要一個房間（我還指一指那個不知發生什麼事的天眞小孩）；櫃台人員對這位面貌古怪、半英文半日文的怪物有點不知所措，立刻找來身穿和服的「女將」，一位雍容華貴的老婦人。

場面見得多的女將和藹可親地把我帶到一個房間，打開房門問說：「這間房間可以嗎？」

怎麼不可以？我們從未看過這麼漂亮的房間，十二疊榻榻米的房間，外面還有一疊半的「踏達」，矮几的黑漆閃閃發光，紫色的坐墊細緻高雅。我們慌忙地直點頭，她招呼我們坐下來，漆盒裡拿出茶具，泡好了茶恭謹奉上，再從胸前襟懷拿出紙和筆，愼重地寫下：「私，西村幸子，請多指教。」這是看得懂的日文，接著她又微笑地寫下更多的紙條，一些恭敬的歡迎客套用語，看不懂但猜得出；然後是要緊的資訊，譬如露天風呂位於何處啦、晚餐幾點在何地提供啦，微笑和點頭之中，我們全溝通了，我用洋涇幫日語說：「完全明白了。」

在漂亮的房間裡，小孩又玩又跳，高興得很；我提議先去洗露天溫泉，小男孩跟著我，爬上後山一個小坡道，走進一個松樹林裡，青石砌的溫泉風呂就在綠色密林之中，黑藍天空之下。一開始，沒有其他人，我們一大一小在池裡泡得開心；一會兒，來了兩位會社員模樣的中年男子，下池之後，日本人習慣把溫泉做爲社交場所，立刻趨近來搭訕。當我回以清脆的英文之後，兩人突然安靜得像木雞一樣，不到兩分鐘，悄悄用毛巾遮著私處逃走了。三歲的小男孩無辜地問我：「叔叔爲什麼不洗了？」我忍不住笑了起來，聲音就在松林之中蕩了開來。

晚餐是爐邊大餐，大家圍坐長方型的火爐之旁，豐盛多樣的晚餐擺在爐邊的木台上，炭爐中烤著川魚和田樂；那是一個大廳，下午接待我們的女將就在前方台上跪坐伏禮，歡迎所有的客人，說著一波又一波抑揚頓挫的恭敬語詞，我完全沒聽懂，但食物不管生或熟卻是完全明白的。席間最受注意當然還是我們這一群不速之客，尤其是席間僅見的一個小孩子；服務生走過我的小孩旁邊時，總要掩口驚呼：「哇，卡哇依！」不久之後，就看到服務小姐拿了一個包裝精美的小盒子來，說是要送給小孩的禮物，一頓飯後，他手上一共有三個禮物。

第二天要離開旅館時，女將問我下一站去哪裡，我說我們要先去遊三大奇橋之一的Kazurabashi；旅館派了一輛白色的小轎車在門口等候，一位戴白手套的司機站在一旁，女將說：「我們送你去Kazurabashi。」旅館全部的服務生走出來排成一排，和這一家沒有預定突然闖入山中的旅人告別，小孩子在離別的時刻又得到一個禮物。

在車上，白手套的年輕司機滿臉愁容，一再問我下一站去哪裡，我說去神戶；他反覆說了許多我無法明白的話，他說要在橋邊等著載我們回旅館，但我反駁說：「我們不回旅館啦，我們要到神戶。」憂愁的司機說，那你們有傘嗎？天上開始下雨了。我樂觀而瀟灑地說，不用傘，我們到全世界哪兒都不用傘。憂愁的司機站在路旁向我鞠躬道別，我們開心地向他揮手說莎喲娜拉。

但雨眞的大了起來，我們看著那座聞名的籐編繩橋，看著石塊轟隆隆往深處的河谷滾落，看著遠處迷霧中的水墨景色，我說：「算了吧，我們還是不要過橋了吧，反正已經看到了。」大家都同意了。

但雨愈下愈大，三個人都溼透了；我們終於找到巴士的站牌，一看時間表，我終於明白白手套司機的憂愁是怎麼回事。那是山裡的巴士，班次不多，早上八點一班，九點一班，下午四點一班，五點一班，而我們此刻的時間是早上九點五十分，也就是說，我們必須要在深山中淋著大雨六個小時之後，才上得了車。

怎麼辦？我看到不遠處的電線桿上有公共電話。我走到電話亭旁，發現電話機上貼了一些小廣告，有一個用片假名寫的「Takushi Senta」（Taxi Center），我打了電話去，用盡我所能使用的所有日文，描述我所在的位置，我們的人數，我想去的地方，以及我需要一部計程車；但接電話的女性反覆客氣地問我各種我無法聽懂的問題，我向她解釋我無法聽也無法說，但她只是放慢速度親切地重覆一遍，最後我絕望地說：「好的，大丈夫。」家人問我叫到車子了嗎？我說我完全不知道。

十五分鐘，一輛藍色的計程車駛往毫無人跡的山中，我們幾乎是等待救援的魯賓遜家族，歡呼了起來。上了車子，老司機問我們哪裡來，我說是台灣，老司機再問其他問題，我用我最流利的日語回答他：「我不會日語。」

老司機嗤之以鼻地說：「胡說，我去過台灣。」他十足把握地說：「台灣，皆樣，會說日語。」我沒有語言可以和他爭辯，我看著美麗的溪谷與山景，壯觀得像我們的太魯閣一樣，我知道，大步危車站不遠了……。

治癒的旅行

突然之間，日本社會流行起「治癒」一詞，食物強調治癒，溫泉強調治癒，文學也追求治癒功效，就連風月場所也推出「治癒女郎」爲號召。也許是因爲經濟不景氣，工作也不順遂，大衆肩上壓力沉重，內心更是傷痕累累，亟需各種治療與癒合的手段。

但有什麼手段比「旅行」更容易達到治療與復癒的效果？

不管是治療身體，還是心理，維多利亞時代的英國醫生常常開給病人「旅行」爲藥方，像四十歲才開始旅行的伊莎貝拉・博兒（Isabella Bird, 1831-1904），出發時本來只是換換環境，呼吸一點新鮮空氣，用以治療長年的背痛與失眠，一趟夏威夷群島（當時稱爲「三明治群島」）之旅，不但讓她的身體病痛與心理問題都不藥而癒，還「順便」讓她後來成爲一位環遊世界的大旅行家，更成了後輩女性旅行者勇敢邁向四方最鮮明最誘人的號召。

然而跳入我腦中的卻是另一個動人的「治療而未癒」的故事，那是一九三九年，傳奇的女性旅行家艾拉．瑪拉（Ella Maillart, 1903-1997）在歐洲戰雲密布之際，計畫自歐入亞，從陸路進入困難險阻的阿富汗。出發前夕，一位意外的旅客突然出現，那是她的朋友長期爲沮喪與毒癮所苦的女詩人克麗絲提娜（Christina）；瑪拉書中所描述的脆弱敏感女詩人克麗絲提娜，其實是眞實世界裡的瑞士女小說家安瑪麗．史懷申巴赫（Annemarie Schwarzenbach），她當時正與毒癮搏鬥，也幾次瀕臨崩潰，視遠方的旅行爲新生與治療的途徑，克麗絲提娜獲悉艾拉．瑪拉的計畫，連夜趕來，希望瑪拉能帶她前往那象徵自由與解放的旅行。

艾拉．瑪拉一開始想勸阻克麗絲提娜，因爲這是艱苦的冒險犯難，而不是休閒的度假旅行，你必須有足夠的心理與體力的準備；但女詩人（其實是小說家）不管那麼多，她覺得自己每一刻都可能崩潰自殺，堅持要追隨同去，兩個人只好一起跌跌撞撞，驅車經南歐，過黑海，直至土耳其，再經廣袤的伊朗，最後進入當時千里不毛卻又關卡重重的阿富汗。這一場「兩個女人在路上」的故事是極其動人的，她們一位開朗而堅毅，另一位則纖細而敏慧；艾拉．瑪拉在一九二四年的巴黎奧運會，以女子之身代表瑞士參加了男子組的單人帆船競賽（當時奧運帆船競賽還沒有女子組），她的強壯勇敢是可以想像的；但克麗絲提娜卻是一位體弱多感的作家

（但經常打扮成俊俏男子的模樣），每一件事、每一個景都足以引發她無止境的聯想。兩個女子的奇怪組合，一路上相互信任、相互扶持，六個月千辛萬苦走完一條不可思議的旅程。克麗絲提娜並沒有因爲這趟旅行而完成治療，她返鄉後又繼續吸毒，一九四二年因意外而身亡。

艾拉．瑪拉寫下這段旅程已經是一九四七年的事，她對自己沒能夠挽救朋友的生存意志，充滿了悔恨，行文中有哀悼亡友的氣息，書中寫得連景色和天氣都陰沉冷峻，像是一種揮之不去的淡淡哀戚。這並不是艾拉．瑪拉其他的書所常見的，想想看，她是一個活到九十五歲的強悍生命，八十四歲時還能遊西藏的奇女子，哀傷並不是她的特質。

但旅行治療痊癒的故事，最佳例子可能還是女權思想的先驅瑪麗．伍士東克拉芙旅行北歐的舊事，一七九五年夏她爲男友赴嚴寒的北歐，尋找一艘被黑吃黑的貨船，當時男友其實已經背棄了她，她甚至爲此兩次自殺；在往北歐的途中，她還一路上不停地給男友寫信，信上不但寫景、紀事，也兼抒懷，一共寫了二十五封，後來集爲《北歐短停書簡》一書，這是這位一生強悍的女思想家少見的柔情作品。信寫到後來，敘述者彷彿心智愈來愈清澈，對人生世情都有所悟，她似乎已經「治癒」了。

回到倫敦，她離開背叛她的負心男友，主動登門敲開另一位男子的心扉，也就是後來成爲她的丈夫的政治哲學家威廉．葛德溫（William Godwin, 1756-1836）。兩百年後，把瑪麗和威廉兩個人的書編成一本合集的英國學者李察．霍姆斯（Richard Holmes），用了學術界罕見近乎羅曼史小說的筆法，敘述這一次的會面：「葛德溫發現自己注視著這位三十六歲的女子，她的臉龐比他記憶中更圓潤、也更柔軟，但大大的棕色眼睛，與滿頭剪短的紅棕秀髮，仍然一如從前，她不施脂粉，頭髮則斜掩在她左眉之上。伍士東克拉芙則看著這位身材壯碩、精神抖擻的禿頭男子，金框眼鏡背後閃爍著光芒，他的言談舉止比從前更有耐性、更幽默，也出人意料地溫柔。」

用葛德溫後來《回憶錄》的語言說，他們迅速地「友情融化成愛情」。那是一位大病初癒的女權運動者，剛從一場逝去的愛情和一場通過儀式的旅行劫餘歸來，重新有了愛情的能力，「瑪麗把她的頭枕在愛人的肩膀上，希望找到一顆心，她可以珍藏她的感情」，這讀起來是委婉含蓄的描述，但如果你知道葛德溫其他文章的樣子，就知道這是他一輩子寫過最大膽露骨的字眼了……。

我並沒有太多個人的旅行治療體會，但在十多年前，我離開了一個本以爲會做一輩子的工作，一時之間，既感到不適應，也有點傷心而迷茫，不知道從前努力付出的意義，也不知道下一步該怎麼走。爲了尋求一種心境的變化，我選擇了旅行。

事先沒有計畫，我先到了東京。我試著利用從未試過的日本交通公社（簡稱「ＪＴＢ」，一個規模龐大的旅行社），從書上我隨便挑了比日光更深入山區的中禪寺湖；書上說湖邊有一家舊的大使官邸改裝的小旅館，面對著湖光山色，幽靜雅致，我向交通公社的服務人員說明需求，她幫我在線上訂好旅館後，還在電腦上註明「不會說日語」。我乘坐巴士進入山區，天色在綠蔭之下顯得清涼，中禪寺湖寬廣安靜，也許因為並非旅遊季節，我沿著湖邊散步幾乎未見旁人。

木造建築的旅館緊貼著湖，一半根本就在湖面之上，房間不過十來間，的確是小巧雅致的旅館，主人通過電腦連線已經知道我「不會說日語」，他竭盡所能地說出一些簡單的英語來接待與歡迎（後來我在日本走得多了，才知道這位旅館老闆展現的是罕見的勇氣與能力）。日式的榻榻米房間有著暖氣，但走道地板卻是冰涼的；房間看出去是湖，溫泉風呂望出去也是一片湖景，有點仙境的虛幻之感。旅館裡供應的晚餐是法式和日式的融合，老闆一道一道上菜並解說，其中還包括中禪寺湖裡的新鮮鱒魚。

第二天早上，老闆更自告奮勇要開車導遊，在他艱難的英語介紹之下，遊了著名的華嚴瀑布、中禪寺，也遠眺男體山與湖的另一岸。一連串的美食與美景之間，現實的困惑彷彿淡了、遠了。

那個時候，我並不知道十年之後，渡邊淳一會以中禪寺湖為背景，在《失樂園》裡寫出一場驚心動魄的偷情戲來；男女主角被大雪困在中禪寺湖，不得不多待一夜，現實在當時也彷彿變得超現實了。

從中禪寺湖開始，一場流浪似的旅行，場景不斷滾動更迭，一處一處是陌生的人情與風景，目不暇給，讓你來不及自艾與自憐。才不過幾天，回到台北，卻恍若隔世，我已經記不得原來內心的傷害是什麼，甚至對原來的人生目標也感到陌生而模糊，創傷只剩似曾相識的淡淡哀愁，我也已經病而復癒，可以去走下一段路了。

山陰道上

「失禮了！」一聲清脆的道歉之後，一群臉頰通紅的女學生就開始在我面前寬衣解帶，這，這究竟是怎麼回事？

這時的我，本來正沉醉浸泡在一個露天溫泉裡，這裡是靠日本北邊的一個海岸溫泉：皆生溫泉。離著名的境港不遠。

海風習習，荒波拍岸，晚上九點多鐘，我一個人回到這個被松樹林包圍，但仍可以聽見層層浪濤的露天溫泉，當我正準備好好享受肉體與熱水、冷空氣接觸的感官慰藉，不料，一群七、八名女學生卻突然闖進原來只有我一個人的安靜浴場。

原來這是日本版「占領男浴室」的女性主義行動，在我下榻的溫泉旅館裡，室內公共浴場男女皆有，但更浪漫的露天風呂卻只有男性浴場才有，一群投宿的女學生不滿這種差別待遇，決定自力救濟，強力占領男性露天浴池，七、八位女子手持小臉盆與毛巾，直接衝到只有我一人徜徉其中的浴池之旁，爲首一位英雌先大聲說出女性浴場無露天風呂的不公，不得不進出男性浴場云云，語畢全體一起鞠躬，大聲齊說：「失禮啦！」然後不由分說，立刻動手脫卻她們身上的浴衣。

我冗長但青澀的人生經驗，尚不足以讓我應付這樣驚心動魄的場面，不知道是爲了君子風度，還是嚇昏了頭，我沒等到女學生們展露身材，自己倒赤身露體從青石砌造的浴池逃了出來，一位女學生還惡作劇地吹了一聲口哨，我假裝沒事逃到隔壁的室內浴池裡稍事休息，只聽見露天風呂那邊傳來陣陣的潑水和歡笑嘲弄的聲音。

這是一九九二年春天，在日本北邊山陰地區旅行的一場奇遇，但這段旅行的收穫遠超過露天風呂的戲劇性遭遇，因爲它讓我見識到另一個陌生、野性而隱密的日本。

山陰之旅的第一站是以沙丘和水梨聞名的鳥取，之後一路沿著海岸向西，經幾個城市後抵達湖畔的松江市，拜觀「出雲大社」之後就再偏南折返向東，訪玉造溫泉與皆生溫泉。

遊訪山陰道上之前，我曾以爲京都就代表了日本，一種陰柔、秀氣、雅緻得近乎潔癖的文化；京都的寺廟多半是大唐餘韻，一切建築美學以圓潤飽滿爲尙，你幾乎看不到一根不柔和的線條。但是站在山陰地區最具代表性的神社「出雲大社」面前，你才驚覺日本也有與京都完全不同的美學概念；神社屋頂木柱交錯的造型猶如格鬥中的刀劍，呈現驚心動魄的銳角，騰騰的殺伐之氣。這是尚未被盛唐和佛教「馴化」的日本，一個粗礪野蠻的日本，尚不懂得柔和線條和謙遜敬語的日本，一個還浸泡在原始民族開天神話煙雲中的日本。

可能是因爲環境培育出來的一種與天地抗爭的氣氛，日本海寒酷不靖，山陰的海岸線也多是崎嶇岩岸，奇詭、魅迷而危險。日本海盛產各種美味海鮮，我的第一站原應該停留在城崎溫泉，每年十一月到三月，螃蟹漁捕解禁，形體細長優美的松葉螃蟹是此間的盛宴。我行經之時，季節剛過，每天晚上沿途的餐宴裡也還有松葉螃蟹的橘色蹤跡，但這已不是地道的旬之味，端出來的螃蟹也已經是水煮冷藏的了。

讓我印象深刻的一頓飯，反倒是在松江的宍道湖畔，我在湖邊找到一家營業已經兩百年的老餐廳，兩層的日式木造建築，連房子都標示爲文化財的古董，我們被帶到二樓一間榻榻米房間，窗外就看著漁火點點的宍道之湖，偌大的餐廳，鄭重其事拿上來的菜單，打開來只有一行字：饅魚飯。他們強調絕不用養殖饅魚，一定是當日湖裡頭捕來的天然野生饅魚；當天如果沒有好的收獲，餐廳就索性不開門營業。

我們坐在陳設簡單卻古意盎然的和室裡，不時還走到窗邊看看景色，赤醬色濃的饅魚飯，香氣四溢地盛裝在古典式樣的暗紅漆器飯盒裡，還附上一碗清澈透明的鰻魚肝清湯相伴，一家店兩百年來專心一意只燒烤一條鰻魚，要做得不絕頂好吃恐怕也不容易；再加上野鰻本身特別具有的香氣和咬勁，配合湖色夜景，這一餐飯就令人難忘了。

我只是一名對美食容易感動的觀光客，但一百一十年前（1890），另有一位大人物也旅行來到松江，就被此間獨特的俗民文化所吸引，他愛上此地淳樸無染的人情，也找到一個出身武士世家的情人，他甚至拋棄西方，留下來收集民間故事，結婚成家，歸化日本，成為一代散文家。這位仁兄正是原籍希臘的拉佛卡迪歐・赫恩（Lafcadio Hearn, 1850-1904），但他的日本名字小泉八雲（Koizumi Yakumo）恐怕更廣為人知。

小泉八雲路經此地，注意到它的神話系統與民間故事和關東、京畿的都不相同。他特別珍愛這些村俗野談，更收集記錄而成《怪談》（Kwaidan, 1904）一書。另外，他寫自己日本遊歷的《陌生日本一瞥》（Glimpses of Unfamiliar Japan, 1894），也是西方世界認識深層文化日本的重要著作。

小泉八雲熱愛山陰與松江，松江市民也珍惜這份姻緣，還以同等的情誼；他們保存了他的故居，處處留下他的遺跡。在日本成為作家可能是幸福的，你的行蹤有實物保存，你的佳句有詩碑、句碑立在美景僻處；有一次，在靠海的尾道市車站外，我就曾驚見林芙美子的雕像蹲踞在地上，行色風塵，撐著雨傘，身旁散落放置著行李，可見這是她著名小說《放浪》的意象。

一位作家受到自己故鄉的愛戴，恐怕以日本為最。

回到皆生溫泉的露天風呂裡，這已是我山陰之旅的最後一站，我刻意安排一個溫泉地洗去行程的塵埃，但在浴池裡我咀嚼更多的山陰文化的種種滋味。它的神秘與陌生，有點出乎我的預期；我搭乘的火車緩慢沿著險峻的海岸線前進，漁港小村莊總都把墳墓建在望海的小山丘上，一板板一層層的墓碑，像是翹首企盼的新鬼與舊靈，在荒涼的海邊訴說著一則則奇詭的生存寓言。可是一句大聲的「失禮了！」猛然打斷我的思索，一群清麗大膽的女學生闖入我一無遮攔的浴場。

半小時後，我在旅館大廳中再度遇見這群嘰嘰喳喳的女學生，她們已經回復衣著端莊、神情靦腆，其中幾位認出我，忍不住掩口而笑。唉，和山陰獨特的文化與景觀一樣，我來不及窺見她們的神秘，但我在她們面前已無秘密，我不屬於她們，我只是一個路過的無知的旅客。

驚喜的晚餐

在日本旅行時，如果你選擇投宿各形各色鋪著榻榻米的日式旅館（他們自己稱之爲「和風旅館」），它的費用通常包含了早晚兩餐，也就是所謂的「一泊二食」。但事實上，也有許多古老的洋風旅館仍舊沿用一泊二食制的傳統習慣；而在各種風景優美的觀光景點裡新興起的「洋風民宿」（他們借用歐洲人的名字，稱它爲「Pension」），房子常常是爭奇鬥艷的歐風建築，室內陳設也反應出各種「想像的西方」，而來到飲食，卻也多半採用一泊二食的制度。

這就有趣了，投宿旅館因此有了另外一種「猜謎式」的樂趣。你和《阿甘正傳》（Forrest Gump, 1994）裡的湯姆．漢克（Tom Hanks）說的一樣：「生命就像一盒巧克力，你永遠不知道會拿到哪一種糖。」在一泊二食的日本旅館裡，你大概可以想像早餐會是什麼樣子（如果是洋朝食，那不外乎就是麵包、雙蛋、火腿、咖啡之類，也許還有沙拉；如果是和朝食，那一定有一段烤魚、醃漬物、海苔、白飯和味噌湯，或者能遇見納豆），但對於晚上那餐動輒十道菜、十二道菜的重頭戲，你絕對不知道完整的眞相將會是什麼，或者你不能想像它將以什麼方式呈現。

有一次，我們一行人旅行來到北海道最北端的離島：利尻島（從稚內港乘船一個半小時後可達），投宿在一家島上比較新穎的大型旅館。下午我們一面遊玩，一面猜想晚上可能的盛宴，我們一致相信將會有美味的海膽（日本人稱爲「雲丹」），爲什麼不呢？利尻島的雲丹號稱是日本第一的極品，又是最大的產地，我們也實際看到漁民清晨划出小船捕撈海膽的「風物詩」（港口還有揚聲器廣播捕撈的時間，並在一個小時的限定捕撈時間，大聲向海上的漁夫播送音樂），晚餐桌上包含一道鮮美的雲丹料理，應該是理所當然的吧？

等到晚上在晚宴大廳的榻榻米坐下來，沒想到端上來的竟是一隻隻尖刺蠕動、黑黝黝的活海膽，侍者示範我們如何擘開海膽，用湯匙挖出金黃色的新鮮雲丹來吃。一群小孩子作勢驚聲尖叫，實際上則開心地胡搞瞎整。我們本來猜想端出的雲丹是生吃，或者蒸食，或者做成握壽司，但沒想到是更別出心裁的呈現，就用海膽原來獨特的刺蝟式外殼當做餐具。

第二天，我們在島上的餐廳吃到聞名遐邇極頂美味的「雲丹丼」，看著熱騰騰白飯上堆疊豪華山積的金色雲丹，才對原隻上菜的海膽有了不一樣的理解。旅館廚師是聰明而狡猾的，到了利尻島怎能不端出雲丹以饗客?但是雲丹成本太高了，眞拿出一盤豐盛的海膽又怎麼吃得消?端出一整個活生生的海膽，既讓你感到新鮮與新奇，又忘了它的數量稀少（一隻活海膽只有四小片的量，大概只能做一貫手捏壽司，但是一碗雲丹丼，可能要耗費十幾二十隻海膽），這不是預算寒酸的絕妙掩飾嗎?

在這些規模較大、較豪華的現代化旅館裡，餐飲成本預算控制嚴格，你吃的永遠不會比支付的多；但在日本鄉間旅行時，投宿某些家族經營的老旅館時，卻常常遇見不知成本爲何物的熱情接待。

那是十年以前了，在日本九州島原半島上的火山普賢岳剛剛發生了大爆發，噴出幾十萬噸的火山灰，熔岩更一路流向東邊的島原灣，連著名的島原城與島原溫泉都全民撤退了。我在電視看著每天噴著煙、壯觀美麗的普賢岳，突然有著強烈想去看看的衝動，因此有了一次九州之行。我不確定該不該投宿在火山附近的溫泉區，因爲火山活動還活潑得很，新聞一再強調遊客要小心；但又不甘心離得太遠，失去探看的本意，最後決定選擇投宿在距離普賢岳噴火口還有將近十公里的「小濱溫泉」。

小濱溫泉在島原半島的西濱海岸，是一長條沿著海邊的古老溫泉鄉（歷史已將近四百年），以夕陽美景與海鮮美食著名。我們到達的時候，天色昏暗，到處是灰撲撲的景觀，普賢岳每天還要落下幾千噸的灰塵，溫泉鄉也冷清許多。我們一開始沒聽懂旅館服務生的話，把房間的窗戶打開，爲了正面看見頂上一朵巨大塵雲的普賢岳，但不到十分鐘，室內桌椅全都鋪上一層細灰，才知道落塵的威力。

旅館是一棟木造古建築，書上說它是附近聞名的料理旅館，我們對晚餐也因此充滿著期待。但晚上停電了（火山爆發後，鄰近的村鎮還不能正常生活），服務生就著昏暗的夕照和兩支微弱的蠟燭，在房間內爲我們上菜，大約是十二道左右的各種菜色，符合日本會席的標準，從前菜到煮物、揚物、生魚片等一應具全，但也不是特別出色；雖然有點失望，我也不是挑剔的人，路走多了也已經饑餓，很快地就把十二道菜連同三碗白飯吃下了肚。

突然間，樓梯乒乒乓乓響起來，一聲「苟面苦達賽（對不起）。」服務生匆匆進房，一面端上一艘裝滿各種生魚片的木製巨船，一面哈腰解釋說，停電了電梯不能用，人力不足，上菜的時間沒能掌握好，眞是太失禮了。

望著那一大船鮮美誘人的生魚片（有頭尾形狀完整的鯛魚，有其他各色紅白魚種的刺身，有甘甜的鮮蝦，有雪白的花枝，更有大如號角的海螺），雖然後悔吃了三碗白飯，可是又怎麼能夠退卻？我們鼓起餘勇，一面吃，一面說，豈不是呢？有了這些豐富多彩的生魚片，才夠資格稱爲料理旅館呀。

沒想到，門外又一聲對不起，服務生又進來了，這回端來的是一大尾紅燒的全魚，一人一尾。然後又聽到一聲對不起，再送來一整隻蒸熟的螃蟹，一人一隻。連續五、六聲對不起，每一次都帶進來一盤豐盛巨大的海鮮美食，做法有蒸、煮、炸、醃，無一不壯觀，也無一不美味。桌上再也放不下了，但我們是後悔莫及了，一開始的十二道菜顯然只是例行的前菜，後來的六道美食（包括那一艘巨船）才是料理旅館的真本事與重頭戲。那是難忘至極，可是也是悔恨至極的經驗。

第二天早上，我們外出散步，看見旅館的老闆與服務生正在爲客人清洗座車，經過一個晚上，停車場上的車輛已經觸目驚心地掩埋一層厚達兩、三公分的黑灰，整個海濱村莊露出一種末世的氣氛，或者說是一種啓世錄式的劫後景觀，我們對自己擅闖險境的大膽與魯莽，此刻才有一絲絲的不安。但從另一個角度說，你看著這些村民每天看著頭上那座冒煙的山，不知道它下一次的巨大爆發是什麼時候，不知道熔岩是否隨時會流向己方，他們仍然鎮定如昔，打招呼，買菜，你參與了他們火山下生活的一部分，也應該感到高興。

有時候，旅館的晚餐震撼了我們的五種感官，覺得人生幸福兼感激涕零，但有時候則是我們震撼了旅館的主人。以飯量震撼旅館主人的飯桶生涯也許不宜多說（也不能怪我們，如果你在冰冷的雪地裡走了六小時的山路，你還能怪我們食量太大嗎？），但有一個例子卻值得分享，引以爲戒。

我們一開始在日本旅行時，對日本人的旅館習慣並不理解；有一次投宿在一家在藏王溫泉的洋風民宿（Pension）裡，女主人看到我們進門時抱著頭慘叫了一聲，立刻轉身奔入廚房，原來我們只告訴她有四位大人，沒有說明還有兩名小小孩（我們還沒當他們是「人」）。然而深山裡一切都要有準備，小孩也要備有餐具，和一旁進食的某些食物，她的準備顯然是不夠了。她尖叫衝入廚房，我猜想最後問題應該是解決了，因爲到了晚上，她端出全套優雅的法式晚餐（包括每人一杯餐酒），而小孩子們也都有自己的麵包、湯，和一些合適的主菜。翌日離去時，完美主義者的女主人已經恢復鎮定和微笑，化妝濃淡得宜、從容優雅地在門口與我們道別，我們想到昨天她不忍卒睹的慘叫身影，暗暗覺得愧疚。

火與海的國度

我們在清晨的小車站看到他，你不可能不看見他，一個金髮碧眼的年輕白種男子出現在這東方國度的荒郊野外，當然是十分醒目的；他也不能不注意到我們，全身背包的旅行裝扮，牽著一位身長不滿一百公分的小孩，在這裡也是令人側目的景觀。但說穿了，我們無法不注意到彼此，因爲這是清晨八點不到，露重霧濃，鄉野田間一個小巴士站，一個用木板加蓋圍起來的小亭子，天氣很冷，地面草上薄薄一層白霜，我們都戴著帽子包著圍巾，放眼望去沒有別的過路人，這麼小的地方，你怎能不看到彼此的眼白？我只好點頭僵笑，喃喃地說：「Good Morning !」

「Ohaiyo Gozaimasu !」年輕的白種男子倒是微微一笑，回了我一句標準的日文問候，他也單肩掛了一個背包，一襲綠色防風防水夾克，顯然又是一位有知識、有準備的「背包客」（Backpacker）。這樣的背包客，在全世界旅行的路上是常見的，他們的腳蹤廣布，冷僻的地方也偶爾會看見他們獨自一人，或兩人結伴而行的身影。即使我們此刻是在日本九州阿蘇火山北邊不遠處一個偏僻的溫泉村莊裡，但阿蘇火山公園是九州的旅遊勝景，在它的周邊遇見世界各地來的背包客並不奇怪。

看起來我們應該是都在等同一班往阿蘇火車站的巴士，巴士姍姍來遲（我指的是清晨寒風中的感受，車子應該還是準時的），我們兩組人魚貫上了公車。這是典型的日本鄉間巴士，司機一人服務，乘客一切自助，你上車時必須從車門口的機器裡拿一張「整理券」，券上印有數字，下車時，你再根據數字對照車內前方一張大表顯示的金額來付錢。雖然動作簡單，但如果你對先拿整理券一事沒有概念，乘坐鄉間巴士可就有點麻煩；我特別回頭看了一下那位外國青年，發現他正嫻熟地為自己抽取一張整理券，可見是內行的，再加上他打招呼的流利日文，我想他對日本應該是熟悉的。

到了要下車的時候，我站起來掏口袋準備零錢，發現那位白種青年瞇著眼在車前那張大表搜尋，我突然明白了一件事，他雖然能講一口發音標準的日文，但讀漢字的速度是趕不上我這位不會說日文的漢人，牌子上的站名是一票漢字，他正在努力拼圖識字呢。我走到他身邊用英文說：「如果你是這一站下，車資是二百六十圓。」他果然一副喜出望外的模樣，連忙用日文向我說謝謝。我們同一組人又魚貫下了車。

走了幾步路，我們又發現彼此仍在尋找同樣的路標與招牌；忍不住相視一笑之後，我開口問他：「你不會也要走 Yamanami Highway 吧？」他年輕的雙眼閃著頑皮的光芒，卻笑瞇了起來：「多巧，我正是要走 Yamanami Highway，我可跟定你了。我要到別府，你們呢？」

「眞不幸，我也要到別府。」我們經過這幾次的訊息交換後，終於正式聊了起來。

我猜想他已經困惑一陣子了，他總算鼓起勇氣提出他的疑問：「對不起，我在車上偷聽到你們的談話，我能聽日文，我知道你們講的不是日文，你們是哪裡來的？」

「台灣。」

「難怪，我本來猜想是香港。」他嘆了一口氣，好像懊惱沒猜中的樣子。

「那你呢？聽你的口音，是從英國來的嗎？」

「蘇格蘭，愛丁堡。」

蘇格蘭的大男孩，爲什麼挑了日本九州一個偏僻鄉下做爲他的旅行地？多半第一次到日本的西方旅行者，他們可能先到東京，順道遊日光、鬼怒川；或者先遊京都，順道訪神戶或奈良，那是典型的入門行程。

「我是第一次來日本，其實是第一次到任何地方。來九州，因爲這是我日文老師的家鄉。」金髮男孩講話的興致來了，我才從他的柔細的鬢毛和藍色的大眼睛看出他的年輕，他能有幾歲？恐怕最多是二十出頭吧？

「我的老師說九州是火與海的國度，她自己就是火山的女兒，也是大海的女兒，她說九州是最美麗的，I am glad I am here，and I couldn't believe I am really here。她沒有騙我，九州眞的是世界最美麗的地方。」

「而你的老師還在愛丁堡？」我問道。

「是的，她還在我的學校，但我已經上完課了。我回去會去看她，告訴她九州現在的樣子，我會告訴她，火山還在這兒，冒著煙，溫泉還在這兒，熱得很，大海還在那兒，非常藍，而她很多年沒有回家了。」如果他今晨和我從同一個地方出發，他昨晚一定和我一樣，泡在溫泉村某一個溫泉浴池裡，大面落地窗正對著遠方翠綠色、圓錐形、冒著煙、雄偉壯麗的活火山阿蘇。

但這位年輕男孩對他的日文老師未免太傾心也太投入了，我忍不住好奇心，冒險地再向前追問：「而你的日文老師，她，也和九州一樣美麗？」

他閉上眼，陶醉的樣子：「啊，是呀，最美麗的老師。有時候會生氣，我記不得句子的時候會生氣，但生氣的時候，最美。」

我當然認得這種情愫，這不是描述可尊敬的老師的意態神情，而是觸及內心青春秘密的少年維特。一位涉世未深的西方男孩，千里迢迢來到陌生東方國度的鄉下，一面搜索張望異國的田園景致，一面想像追尋老師的少女形象，這一路上的旅行收穫是特別的吧？他會不會一面行走，一面對自己說：「啊，這就是老師說的某地、某事和某物，而這是她走過的某地，這是她經歷的某事，這是她觸摸的某物，她說的話都在這裡，她沒有騙我。」

但等待中的長程巴士開來了，打斷了我的思緒，也打斷我們的交談，我們必須為另一段行程上路了。

山並道路（Yamanami Highway）本名應該叫「阿蘇別府道路」，因為它是聯結阿蘇火山與著名溫泉鄉別府的要道，而道路的建設穿過群山稜線，視野開闊，景觀壯麗，所以又稱為「山並道路」。巴士出發不久，我們就感覺從山腰來到山頂，車子好像行駛在高原上，毫無視線遮攔，兩邊望去都是一重一重的山脈，彷彿無止境的海浪一般，這樣的景觀足以讓觀者心情沉澱，生出多種蒼茫的感慨。行走山並道路的巴士，很體貼地在每處有眺望景觀的地方都略停片刻，讓乘客欣賞美景，也活動一下蜷曲在顛簸車廂中的筋骨。

我望著遠方重重的藍色山巒，這樣開闊的景色確實讓人有自覺渺小與避世無爭的心情。我不知道這樣的心情，對一位暗懷愛慕的大男孩有什麼意義，他會在此刻意識他年輕的愛情可能是徒勞無功的嗎？

但這樣的心情，對我是有用的。我當時正在一家日本唱片公司上班，工作的性質與人際的糾葛正讓我身心疲憊，每天我倦極睏極，卻又無法入睡。我的九州之行，下意識裡是一場尋求治癒的旅行。一路走到阿蘇火山，遼闊的山谷中央，突起一座巍巍的火山錐，而山谷裡則散布著各種風情的小村莊。景色開闊，好像人的糾緊扭曲的心也跟著鬆了，是呀，人生苦短，爲什麼自尋煩惱呢？

在山並道路上，其實我已經是個放鬆而無所求的人，四個鐘頭的車程仍然沒有讓我疲勞不適的感覺。我們在別府車站下了車，我問蘇格蘭大男孩往哪裡走，他說他要搭船往廣島，去看老師的老師，然後就要回家了。

「那你呢？」他也充滿好奇。

我？我要到別府近郊的觀海寺溫泉，那裡有七個不同顏色、不同泉質的風呂等著我洗去所有的疲憊塵埃，再隔日，折回福岡，然後，我也就要回家了。

奧入瀨溪谷

旅行的其中一個樂趣，也許與季節和節令有關。春天有花，夏天有綠，秋天有紅葉，冬天有白雪，從中又產生各種人們可以參與的相應活動。或者異鄉他土又有多色多樣的人文景觀，祭典、節日、儀式、盛會與嘉年華，而它們又對應著各種特定的自然季節與日程。

但我自己，也許因爲下意識裡畏懼浪潮般人群與一致的行動，旅行時常常不知不覺走向與他人背反的道路上去。當櫻花盛開如雨時，我總是避開燦爛的櫻花名勝所在；當紅葉野火燒遍時，我也盡量避開觀賞如血紅葉勝景的知名路線；如果知道旅行前往的地點恰巧有盛會或慶典，我也常常悄悄提前離去。熱鬧與盛情，彷彿是與我無緣的；事實上，我有不少次旅行投宿時，發現自己是那家寂靜旅館裡唯一的客人。

所幸，大自然在最孤寂的時候也有遺世獨立的孤寂絕景，你往僻靜之處走去，它也饗你以安寧的身心盛宴，我有這樣一個銘印深刻的記憶。

那一年，我的心情應該是比今日還年輕許多的時候，我們幾個朋友相約同遊日本的東北地方。成員一共是三組暫忘憂愁的家庭，有兩個年紀相仿的稚齡小孩，加上六位年齡已不宜再提的大人，全部背著旅行背包啓程；邱是當中最講究行頭與架勢的人，他的配備有軍用大衣、鋁架外露的登山背包、加上S腰帶與軍用水壺，好像將要在野地長期抗戰的模樣；謝則是我們之中最輕便隨意的旅人，一個單肩背袋已包括一家三口的所有行李，竟然還能從中變出旅途閱讀的各種書本。

時間已是嚴冬，早就過了日本東北地方最有名的紅葉旅遊季節，這也不是東北三大祭典的時令；冬日豪雪已然厚埋了大地，路上人煙稀少，我們所行經的城鎮不管白天或夜晚，都有一種沉睡的姿勢，整個地區似乎是在休養整備之中，像是昏沉沉冬眠著的熊一樣。

我們在東京上野搭乘臥鋪夜車北上，翌日清晨可直抵青森；夜裡頭大夥被新鮮的經驗弄得不完全得以入睡，又看到日本人即使在火車上也要鄭重其事換上睡衣拖鞋，也覺得有趣，乾脆坐起來聊天。車過盛岡之後，窗外看去已經是一片雪白，村落、城市、山脈、河川，如今都在白色的堅實統治之下，月光反影十分耀眼卻又百般溫柔，我們知道是來到雪之北國了。

我們的目的地是探訪東北山區裡的幾個溫泉，但嚴冬豪雪之際，有許多山路已經封閉，這就使我們的行程蜿蜒曲折，常常必須繞道而行。從青森，我們先往著名的酸湯溫泉，它的「一軒宿」旅館有一座可容千人同時入浴的檜木大浴池。酸湯老旅館本身就是木造建築，除了漂蕩的木頭香氣外，上下行走時會發出各種碰撞依哦之聲，也是木造老旅館特有的風情。它最著名的檜木大浴場，號稱是引人遐思的男女混浴，但實在是太大了，男女更衣場有別，循不同入口與路徑進入，只見昏黃燈光下一個操場大小的木造浴場，像稻田或鹽田一樣分成一畝一畝，煙霧迷漫，難辨神鬼，你只能摸索進入一畝之池，或許聽見附近微有水聲，說明另有他人在場，但霧氣之中什麼也看不見，我們試著大聲交談，空蕩蕩的大屋子裡則充滿著回音。

離開酸湯之後，因爲大雪封山，我們繞了遠路，從十和田來到一處小地方叫燒山，投宿在一家民宿型的溫泉旅館。選擇這個冷僻地方是爲了奧入瀨溪谷，書上常看見奧入瀨溪谷畫片般水流淙淙、紅葉遍布的優雅景致，很令人神往。我思索如何遊奧入瀨溪谷頗花了一點時間，我想避開紅葉季節，也許沒有遊人的冬天是個好的機會；但搭乘巴士從溪谷忽焉而過，也是糟蹋美景的壞方法，最好的方式應該是徒步悠遊。如果貪心要完整穿越奧入瀨溪谷，全長約有十五公里，走起來恐怕就要五、六個鐘頭，最好前一天先抵達附近，這就是選擇距步行起點只有三公里的燒山住宿的原因。

第二天一早起來，我們背上所有的行李，從旅館告辭離開，旅館女主人還好意指點巴士停的位置與時間，不知道我們另有計畫。我只是提醒同伴們，十點鐘將有當天最後一班車行經我們身旁，若大家有悔意，立即上車可也；但等那班車過了，我們就必須一路走到十八公里之底的十和田湖，再沒有交通工具可用了。

從燒山出發，一小段路後就進入奧入瀨溪谷的區域；奧入瀨溪谷其實是奧入瀨川穿透八甲田山，從十和田湖一路往東注入太平洋的一段。因爲地形的獨特，造就了湍急水流，上下起伏，變化多端，一路上大小瀑布不計其數，所以又有「瀑布街道」的稱號。

我們一面走，一面就被這不可思議的美景所吸引。道路沿著溪流相隨蜿蜒，水聲潺潺，時而平緩，時而湍急；溪中有各種形狀的黑色巨石，現在都抹上一層白色糖霜，幻化成固體的白雲；路與河的界限也被純白的厚雪輕柔覆蓋，變得川與道難捨難分，溪邊彎腰的群樹也壓著積雪，黑色枝幹垂柳般掛下各式各樣透明的冰柱。路上既無車輛也無行人，也不見任何建物或住家，我們大聲喧嘩仍顯得寂靜；放眼四望，溪水、石頭、巨木、蒼茫的雪景，亞歷士．克爾在他《消逝的日本》裡形容四國的祖谷溪谷「彷彿是宋代水墨畫裡走出來的山水」，的確，在奧入瀨溪谷的黑白兩色分明的景觀中，蒼松白頭，溪石覆雪，這豈不是一幅如假包換的北宋水墨山水嗎？

嘩喇一聲，樹上的積雪落了下來，驚起一兩隻黑色的大烏鴉，雪塊落在我們的頭上肩上，也打斷了我們欣賞美景的寧靜；雪中行走並不是全然平安的，我們意識到危險，卻仍然覺得驚喜多過於驚恐。路途遙遠，但一路上並沒有休息之處，連找塊石頭坐下來也不可得，石頭上都鋪滿了雪，坐上去只會溼透衣褲，凍壞屁股，十幾公里的路就變成了嚴峻的體力考驗。

山窮水盡疑無路，轉彎處卻看見路上獨有的一棟木屋，與周圍環境搭配的木造建築是一家觀光地賣店，賣紀念品與蕎麥麵。我們歡呼走了進去，平凡普通的熱騰騰的一碗蕎麥麵成了生平難得的好味道。熱過後的身體，在雪地裡重新有了生氣，連路上好意提供我們便車的汽車主人都被我們慷慨激昂地拒絕了，我們決心要走完這十五公里的水墨畫。

路的盡頭就是十和田湖，但終點並不是高潮，嚴冬雪封的十和田湖失去了平日觀光地的喧鬧，全部的商店都關門了，巴士也早就沒有了，那不過才下午三點的辰光。我在電話亭裡叫來兩輛計程車，要他們把我們載到下一站：蔦溫泉。車子在雪地裡沉默地奔馳，美景迅速向後倒退，彷彿快速回顧我們的旅程。到了旅館，那是另一家被隔絕在山區雪地裡的木造建築旅館，曾經是詩人大町桂月的長住之地。旅館四周是山毛櫸樹林（詩人稱它是「十和田樹海」），我們浸泡在帶著香氣的山毛櫸木溫泉浴池，身上十幾公里的雪地疲勞迅速溶解在熱湯之中，這可能是最甜美的溫泉經驗了。

雪埋的旅館

有些書適合你帶著去旅行，有些書激起你想去旅行的慾望，有些書你只會一面讀一面讚歎，但你不會去它所描述的地方。

帶著去旅行的書，有的用來排遣路途上的無聊時光，像是一本陪你在機場轉機的通俗小說（爲什麼是小說？這個時候我幾乎不讀論文）；有的則用來指引你在路上「看、買、遊」的一切行動，常見的當然是一本資料詳盡的導遊書，厚厚的，含地圖與照片，供你到了現場對照之用。

激發你旅行慾望的書，卻可能是任何文章的片段。因爲作者用了特殊的情感，描寫了某些地方的風情、食物，或者一個經驗，突然之間，電擊一般，你動了要去那個地方的念頭。如果不是這種機緣式的心靈邂逅，旅行雜誌幾乎是不可能的類型；雜誌的閱讀，充滿意外的樂趣，而不是系統，你很難帶著五本雜誌拼起來的一條路線去旅行（但我的確看過一位朋友，帶著一整本密密麻麻雜誌、報紙的剪報資料，預備去旅行）。我偶爾會在某本雜誌的文章中，讀到一兩行文字或是見到一張照片，突然就興起前往該地的念頭。

那一次旅行的起因就是這樣。先是在雜誌文章看到那家旅館的照片，那是一個遺世獨立的景觀，一家木造平房旅館，孤伶伶地屹立在高懸的山峰頂上，資料上說它海拔二四五〇公尺，但背後是更雄偉壯大的群山風景，幾座高大的山脈連綿環抱著這家前後空無一物的孤絕旅館；那張空蕩無人的照片，突然間就觸動了我，心裡想：「有一天，要到這裡來旅行。」

不久，又是幾個朋友相約要到日本旅行的時候，我負責設計旅程，我立刻就想起那家山中孤伶伶的旅館，它其實是在一條熱門的旅遊路線的邊緣上，你只要從主線往深山裡再走一點路，來到登山客們入山的起點，就能找到那家旅館。但季節時間有點危險，書上說旅館在十一月中旬就封館了，一直要等到第二年五月雪化山開的時候才營業，算算我們到達的日程已經是十一月十一日，不曉得旅館還開不開？

打電話過去問，發現它還開著，旅館的人說，今年營業到十一月十四日，十五日他們要用木板把整個旅館釘起來，十六日旅館的工作人員就全部撤離了；下旬以後，豪雪隨時會降下，那個時候，山就封了，也上不了了。如果我們是十一日上山，旅館還是營業的，但旅館的人說，最近已經下了好幾場雪，山路陡滑不好走，路上要小心。

旅館有個美麗的名字，叫「雷鳥莊」；雷鳥是附近山區的一種高山禽類，一般棲息在二三〇〇公尺以上的高地，夏季的羽毛是棕、黑兩色條紋，春秋兩季就變成棕、白兩色，到了冬天羽毛就轉成全白。旅館位於日本著名的立山、黑部「北阿爾卑斯」旅遊線上，先搭乘各種交通工具來到山路最高點的室堂平一站，再往山麓走去，走到立山、別山和大日岳的交界處，標高二四五〇公尺，就是「雷鳥莊」的所在，也是登北阿爾卑斯山脈的基地。

我們到達室堂平時，山上已經積雪處處，巴士停靠的地方正好在室堂平著名的「立山旅館」的門前；「立山旅館」規模不小，也是孤立在丘上，有群山爲背景，氣勢也十分不凡，但它地處人來人往的觀光要道，地上的白雪到處是踏痕污漬，還有等車人群的喧囂，少了一點深山裡雅潔幽靜的感覺。

我們從「立山旅館」出發，遠離道路往山區深處走去；走了不到十分鐘，山路開始變得崎嶇難行，不僅路狹窄而多起伏，路上也積了不少雪，鬆軟與滑溜兼而有之，讓我們走起來戰戰兢兢。但景觀是美麗的，放眼望去是一層又一層的山脈，沒有盡頭。有趣的是，在狹隘崎嶇的小路旁，立著長長高高的細竹竿，隨著強風搖曳，竹竿的頂端漆成惹目的大紅色，不知道它的用途，用來做路標也奇怪了點，如果綁上布條就更像宗教上的旗幡。

正當我們一面驚嘆景色的壯麗，一面小心腳下的步伐時，兩位快步行走的路人悄悄地逼近我們；那是兩位勞動者模樣的行人，穿著長統雨靴，頭上綁著白毛巾，肩上扛著巨大的鋁架背負。他們手裡拄著拐杖，步調平均而敏捷，口裡呼出白煙，喘著氣噓噓作響，速度卻有我們的兩倍，完全無視於腳下崎嶇不平的地形與不斷滑落的碎石。

當他們越過我們的時候，我看到他們背上肩負的有保溫盒、有成捆的報紙、有乾淨的床單毛巾；我突然意會過來，這顯然是深山旅館的工作人員，沒有其他的交通方式能夠運送旅館所需的物資補給，所有的東西都得靠人力一點一滴背負進去。我們看著快速遠去的背影，心裡昇起一絲不安與罪疚，正是因爲有這些期望僻靜隔離的「雅士」，就有另外一群勞動者必須爲他們背負重擔（後來我在電視上無意中看到報導，那些背負均約是三十公斤）。

大約走了近一個小時的山路，包含途中在號稱「高山之鏡」的火山湖停憩片刻，我們終於來到這家山中旅館的門前。這是一家完全用原木搭建的「山莊」，近乎歐式的「山小屋」（Chalet），只是更乾淨漂亮；入門處有一個點著火爐的客廳，桌椅擦拭得一塵不染，好像全新一樣。從門口眺望，往前看下去是俯瞰衆山，回頭看卻要仰望更高大的群山，風景眞是賞心悅目極了。雖然是積雪處處，溫度恐怕也在零度左右，我們卻已走出了一身汗，僅穿著汗衫就站在門口喝起飲料來（孤絕的山中竟然還有飲料販賣機，只是屋子後面放了許多壓成一塊一塊的鋁罐垃圾，我們不敢增添別人的負擔，乖乖地自己把垃圾帶下山）。

旅館還是十足的日本系統，一樣附有早晚兩餐；到了晚飯桌上，竟然還有新鮮的生魚片，我們才明白下午看到兩人背負保溫盒的原因。不可思議的是，這家旅館是町營旅館（區公所直營的旅館），工作者根本就是公務員；他們的目標不是獲利，而是要讓登山的人有一個落腳之處。這裡原有一家私營的山莊，幾年前毀於一次雪崩災難，後來地方政府重建旅館，蓋得更大更好，就是不能讓國民失去山中旅行的權利。

夜晚休息之後，我看到點著一盞小燈的餐廳裡，一群工作人員在收拾洗淨的桌巾，兩人一組合力摺疊，步驟一絲不苟，心中有無限的感觸。這是多麼自我要求的民族！多麼令人尊敬的公務員！在深山裡頭，沒有人看見的地方，他們的工作一樣嚴格。

第二天我們懷著感激和敬意準備離開，我問起那些漆成紅色的長竹竿；他們告訴我，每年豪雪季節工作人員必須離開，大雪將會掩埋整個區域和旅館，明年當他們回來時，就得依賴那一小段露出雪面的紅色竹竿，沿著路找到旅館的位置，再把旅館從雪中挖出來，清理乾淨後才能夠再度營業。什麼時候回來？他們說每年的五月，雪就不再下了，但積雪還是要用人力清除，大概要整理一星期才能恢復原樣。

回程的山路，再仰頭看著那些高高長長的紅頭竹竿，想像厚雪掩埋的景象，滋味似乎是不同了。

煙中巴士

雖然已經是十五年以上的事，我仍舊感覺如昨日發生一般清晰。

導演侯孝賢忽然打電話來，要約在元穠茶藝見面，當時彼此還不太熟，但侯孝賢已經拍出了他的重要作品《童年往事》，也已經成為我心目中最值得崇拜景仰的創作者，我大概是寫過一些文字流露了喜歡與佩服的意思，糊里糊塗被攻擊者歸為「擁侯派」一類。大導演突然來電，會有什麼事呢？

結果侯孝賢在茶館裡一口氣講了六個故事，每一個都讓我聽得目瞪口呆，每一個也都是導演想拍的故事，而每一個導演預備拍攝的故事也都有若干不同的困難與障礙。最後，故事說完，侯孝賢動動眉毛，先看看旁邊的朱天文，再半笑不笑地看著我：「詹仔，你說，該怎麼辦呢？」原來，導演是要一個「狗頭軍師」出點土意；我不疑有他，忠心耿耿地提出各種各樣「SWOT」式的分析，不料此舉後來竟把我捲入了將近十年的電影恩怨，讓我掛名於片頭，行走於影展，更與他國片商洽談於咖啡店與來往傳眞之中。但，對不起，這並不是今天要說的故事，我必須先按下不表。

在侯導演那天說的六個故事當中，有一個場景令我印象深刻。那是民國三十九年，大陸已經解放，但四川輪還通行於上海與基隆之間；這時有一班「時代的末班船」正要駛入基隆港，天色灰灰藍藍，基隆山城正下著毛毛細雨，進港的船隻拉響汽笛，山城另一端則嘟嘟嘟嘟開進來了燒煤炭的冒煙火車，火車輪船同時入港，各自鳴著自己的笛聲。船靠港後，碼頭上一片逃難的狼藉，攜鍋帶盆、牽羊持雞的扁擔軍隊，緊緊抱著大小皮箱細軟的逃難人群，到處人聲雜沓，場面混亂；下船人群之中卻有一個人（當時預想的演員是周潤發），似乎無視於這個大時代的悲劇，他原是上海灘的黑社會人物，來台灣並不是追隨國民政府或效忠國民黨，而是來追討一批被基隆碼頭黑幫暗香的「貨」，他並不知道自己上了歷史上的最後一艘船，從此將被留在一個他先前一無所知的島嶼，參與了一個重組的時代，直到所有的人都「安靜」爲止。而這艘船停開之後，一直要等到四十年過去，這裡面一些二十啷噹歲的年輕人將以花甲白髮之姿回到中國，並且一路號啕大哭到家門，不過，剛下船英姿風發的周潤發，根本無法想像這些未來的事（誰當時想像得到呢？）。

剛下船的周潤發，無視於國難與流離，他另有家法要處理。他在碼頭上叫了一輛黃包車，車子往大街拉去，道路兩旁騎樓之下是更多的逃難人群，他們棲身牆角，身邊堆著各種家當，你不能想像人們會帶什麼樣的東西逃難，有的人竟然還帶著衣櫃和等身高的穿衣鏡，他們有的衣著講究，有的則衣衫襤褸，但都一樣狼狽不堪；周潤發看著兩旁潮水般的難民，胸中另有一番心事，黃包車拉著他在大路上愈走愈遠，直到渺不可睹，這時音樂響起，片名壓在街景之上，四個大字：悲情城市。

沒錯，悲情城市，這是原來《悲情城市》的故事構想，後來侯孝賢爲了把角色背景再研究得徹底一點，把人物角色的上一代想得更清楚一點，竟然不得不發展另一段更早的故事，也就是三年後眞正開拍的《悲情城市》。侯孝賢當時拍戲有一個特色，對任何一個片中的角色，他都傾向於把他的祖宗三代都想出來，加上他不喜歡明顯的故事線索，所以他的電影總是情節隱晦，角色飽滿。我後來在《悲情城市》裡充演林老師一角，電影裡總共只有四個鏡頭，但導演花了一個鐘頭把他一生的際遇都講了出來，你學了他的一生，才講那兩句台詞，不會演看起來也容易像是眞的。

但為什麼要拍這樣的故事？當時我問他。侯孝賢說，輪船和火車同時進港的奇景全世界只有基隆才有，他一定要找個機會把它拍出來，從船上拍緩緩入港時看到的舊日基隆，一個淡藍色的雨城、山城兼港城。這是我第一次真正接觸影像創作者的靈魂，驅動他創作的，有時是一個魂縈夢牽的場景，一個畫面。他的真正動機是，這個美好的畫面應該配一個同等動人的故事；有時候你並不是為電影故事找場景，而是為場景尋找電影。

但去哪裡找一個這樣動人的畫面或景象，讓你有理由一生拚命為它找一個合適的故事？

也許我們不能去找它，得等它來找你。七、八年後，我自己也有了一個魂縈夢繫的畫面，緊緊印在腦中。

某一個冬天，我旅行來到北海道；也許是厭倦了台北送往迎來的喧囂生涯，我有點刻意往荒僻的地方走去；那一次，我走的路線都是冷門無人的地方。先是到了岩內港，在沒有什麼人居住的港口等班次稀疏的巴士，二十分鐘你已經把小城所有的商業活動考察一遍，但距離下一班車還有兩小時，你得到旅行中特別有的機會，耐心觀察一個陌生地方的一景一物。等眞正到了目的地岩內溫泉，積雪攔住它的去路，你的活動之處就是在雪中挖出來的旅館，和冒著煙的溫泉。然後我再往更深的山裡走，就來到一處「Niseko」湯本溫泉，投宿一家有著極美的名字的國民宿舍，叫做「雪秩父」。

那是車子所能到的最深入的山中旅舍，但更深的山裡還有一家也擁有美麗名字的旅館，叫做「五色溫泉旅館」。我從我的旅館走到路的白色盡頭，底下路段的積雪不再清理了，它堆積超過一個人高，但路旁遺棄了很多輛車子，雪地上卻有雪橇的滑痕。也就是說，車子的主人走到這裡，放棄車子滑雪往下一個目標，那下一個目標就是藏在閉鎖道路另一端的五色溫泉旅館。想想看，午後的旅館主人看著他的客人一個個滑雪飄忽而至，是何等的景觀。

雖然我無緣更入深山，但此刻我所在的旅館周遭已是雪白的絕境，它是登山客的基地，四面環山，泡在露天溫泉裡你所見的全是潔白山景，絕無一絲瑕疵。除了散步把第一個足跡印在雪地上，你也沒有別的事好做，這就給了你細看細想的享受。夜裡頭眾人早早入睡，也許都是天未明就要上山的旅人，沒有在夜裡喧鬧的。

我卻另有行程，我想搭六點半第一班車往山的另一區；在晨光微曦中，背著行囊走出旅館，我看到白色山景下，雪蓋樹林旁，一輛巴士在白煙之中，地上則是沒有任何踏痕的潔白新雪。那是一生難忘的奇景，雪地裡一隻孤獨等待的巴士獸，它因爲發動引擎帶來水蒸氣，猶如浮在煙中，周圍是黑樹白雪，遠處是沉默群山，未明的天光中幾個人影走向巴士。它是人生無意中的遭遇，一個一閃即逝的過程，但你知道它的力量，它纏綿不去，你將帶著這個不明意義的畫面走向餘生。

給這個雪地裡的煙中巴士找一個什麼樣的故事?也許是一樁淒美的謀殺案,一場纏綿悱惻的戀情,一個雪白的堅貞,一種無以言喻的犯罪衝動,還有一些從未發生的心事。

國民休暇村

因爲冬季大雪的緣故，北海道許多道路是封鎖的。到支笏湖的道路也一樣，一條由洞爺湖經美笛分岐點、號稱最美麗的景觀道路此時是不通的。我們不得不改走遠路，南邊向東繞了一個大圈子，到苫小牧轉換巴士入支笏湖。來到終點站支笏湖溫泉下車時，周圍已經是白茫茫一片，路旁積雪甚厚，湖邊若干旅館商家幾乎都被高高疊起的白色雪堆擋住視線，萬徑人蹤滅，好像什麼都不存在一樣。湖畔小路也被積雪所掩埋，行人近不了湖邊，但遠遠地可以看到凍結的湖面，一片雪白的鏡面，猶如巨大的溜冰場一般。

我們要投宿的旅館是支笏湖國民休暇村，它並不在商家聚集的湖濱，而是藏身在國立公園濃密的樹林裡，還得走一段林間的道路。林中路此刻也是潔淨雪白，不用說，樹林已經是黑枝白蓋，草木難分，連道路上也都是鬆軟的粉白新雪，微微散出七彩晶瑩的反光，沒有一絲人蹤踏痕，衆鳥皆寂之中，只偶有樹葉落地的聲音，這雪大概是新下的吧？

路途中，我卻在樹木底下的雪地上看見某種動物清晰的足跡，細細長長的一串輕淺腳印，應該不是什麼大型動物。正打量著那些整齊足印時，不料斜坡上忽地冒出一隻棕橘色的狐狸來，挺著流線型的優美身軀，牠就站在白色斜坡上，側著小小的頭打量著我們，眼神機警靈敏，看了半晌，一個漂亮的迴身，就消失在山坡的另一面了。

這不是我僅有的一次在野外見到這種當地稱爲「北狐」的小狐狸（其實就是西方人稱的「Red Fox」）。有一年暑假，我們租車從北海道層雲峽回札幌，一時興起挑了一條地圖上的偏僻路線，不想七迴八轉闖入了森林之中，山路全是碎石鋪成，狹窄多彎，加上森林濃密，行車彷彿被籠罩在一片綠色樹牆裡；因爲景觀封閉鮮少變化，車上一班同伴不知不覺昏昏睡去，突然間，開車的同伴大叫一聲：「誰？」我一驚而醒，倉促向前望，只見一個像童話書裡留著鬍鬚的小矮人，施施然從前方走來，在無人的森林深處濃蔭之中，彷若鬼魅無聲移動。再定睛一看，原來是一隻狐狸。從牠的正面看不見後面兩隻腳，看起來活像是兩隻腳走路的人形小妖精，加上牠左顧右盼，眼神靈動嫵媚，乍看之下還眞以爲遇見小矮人，難怪駕駛同伴要驚呼：「誰？」了。

山路上第一次看到北狐，大夥還嘖嘖稱奇，車子繼續往前開，才發現森林裡遇見狐狸的機會還不少，我們甚至有一口氣看見五、六隻的經驗，最後我們乾脆暫停下車，蹲下來面對面細細端詳這種精緻美麗的小動物，你端詳著牠，只要不靠得太近，牠也鄭重其事地望著你。

那一次是夏天，森林裡生機盎然，狐狸只是眾多活物之一。但此刻在支笏湖旁坡地轉身離去的這隻狐狸，卻是滿山蒼茫中一個孤單絕世的影子，氣候苦寒，食物不足，自然總有它殘酷的時刻。和一隻狐狸短暫的意外邂逅和片刻的駐足互望之後，我們繼續前行，山坡上幾個轉彎，在四面雪堆的純白環抱中，我們就登記住進了支笏湖國民休暇村。

日本的國民休暇村，是我偏愛的一種住宿型態。它是由日本公益彩劵和摩托車賽車的收益金中，提撥部分收入所做的公益事業，目的是提供國民一個健康的休閒活動去處——用一個不健康的活動，賺錢來支持健康的活動，這是天才靈感還是完美藉口？國民休暇村幾乎都選擇蓋在國立公園（一級國家公園）或國定公園（二級國家公園）當中，腹地廣大，自然環境令人驚艷，每個休暇村都有長達數公里的自然步道，或有森林或有海灘，更有各式各樣的運動設施。就拿我住的支笏湖休暇村來說吧，它有溫泉（美麗樸實的眺望風呂，三面落地窗就看著一片潔白雪景），有自然研究步道（加上鳥獸草木解說的森林小徑），有野鳥森林（國家公園就是你的後院花園，你還想怎樣？），還有自行車道、運動場和木球場（但我什麼也沒看見，反正大雪掩埋之後，所有場地的功能都是一樣的），這偌大的敷地與設施只提供三十二個住宿房間，你能想像這種自然的奢華嗎？

反而住宿是樸實的，房間簡單乾淨，沒有豪華的設備，服務也採極簡主義，鋪床收拾都由住客自己動手；建築物是低矮謙卑的，空間明亮寬敞，但不搶自然環境的風采，通常和大自然有一種自在的協調。難得的是，採取日本旅館傳統一泊二食制的休暇村，在餐飲上的用心，竟然也讓當地食材盡情演出，多彩多姿，儼然另一種料理旅館。價格當然也是「國民的」，我們住的附有廁所的房間，一個大人含早晚兩餐只要七千日幣，如果你願意住得再簡樸一些，還可以有房間只要六千元；但如果你想吃得再奢華一些，它還有各種高極料理提供，毛蟹、虹鱒，或者北海道的海鮮會席，你也最多花到一萬元日幣。

日本國民休暇村的設立，目前已經四十年了，全日本共有三十六處。我從發現之後一共去過其中的八處，選擇的理由不盡相同，有時候是爲了它的美景，像位於裏磐梯五色沼的裏磐梯休暇村；有時候是爲了它的溫泉，像位於十和田八幡平國家公園的田澤湖高原休暇村；或者因爲美食，像以近江牛肉美食聞名、位於琵琶湖畔的近江八幡休暇村。每次總帶給我不同的美好經驗，尤其是每一處休暇村獨特優美的自然環境，常讓我不勝流連。

事實上，國民休暇村只是其中一種出色的「公共之宿」，還有許多非營利事業組織的宿泊設施是令人難忘的。譬如我在北海道二世谷（Niseko）高原投宿的「憩之村」（Ikoinomura），它本來是勞動省（相當於我們的勞委會）出資，由地方政府經營的公共之宿，但和洋相融的房間，全館無障礙空間的設計，令人印象深刻；而我在洞爺湖投宿的「洞爺簡保保養中心」，它是由郵局簡易保險年金所設置的福利設施，環境優美，館內設備的舒適完善，也讓人難忘。

體驗過台灣公家機關的晚娘面孔與粗糙打混，常常讓我不敢相信，爲什麼日本能有這樣的公營機構；它的「公營」，竟然可以意味著更體貼、更完善、更可靠與更便宜，我看著休暇村周遭得天獨厚的國家公園景觀，看著旅館內一塵不染的環境，看著工作人員快步行走、大幅鞠躬的服務，看著餐桌上精心調製、擺設雅致的料理，但，這絕不是我們尋常的公營經驗。

民間業者也認同這些公營住宿場所的，我有一次投宿在九州南阿蘇的一家洋風民宿裡，留著絡腮鬍、熱愛莫札特的民宿老闆問我要不要去兜兜風，然後就把他那部拉風的四輪驅動吉普車開出來，在山路轉了幾圈，竟把我們帶到南阿蘇國民休暇村，他說：「這裡風景最好，你們可以在裡面喝杯咖啡，我在外面等你們。」在南阿蘇休暇村裡，兩層樓高的大片落地窗正對著雄大的根子岳，啜飲咖啡眺望遙遠的壯麗山景，眞讓人心曠神怡，心生退休遠逸之念，采菊東籬下，一抬頭悠然見到的不就該是像這樣的南山嗎？

又有一次，我們闖進了冷僻的北海道南方大沼公園一角，投宿一家由NTT健保組合經營的旅館，名叫「木屋大沼」（Woody House Ohnuma），原意是給ＮＴＴ員工休憩之用。我們到的時候是冬天寒雪之際，往旅館的路上寸步難行，隨時得小心打滑摔跤。旅館的工作人員辛勤地在屋頂上和門前剷雪，爲的只是接待我們唯一的一組客人，房間是樓中樓，樓下是日式臥房，樓上是個榻榻米起居室，極爲優雅舒適。吃飯的時候，除了漂亮的碟、盤、碗器皿之外，又端上來的一個漆盒，裡面九個格子各放一個小缽，顏色艷麗地擺著各種菜餚，光是用眼睛看就覺得十分「御馳走」（Gochisoh，日文「承豪招待」之意）了。

雪國的誘惑

「下雪了！下雪了！」鄰居的兩位年輕女子催命似地按了門鈴，又對著我的對講機尖聲大叫；她們叫著說：「下雪了，快下來，快下來。」

我和另一位室友匆匆披衣下樓，和她們一起站在門前的草坪，她們已經樂不可支地在雪中拍手歡鬧。白色的雪花正盈盈輕舞一般無邊無際地飄落下來，它們一片一片飄落草地和樹林，也一片一片撫觸我的面龐、頭髮，有一些更順著後頸溜進我的領口；雪花如此潔白鬆軟，彷彿沒有任何重量，不像是存在的實體，更像是一種白色幻象；但這樣的感覺僅僅是一下子，雪片開始就在頭髮上和面頰上融化，你開始感覺到冰涼、溼潤，還有一絲絲微微的刺痛，雪顯然是活的，是眞實的。

那是將近二十年前，我被報社派往紐約市工作還沒有多久，我和幾家同事緊鄰住在同一個社區裡；我們都是亞熱帶海島國家來的新鮮人，站在飄雪的天空下還是稀少的經驗。這又是當年的第一場雪，離耶誕節不遠了，如果這一場雪下得夠大，我們從耶誕卡片和影片裡認識的「白色耶誕」（White Christmas）就可以確保了，也難怪我們那麼興奮。

眼看雪愈下愈多，地上也全變白了；我們跑到附近一個公園的坡地上，玩雪，丟雪球，打滾，從坡上滑下來，不管口鼻冒著白煙，也顧不了雪片沾得一頭一臉，玩得不亦樂乎。才一會兒工夫，大片草地已經積了一層厚厚的雪泥，濃密的樹林也都鋪上了一層白色糖霜，放眼看去，熟悉的社區已經成了一個陌生而美麗的雪國。

但天色逐漸暗下來，我們身上也浸溼了，冷得開始打哆嗦，我們有點捨不得地跑回去換衣服，一面準備搭車去上班（報社的工作是晚上）。一如往常，我們得先乘一程路線巴士，再轉搭地鐵；但巴士司機在我們下車時說，雪太大，巴士恐怕即將停駛，他勸我們原車回去，不要繼續往前。我的室友在電話亭裡打電話到報社去問，總編輯很生氣我們的意志不堅，要我們勿信謠言，立刻去上班。我們只好揮別巴士司機，搭乘地鐵繼續前進，一路上又聽到地鐵不斷廣播，說某幾條地鐵線已經停駛，若要前往各地如何轉車云云。

我們是對雪國生活沒有概念的人，渾然不知豪雪酷寒的風險，只覺得美國人恁的膽小，我們不是都讀過英國海軍名將納爾遜（Horatio Nelson, 1758-1805）風雪無阻上學的故事嗎？怎麼能因爲這美麗的大雪半途而廢？

整個辦公室的同事大多照常上班，只有幾位出門晚了，公共交通已經中斷，他們在市內盤旋多時，仍無法到達位於市郊工廠區的報社，只好請假折返了。工廠裡仍然燈火通明，我們關在門內像平常一樣嘻嘻哈哈工作，但到了半夜，灰黑雲層愈降愈低，好像壓到了頭頂，雪花隨風紛飛，呼呼旋轉作響，大量的雪片像傾倒垃圾一樣，抬頭簡直無法睜眼，連停車場裡的車子一下子都半身埋入雪中了。

電視上的消息也陸續出來了，紐約市長宣布全市進入緊急狀態，要市民不要外出，第二天也停止上班上課；電視記者則裝備儼然，站在紐約州各地的雪景中，拿著麥克風，忍著撲面的強風雪片，宣稱這是四十年來紐約最大的一場雪風暴（a blizzard）。

我們瞠目結舌看著這些災難新聞，對照廠外的氣象景觀，才知道我們已經身陷絕境，偌大的工廠區，我們是唯一被大雪封阻仍舊上班的公司。我們，包括總編輯，一群闖入新世界的外來者，只知道雪國的潔白美麗，不知它的冰冷殘酷，更不知道北方城市對待冬天一向是如臨大敵。

大衆公共交通已經都停止了，報社開始商量如何把同事安全送回家，有車的人都分到若干任務；先出去打探的同事說，大馬路已經有除雪車出動，主要幹道路已經通了。我的室友工作還未完，我則被分到一輛同事開的廂型車，我們在能見度很低的高速公路上前進；雖然掃雪車才鏟過雪，但路上仍然積著不斷飄下來的雪，車子一直在冰上打滑，扭來扭去，終於到了我住處的交流道。交流道的積雪沒有清除，車子不能走，同事問我：「可以嗎？」我說：「沒問題。」他們放我一人在交流道旁，車子就冒著風雪搖搖擺擺開走了。

我走入雪地中，積雪一下子掩到大腿，我幾乎必須跳起來才能走出另一步；有時候連腿也拔不出來，只好整個人倒在雪地上，打著滾向低處前進。這樣走走停停，半夜在空無一人的雪地上，眼看房子就在不遠處亮著光，但又像天邊星星一樣遙遠，雪已經小了，但還不妥協一點一點地下著。我停下來喘氣，感覺溼氣透過了衣服，已經侵入了腹部和胸部，腿腳和手則已經發麻了；我覺得冷、累、絕望，覺得不可能走到房子，覺得自己將死在一個陌生的黑夜和陌生的地方。再看那一片雪白地形，你看到的不再是柔美與潔淨，而是沒有血色的蒼白與猙獰。

平常五分鐘可以走完的路，最後花了將近四十分鐘，我掙扎到了門口，全身溼透了，也精疲力盡；上了樓，把自己泡在熱水裡，回想當天發生的事，不現實的感覺，和一種劫後餘生的驚恐戰慄。我們眞是太天眞無知了！詩人佛洛斯特（Robert Frost, 1874-1963）的名詩〈火與冰〉（Fire and Ice）裡，不是就說，要毀滅世界，冰雪也足夠勝任嗎？

再恐怖的事情，如果沒有眞的發生，也很快會忘記。第二天，雪停了，報紙也因爲送不了報，決定再停止工作一天，我們因此多了一個假日；巴士和地鐵還沒完全恢復，我想從雪地越過一個社區，到另一個車站去搭車進城。路上處處雪泥污痕，小孩則在雪地上嬉戲，昨日的恐懼消失了，世界正在恢復正常。那個冬天後來又下了好幾場雪，但都是溫柔適當的下雪，只覺得美麗孤獨，而不覺得危險艱苦，慢慢的，這些經驗就遠了，淡了。

後來，我仍然偏愛往嚴寒多雪的地方去旅行，總覺得當大地覆蓋著白雪時，從遠處瞭望，世界此刻看起來最美好也最和平。人工的醜陋都被白雪遮掩了，差異與貧富也都塗抹成一色了，你看著潔白的遠山，看著近處雪白一色的屋頂，想像其中哆嗦取暖的衆生，你就心平氣和了。

多年之後，我無視北海道的嚴寒，在一個下大雪的天氣裡，興沖沖地跑到札幌近郊一個「北海道開拓之村」去參觀；整個公園裡幾乎沒有其他遊客，連一個工作人員都看不到，門口倒是放了雪鞋和雪橇供遊人使用。我們開心地拉著雪橇，在園內遊觀各種開放式的展覽（那是一棟又一棟開拓時期的古宅），擋不住風雪時，就躲入屋內避一避；最後，我們實在覺得體力不支了，就回到園外去等巴士。

突然間，風雪大了起來，一無遮蔽的巴士站幾乎要給雪埋了，四處望去也沒有其他人車活動的跡象，好像巴士也不可能來了。雪片如瀑布一樣澆在我的頭上，紐約那個想起死亡的夜晚，彷彿又回到眼前，我才想起我曾經犯過的無知及其危險。

美麗的事物，有時候讓我們太容易親近它，也低估它，忘了美麗本身常常也是致命的。

三大蟹邂逅

約莫十年前，我們和年紀相去不多的出版社老闆一起赴日本洽談版權，當天兵分兩路交涉，各隊都有不錯的斬獲，到了晚上我們起哄要敲老闆的竹槓，我提議去一家位於六本木的高級餐廳「瀨里奈」（Serina），平常看它華麗高貴的外部裝潢與穿梭不息的服務生，帶背包自助旅行時是不會想到要進去破費的，這一次情況不同，本來就慷慨又心情很好的老闆也就一口答應了。

「瀨里奈」以牛肉涮鍋（Shabu Shabu）出名，號稱使用的是最上等的松阪牛肉，負責點菜的我當然首選就指名要它。脂霜肉紅的牛肉端上來時，放在巨大黑色高雅的方型陶盤上，一片一片都摺疊得四四方方、整整齊齊，像是花色艷麗的絲質手巾，陳列在高檔服飾店的櫃台上，準備做最誘惑的演出；我們還沒動口，已經被餐廳每一個細節上的美感氣質震懾住了。不知是不是出於這樣的心理作用，每一片略微涮燙的美麗牛肉，當然也覺得入口即化，肉汁滿喉，甜美得不得了。

另外有索價一隻一萬日圓的北海道毛蟹（Kegani），是菜單上單價最高昂的單品料理。被讚譽爲「北海道三大蟹」之一的毛蟹，渾身長滿細毛，向來以蟹肉清甜、蟹黃濃郁出名，但我還不曾有過體驗。我們協商一番之後，不無罪惡感地、小心翼翼地要了「一匹」。侍者端上一方漆黑紅邊的木漆托盤，上置一方白色大瓷盤，瓷盤上仰臥著一匹已經大卸八塊但形狀仍然完整的肥碩毛蟹，蟹的姿勢、角度、顏色、裝飾幾乎都是無懈可擊，讓你懷疑餐館裡的每位廚師都是美術系畢業的。

在日本人的習慣，蟹是冷食，觸手冰涼，因爲活蟹用水燙熟之後，立刻投入冰塊，既縮緊肉質，也防止過熟。蟹足蟹身已經都用利刃削去殼緣，筷子輕輕一撥，蟹肉立刻乾淨脫離，完全不費力氣。蟹肉入口先覺觸舌冷冽，然後清甜甘味在嘴裡慢慢沁開來，海潮的味道（日本人稱爲「磯香」）隱隱若現，淡美含蓄，回味無窮，的確是高雅的滋味。那一隻螃蟹結實多肉，幾個人分食一隻，竟然也不覺得太少。

後來眞正來到北海道，也許選的餐廳不夠好，或者點叫的毛蟹等級不夠狠（再也沒點過一萬日圓一隻的了），幾次吃到的毛蟹就不曾有過那麼好的味道。不是殼空肉少，要不就是肉質鬆弛，有時還吃到一派死鹹，吃得我們有點信心動搖，不知如何才能找到好東西。終於有一次，在札幌的二條市場，我們看到螃蟹屋正在燙煮活蟹，挑了剛煮出來重量最重的一隻毛蟹，店家索價三千，在市場裡不算便宜。我們帶著紙包上了火車，等到乘客坐定，火車進入長程奔跑，把毛蟹取出，用瑞士小刀分食，結果滋味甜美如夢，令人驚嘆；可惜買得太少，我們要同行夥伴也來試試，但人多蟹少，大家分不到兩口，懊惱不已。

我們多半不是在正確的季節旅行與探訪食材，美食通常只是無心的邂逅。事實上，書上說毛蟹最好的季節在三月至五月，因爲冬天大量流冰自北極而下，掩蓋北海道東北岸的鄂霍次克海面，海底下的毛蟹爲了抵擋嚴寒，因而殼最堅且肉最實，是最好吃的時候。三月初，流冰封住的海面初開，漁船可以作業，從道北的枝幸町漁港捕撈的第一批毛蟹，是美味極品；現殺活毛蟹，肉做刺身，只用冰水沖洗，半透明的身肉會泛起一突一突的白色小花，光看那景觀就美不勝收了，何況還口感絕佳，佐以冰鎮清酒，最是相宜。

與另一種「北海道三大蟹」之一的花蟹（Hanasakigani）相遇，則在某年夏天的釧路。那一次，我和老友陳雨航伉儷結件驅車遊道東，在札幌租了車，一口氣先殺到釧路市（Kushiro），一路上雖然風光明媚，但進城已經入夜，晚餐草草了事，讓我夜裡覺得心有未甘；第二天，我們在當地相當觀光化的漁人碼頭市場，看到成山成海的花蟹。花蟹全身赤紅，顏色鮮艷，但殼上腳上處處突出，猶如尖刺，不知如何下手；花蟹的「花」大概是玫瑰的概念，美麗多刺，惹人憐愛又要小心。花蟹最有名的產地在北海道最東的根室半島，離釧路不遠，最好的季節是七月到九月，因爲雌蟹抱卵正是此時，有花蟹的「內子」和「外子」可吃，我們來到釧路的時間恰巧是對的。

市場裡賣家大聲吆喝，趕緊要把生鮮魚貨賣出；我們徘徊在山積的大紅色螃蟹之中，簡直不知從何下手。最後，看中了一堆批售的三大隻花蟹，價錢只要一千五百日圓，拿在手上沉甸甸的，恐怕有五、六斤，簡直是便宜得不敢相信。花蟹已用鹽水煮過，毋須一切其他調味，但體貼的店家附贈了一把剪刀，後來證明是關鍵性的器械。我們揣著三隻碩大的花蟹，驅車開往著名勝地：釧路濕原。在細岡附近就有建築優雅的遊客中心，除了有觀景台眺望濕原美景，我們就坐在公園裡備有的庭園鐵桌鐵椅，把三隻肥大的紅蟹拿出來享受。花蟹外殼多刺但輕脆，剪刀輕易就能剪開取肉；蟹肉既多、結實且甜美，顏色也是艷紅耀眼；其他路過的遊客看到這麼豪快的吃蟹法，紛紛露出羨慕的眼神。

最後一種「北海道三大蟹」之一的鱈場蟹（Tarabagani），我和牠則是相遇於初次到北海道的札幌，恐怕也近十年。記得那時是四月，冬已殘但雪未化，對旅行而言是有些尷尬的季節。新雪已經不再下了，但舊雪卻污痕處處，無以遮掩百醜。一天晚上，我們在札幌街市閒逛，想尋找一家能吃蟹的地方，不料竟闖進了一家後來才知道是很出名的豪華餐廳，叫「冰雪之門」。這是一家專吃鱈場蟹的名店，當時我卻對鱈場蟹毫無認識。一打開菜單，我對它的單位與價格感到困惑，譬如「烤蟹腿」單品料理是「一足」一千五百圓，我不明白爲什麼這樣貴，正在想該叫幾「足」才足夠時，和服女將掩口而笑，她說，「一足足矣」，喜歡吃再叫。

燒蟹足上來時，那是一隻相當於小孩大腿的蟹足；裝盛在一盤巨大的陶瓷方皿上，剛烤好的蟹足發出茲茲聲響，又泛著強烈的焦香，底下則鋪著一段相似長度的昆布，也烤得表皮突起一顆顆泡泡，散發著海帶潮水般鮮熟的香味。穿著和服的中年女子優雅地幫我們剪開螃蟹，把蟹肉一段一段分給我們，蟹肉緊密飽滿，口感紮實，焦香甜美，幾乎是牛排一樣可以塡肚子。女將又把昆布一段一段分給我們，海帶香氣逼人，烤焦的部分苦中帶甜，滋味出人意表，愈嚼愈有味。我們才體會這種又名阿拉斯加帝王蟹（King Crab）的不凡體型，以及在日本人細膩的烹調觀念下，巨蟹仍可以有的細緻美味。

但應該憂愁的是，一開始不知道鱈場蟹的身材規模，我已經叫了燒蟹足、涮蟹鍋、蟹刺身、醋蟹等多種料理，每種「一足」或「半身」的單位如果都是這樣碩大，我們該如何是好？我們還能怎麼辦？我們一面抱著吃撐的肚子在雪地裡走回旅館，一面忍不住讚歎它的美味。

幾年之後，一個夏天，我們在北海道最北邊的稚內港等待船隻前往利尻島；港口旁就是一個螃蟹堆積如山的海鮮市場（有個美麗的名字叫「夢廣場」），主要的角色就是鱈場蟹。此時的我已經略有心得，我挑了肥大沉重的兩隻煮熟的鱈場蟹，並向店主人借了一把剪刀；上了甲板，我們在地上鋪設報紙，把蟹攤開，用剪刀裁成一段一段，衆人用手分食。我們一行十四個人（其中五位是小孩），分吃兩隻巨蟹，竟然也吃得大家捧著肚子。鱈場蟹外殼並無味道，也不是吃蟹黃，它的體重有三分之一來自於腿肉，愛吃蟹肉者也許帝王蟹最能滿足。

冰下魚

根據手邊形形色色資料尋找住宿地點時，我內心著實掙扎了一陣子，兩家最具吸引力的旅館，有一家以美食調理著稱，另一家卻號稱擁有臨海絕景，我到底該怎麼辦？最後，違反我平日的自然傾向，我選擇了美景。

但這家旅館是不容易到達的，隆冬的北海道，大雪阻隔若干次要的道路，我看不到任何車班的資料，帶著我一貫的樂觀，我想：「到了當地，應該有更多的選擇，不至於這樣著名的景勝之地沒有交通提供吧？」

早上當我要退房離開北海道最東邊根室市的旅館時，穿著法式華服卻跪坐行禮的美艷女老闆，在一長串恭敬的感謝詞與祝福語之後，慣例地問旅客：「今天的下一站往哪裡去呢？」

我也不疑有他：「尾岱沼。」

一抹驚惶掠過她濃妝的雙眼，她說：「不知道您用什麼交通工具？」

「還不知道，我打算到車站去看一看。」我回答。

她掙扎地爬起身，差點被長裙絆倒，衝進廚房問另一位歐巴桑，廚房婦工也陪著搖搖頭，女老闆又衝出來，神色倉皇抓起電話，我只好制止她：「沒關係的，我到車站那邊去問一問，沒有車再想別的辦法。」女老闆仍然滿臉憂愁地問：「眞的沒關係嗎？」

「大丈夫。」我是個對前途有信心的人。

到了車站，賣票的女站務員聽了我的目的地，瞪大了眼睛，喃喃說：「這種季節⋯⋯。」可不是？外面大雪紛飛，地面全是結凍的冰塊，路邊則是一堆堆清不完的雪。但她還是敬業地拿出各種巴士行程表，反覆對照，旁邊也有旅客幫腔拿主意；最後，她找出一條可行的辦法，先坐巴士往機場，在那裡換往標津的巴士，再換車到中標津，那裡有車往羅臼，從羅臼又可換車到我要去的尾岱沼；繞了一個大圈不說，到達的時間將是晚上七點鐘，而此刻是早上九點半。

並不是行車要那麼久，而是車班稀少，每一站都要等上幾個小時；但從地圖上看，根室與尾岱沼不過是幾吋距離，如果自己有車，恐怕不過是個把鐘頭的事。

我還是決定先上巴士再說，也許下一站能找到更多資料。巴士經機場換車到標津，意外趕上一班往中標津的巴士（按照行程，本來該等兩小時，沒想到車行太快，竟趕上前一班）；車上我看著行程，內心暗忖，如果這班車一樣早到五分鐘，說不定我又能趕上前一班往羅臼的車。當然，行車準確的日本巴士不容易給你兩次幸運，車抵中標津巴士站時，往羅臼的巴士已經絕塵而去。

在這個鳥不生蛋的荒涼中繼站要等兩個多小時，而尾岱沼其實就在十幾公里之外，實在覺得心有未甘，步出車站，前方看見一間低矮的房屋，招牌用片假名寫著「別海 Haiya Senta」。「Haiya Senta」其實是「Hired Car Center」的外來語，那就是出租車了；我高興地掀簾而入，和店內老闆娘道明來意，她打了個電話，不一會兒車子來了。上了車，問司機關於白鳥（天鵝）的消息，不料一問三不知，二十分鐘後，旅館就到了，時間還不到下午兩點呢。

為什麼千里迢迢來到這裡？第一，這裡有著名美味島蝦（Shimaebi），是甜蝦的一種，只產於此；因為別海灣裡長滿海草，島蝦棲身其間，漁民用傳統風帆船捕蝦，每年夏、秋兩季解禁，構成風帆點點的風物詩。但我的季節不對，海水結凍，漁船都已上岸架高，也不知道吃不吃得到島蝦？

第二，這是著名的「白鳥飛來地」，每年冬天，天鵝從西伯利亞南下，這是其中一個棲息過冬地點；我曾看過一部紀錄片，說附近村民怕天氣太冷，天鵝不來，他們同心協力，把海岸的結冰切開，露出小片海水。他們說：「海面結冰，白鳥覓不得食物，露出一點海水，白鳥就能生存。」

第三，尾岱沼有一種獨一無二的「方形日出」，在每年冬季最冷的時候，早上太陽從海面昇起，由於空氣的折射，日頭有幾分鐘看起來是方型的。

結果我仍然吃到甘甜無比的島蝦，在晚餐的桌上，一盤排得整整齊齊的鮮紅島蝦，腹部帶著綠色的卵，咬口清脆。我也看見成群的白色天鵝和黑色天鵝，牠們體型巨大，造型優雅，但叫聲嘈雜刺耳，很難和柴可夫斯基的《天鵝湖》聯想在一起。

旅館也註明每天日出的預測時間，我第二天五點半就爬起來，冒著刺寒把窗戶打開，窗前正對著完全凍結的廣大別海灣，天色還是灰黑沉暗，遠方的燈塔則發出橙黃的亮光。不遠處的海岸，有一小方露出一灣水的冰上破洞，棲息了二十幾隻天鵝，有的把頭埋在翅下睡覺，有的則優游於水上，有時則探頭下水去覓食。

突然間，我聽得一聲汽笛響，然後是轟隆隆的馬達聲，我看見遠方的漁港，駛出一艘開著滿船燈泡的漁船，循著一條海上冰塊裂縫往外海開去，然後是第二艘、第三艘、第四艘，它們排成一長列，浩浩蕩蕩亮著炙黃的燈火，一路遠去，總共也許超過二十艘漁船，出港就耗了半小時，場面十分壯觀。

這時候，天也裂開了，太陽正要昇起，天色變得又紅又光；不久，聞名的日出上場，水氣折射讓太陽的形狀充滿游移和變化，但我始終看不出變成方型的模樣。據說，能看見方型日出的人是幸運之輩，也許大自然提醒我並非上帝特別揀選的人。

正想著這件事的時候，雪白的冰面上駛來一輛雪上摩托車，一位漁夫開始敲開海上的冰層，把前一天預置的漁網收起來，漁網裡立刻傾洩閃著銀光的小魚，漁夫把魚一一傾入拖在車後的籃子裡；這時候，海鷗飛來停在冰上看著漁夫的動作，好像盯著食物的貓一樣，牠們圍成半圈，恐怕有二、三十隻，一動也不動，當漁夫傾倒漁獲的時候，海鷗騷動起來，振翅飛了幾步，又不敢向前，最後眼睜睜看漁夫帶著漁獲而去。

漁夫掘捕的是冰下魚，北海道人把牠去頭浸鹽水後曝晒一天，稱爲「一夜干」，然後烤熟，滋味淡泊清甜，是早餐的勝品。半小時後，旅館服侍早餐，果然有現烤的冰下魚，連骨頭都可以吃。女主人說：「冰下魚，自己捕的。」她指指窗外的海面。

餐廳落地窗外，幾隻天鵝信步走過來；女主人打開窗，丟出一些麵包屑，發出和天鵝一樣嘈雜尖刺的叫聲，她是和天鵝朋友打招呼，但聲音從秀氣的女主人身上發出，把我嚇了一大跳。

步行食遊

我也許應該進一步說明，「步行食遊」算得上是日本人一種新興的旅行工具書類型，日文稱爲「食步」（Tabearuki），意思是爲吃而走，牽就台灣人愛用的通俗語法，也許可以稱做「走透透吃透透」，若斯文君子嫌它不雅馴，或者就稱它「美食漫遊」好了。

步行食遊類的書不少，我發現自己的書架上不知不覺中也蒐羅了十幾種，有的出版成「雜誌書」（Mook）的型式，或者出版成「名家導覽」的型式。前者的出現，大概是因爲美食工業原是一種流行行業，訊息變動很快，雜誌書的型式很適合經常更新再版，或者乾脆就「出後即棄」；後者的出現，當然因爲美味是主觀的感受，不容易客觀描述，不如就借用一位衆人認同信賴的專家名流，來烘托書內訊息的可信度。

手邊就有美食評論家山本益博的《食步東京》（1997）一種，書裡頭詳列東京都及其近郊的美食餐廳共一千兩百家，按料理系統分門別類，各店都提供了基本資料、舉薦菜單和花費估計，有的還附有令人垂涎欲滴的精美圖片，更依區域提供地圖，讓你眞的可以按圖索驥，漫步食遊東京。

這樣的工具書對我來說是「實用的」，因爲你眞的想要使用。你看到一張美食圖片，心生孺慕之情，夢想有一天可以走進廳堂，依樣點菜；如果端上來的結果眞的又名副其實，這就讓你深深體會「開卷有益」了。

我旅行日本以外各地之際，依賴最深的導遊書經常是澳洲出版社「寂寞星球」（Lonely Planet）所出版的各種指南；它的指南大多針對「背包客」的有限盤纏而寫（他們有時就乾脆稱自己的書是「on a shoestring」），尤其對經濟型的交通住宿資料提供甚詳。但這些指南提供的餐廳資料卻常讓我感到連環上當，這和預算顯然無關，因爲即使我自力救濟在街頭尋得的廉價攤販，口味也比該系列圖書的介紹好得多。後來終於我有機會到「寂寞星球」位於墨爾本的出版社去拜訪，當面向我的出版家偶像東尼．惠勒提出由衷的建言：「您的旅遊指南，最該改進的就是食物一欄。」我並不是以同業出版者的立場提供專業意見，而是一位「爲書所毀」的閱讀受害者心聲（「Ruined by Reading」，恰巧是另一本名著的書名）。

惠勒先生被我當面一說，臉上有點掛不著，後來幾年他奮發圖強，接連推出了兩個新的旅遊指南系列，一個叫「出外吃飯」（Out to Eat）系列，率先推出了雪梨、舊金山、巴黎、倫敦等城市的外食餐廳指南；另一個系列則叫「世界食物指南」（Lonely Planet World Food Guides），用國家做單位，介紹各國食物特色、用語、食材、市場、烹調、餐廳菜單等，現在也已經出版了西班牙、義大利、法國、摩洛哥、香港等多種。我雖然從網路書店購藏了不少，但至今尙未深入田野、親身求證，不敢冒然推荐。

因爲旅行時總要吃飯，而去到一地，匆忙之間要取其文化精美，博物館或許是一條接觸高級文化的途徑，餐廳美食卻是擷取一片民族靈魂的更好方法，食遊指南確實是旅行過程好用的隨身工具。米其林的餐旅指南當然是其中一個成功的權威實例，只是一登米其林的「三星窄門」，常常把某些餐廳弄到高不可攀，反而難以親近，眞可說是「一經品題，蒼生無緣」，這哪裡是眞正的實用之道？

日本的食遊指南，性格上相較就平民化得多，蒐羅資訊不計瑣碎，入選描述的餐廳永遠比你能夠享受的多得太多；我上面說的山本益博的《食步東京》收錄的餐廳就有一千兩百家，另一本昭文社出版的《食步東京》（1999）就號稱「嚴選」二千三百家，每次我到東京，能夠嘗試的最多也不過五、六家，何況你還有一些懷念的餐廳想要舊地重遊呢，一個地區提供你數百家餐廳的資訊，帶來的苦惱有時還多於指導。

資料這麼多，有時候也讓我警覺到，「名家導覽」恐怕只是個幌子，饒他是一位勤奮不息的美食評論家，每日兩餐在外尋訪，二千三百家餐廳不生病不間斷也要費時三年，你還能怎麼「嚴選」（如果你沒有從五千家當中挑出二千三百家，你可以自稱是嚴選嗎？除此之外，你還要不要複檢）？這樣大量的資料，通常是人海戰術的工廠式生產，要硬說那些內容是由某位名家親自吃出來的結論，恐怕也不能盡信。

在實際的使用上，這些導覽介紹的餐廳有時候也未必全部高明。在「寂寞星球」出版的每一本旅遊指南裡，開宗名義就坦白從寬地說：「事情會改變——價格會上揚，時程會更迭，好地方會變壞，壞地方會倒閉——萬事萬物變動不居。」（Things change—prices go up, schedules change, good places go bad and bad places go bankrupt—nothing stays the same.）這種香菸盒式的警告，事先爲自己脫了罪，如果你去的餐廳或旅館已經關門，口味或房間不及書上說的萬一，「世事無常，怪不得小人」。

的確，在現實世界上，不長進的餐廳所在多有。近年來我每回想起一家昔日的美味餐廳，興沖沖造訪之後，卻不得不揮淚斬馬稷，將它從筆記中刪除，暗自說：「這家以後不用來了。」這樣的悲涼場面愈來愈多，讀逯耀東先生的感傷文章也容易認同，不知不覺也興起「只剩下蛋炒飯了」之歎。

但步行食遊的指南書也曾帶給我意外驚喜，手邊有一本北海道新聞社的《濱之旬食步》（1999），收在該社出版的「北海道饕客」（Hokkaido Kuishinboh）系列叢書當中，可能是我所用過最令人感動的一部食遊指南。這本書沿著北海道海岸繞行一圈，挑了三十九個港町，各自選了一種食材（談的既然是海濱的當令食材，基本上全是海味），每一種地方食材都用了四頁的篇幅來介紹。譬如東邊的釧路市就介紹了一種名為「目拔」（Menuke）的深海魚；南方的苫小牧市就介紹了「北寄貝」（Hokkigai）；最北的稚內室則介紹了聞名遐邇的鱈場蟹。四頁的文章裡，介紹了海味的捕撈、季節、調理法以及吃法，再介紹若干食材處理出色的餐廳或料理旅館，附帶也介紹若干附近的名勝景點。

這本指南從食材出發，而以餐廳為輔，可能是更聰明的方法；餐廳是短暫的，今日時興明日褪色，食材與地方的關係卻相對恆久。季節當令的食物其實是毋須用力烹調的，或生食或清蒸，輕輕一點醬油，已經足夠滋味。作者對各種食物及其鄉土的感情顯然是溢於言表的，她描寫漁船作業的景觀，與漁夫對話，看鄉下廚師做菜，品評美食得失，無一不是寫得如詩如畫，卻又樸實真切。

一本好書常常會興起你追隨的念頭，不久後我有日本之行，特地選擇了從釧路機場下來，沿著海岸走到盛產牡蠣（Kaki）的厚岸，來到大啖花蟹的根室，再往北走到產有獨特島蝦的別海，再進入以鱈魚（Sukesoudara）聞名的羅臼，最後來到盛產帆立貝（Hotategai）的常呂町，那已經是在一望無際的佐呂間湖之畔了。

我差不多走了四分之一本指南書的範圍，每一站幾乎都投宿在書中所介紹的料理旅館裡，也都指名要吃當地特有的食材，那是一場難忘的美食之旅，如今閉上眼睛都還能回憶每一餐的菜色；步行食遊的出版類型，看來還是有意義的。

史蒂文生窮病之處

那一年，我們在北加州旅行。

我們租了車，沿著海岸線一號公路隨興往北，並未事先預定要在哪裡停歇。剛離開舊金山時，起初還覺得路上風光明媚，原始蒼翠的紅木林加上溫暖陽光照拂的漁港，共同構成明亮怡人的景色；至少到了昔日希區考克拍攝《鳥》(The Birds)的波德加灣(Bodega Bay)之前，我的感受的確如此，何況我還在波德加灣吃到極其美味的漁夫鍋，滿盆的淡菜、蛤蜊、蝦子、花枝，白酒的香味加上一點新鮮番茄和洋芫荽。

但出了波德加灣之後，自然景觀可能還是美麗的，卻覺得荒涼了。海邊礁岩四立，灰浪拍岸，處處是荒草蔓生，雖是夏天也有寒意；偶爾看到木屋，也多是被主人離棄的廢墟，早已腐朽傾頹了。一路往北，即使進了城市，也讓人有鬼城之感；因爲這些港城多半繁華消褪，城中空屋極多，門窗已破，街頭見到的也多半是懶洋洋的老人與黑人，臉上有血色的年輕人似乎是絕跡了。有時候會在城裡看到一些彷彿已不該在這個時代出現的老店，賣的是一種已然消失的生活，一些彷彿古董店才會有的東西。時間似乎忘了這個地方，它們也就不隨世界流轉，獨自用它們的沙漏節奏讓生命流逝。

就這樣東遊西晃，我們漫無目的地遊走了整個洪堡北海岸（The Humboldt Del Norte Coast），巡禮了老城尤瑞卡（Eureka）和半月城（Crescent City），花了整整三天，我們才終於越過加州邊境，進入奧勒岡州；但我們在這裡改變一路開往西雅圖的念頭，決定掉頭折回到五號公路，改走陸路南返。少了海岸美景牽絆，車行迅速，不久之後，一行人就一頭栽入酒鄉那帕山谷（Napa Valley）。

來到那帕，不能免俗地應該去造訪各家釀酒名廠，我們一口氣拜訪了四家酒廠，看了不少庭園與酒窖，喝了不少試喝的酒，也因爲是散客，得以和試酒的師傅聊天，也長了不少葡萄與酒的知識。

但我看著地圖，「銀礦小徑」（Silverado Trail）就在左近，不禁心癢難耐，向同行者提議彎道前往一探。同伴問說：「那裡有什麼？」這倒是問住我了，這是昔日銀礦開採的舊徑，現在採礦人群已經散了，還有什麼已不可知，我只好訥訥地說：「那是當年史蒂文生窮病潦倒的地方。」

讀書有時也能移情，喜歡一本書進而愛它的創作者，甚至與作者有關的一點一滴閒聞軼事，彷彿也都與我們有關，這種痴心傻事其實也是人之常情，每當我看少男少女為所愛偶像鎮日排隊或追逐，淚灑會場或機場，不能無動於衷，因為自己實在也相去不遠。

認識史蒂文生（Robert L. Stevenson, 1850-1894）當然甚早，誰小時候沒讀過《金銀島》（Treasure Island, 1883）呢？但小時候讀書只管故事的緊張刺激，從不曾注意過故事背後竟有「作者」這回事，維琴尼亞·吳爾芙（Virginia Woolf, 1882-1941）有一次說，長大之後發現《魯賓遜漂流記》原來有個「作者」，不禁悵然若失。是呀，好的故事應該本來就在那裡，為什麼是被寫出來的呢？等我重新回來認識史蒂文生，恐怕已經是三十歲以後的事，當時試著系統化讀他的所有作品，也讀作者的生平與事蹟，移情作用大概就在那時候發生了。成「迷」之後，你不知不覺開始注意一切和史蒂文生有關的線索，任何一本書談到史蒂文生，你就忍不住想買它，在舊書店裡如果看到一本舊版的史蒂文生著作，儘管你家裡已有三個版本，你忍不住還是想買它。

「銀礦小徑」則是史蒂文生浪漫傳奇的重要部分。一八七八年，史蒂文生在法國中部的塞文山區（Cévennes）旅行，途中遇見已婚的美國女子芬妮·奧斯朋（Fanny Osbourne），兩人一見鍾情。史蒂文生不顧女方有婚在身，一路追求她直到美國加州，他在芬妮住家附近輾轉賃屋居住，爭取一切接近她的機會，一直等到盤纏花盡，貧病交迫，差點死在那裡。芬妮被史蒂文生的誠意所感動，終於與丈夫離婚，和史蒂文生相會，那已經是一八八〇年的事；當時兩人連一週十元的房租都付不出來，只好在銀礦小徑聖海倫那（St. Helena）一間廢棄的工寮裡度他們的蜜月，史蒂文生在工寮也奇蹟式地病情好轉。他們相伴回到蘇格蘭家鄉，史蒂文生才寫出他成功的作品《金銀島》和《化身博士》（The Strange Case of Dr. Jekyll and Mr. Hyde, 1886），成爲舉世聞名的暢銷作家。史蒂文生晚年移民南太平洋的薩摩亞島，芬妮．奧斯朋也全程相伴，直到史蒂文生去世。

驅車前往聖海倫那，我內心咀嚼著這段愛情故事，想像著那座他們貧病相依的荒廢工寮；但昔景舊屋早已不可尋，聖海倫那已變成了一個販賣雅痞商品的小城，處處是有機食品、精油香草、心靈音樂等商店，也有不少商店販賣著史蒂文生的作品、畫片與傳記，他與芬妮的故事也是此間熱門商品之一（還有一個小博物館）。浪漫傳奇變成資本財當然是煞風景的事，這一趟車程似乎是多餘了，但是爲心儀的作家繞一點路、做一點傻事又有什麼不可以？

也許傻人自有傻福，我卻在聖海倫那得到意外的收穫。

當時我正在尋找一本安娜．凱撒琳．葛林（Anna Katharine Green, 1846-1935）的舊書已經好幾年，她在一八七八年寫的推理小說《李文渥斯謀殺案》（The Leavenworth Case）是推理小說史上一本重要的著作；一方面這是推理小說成形的里程碑著作（想想看，這本書出版時，柯南．道爾的福爾摩斯還沒有影子呢），而葛林也是歷史上第一位創作推理小說的女作家。但此書絕版多年，很不易見，我盤桓過多家舊書店都未覓得。我不得不求助於一家倫敦的舊書店，請他們代爲尋找，幾個月後他們回話給我，說已找到一本一八七八年初版的《李文渥斯謀殺案》，要價四百英鎊，問我是否願意。我買書的目的是閱讀，並無收藏罕本或善本的野心，四百英鎊買一本消遣的偵探小說也許是太過分了，我就回信拒絕了。

回信之後我就後悔了，買書有時看機緣，這一次你見到而沒出手買下，下次再碰見的機會也許是十年以後，十年光陰和四百英鎊，哪個比較貴？這次旅行距離這段悔恨還不太久，我在路上內心還一直掙扎著要不要寫信推翻前一封信的結論。在聖海倫那，我在街上看見一家灰撲撲的舊書店，色漆剝落，燈光暗淡，店裡一個客人也沒有，只有一位胖女人在收銀機旁無聊地打瞌睡。我走了進去，突然間，彷彿有聚光燈照在書架上，就在正前方，衆多肩並肩的舊書之中，一本書的書名跳出來，沒錯，它清清楚楚寫著《李文渥斯謀殺案》，它當然不是罕見的初版本，而是一九七〇年代重印的Dover版。我心跳加速，把它從架上抽出，翻開扉頁，鉛筆寫著價格：美金兩塊半。

在史蒂文生窮病潦倒之處，我心滿意足地離開，走向下一站。

波士頓的私家偵探

那一年，旅行來到波士頓，這可能是我的第三次或者第四次來到波士頓，但也是停留比較長的一次。

在此之前，我已經做完觀光客該做的事，驅車遊了麻省的鱈魚角與位於羅德島的新港，也住了各種古老房子改裝的B＆B（家庭民宿），更在普羅文斯城（Provincetown）著名的海鮮餐廳「龍蝦鍋」（Lobster Pot）吃了一頓豐盛的晚餐。繞了一圈回到波士頓，才眞正展開我的買書之旅；波士頓，拜周邊無數高等學府之賜，大小新舊書店林立，是一個買書人的天堂。

不過，到了這一天，我主要想拜訪的書店也走完了，第二天我也將要離開波士頓城了，還有半天的時間，也許我應該在街上四處逛逛，看看書店以外的城市生活。有時候我對一個城市，除了說得出它的幾家著名書店之外，對其他新鮮有趣的事一無所知，這幾乎是職業病了。

逛街來到精品店與雅痞商店雲集的紐貝利街（Newbury Street），行人徒步區的街頭上充滿了駐足與閒逛的人頭，加上街頭藝人的花樣表演，弄得好像是熱鬧節慶一般。正當我沒什麼既定主意地隨著人潮流動，瀏覽著各形各色的商店與櫥窗之際，我突然見到一個小小的典雅木製招牌，掛在黑色的雕花鑄鐵架上，木頭上面堂堂寫著「史賓賽書店」（Spenser's Bookstore）。

店名史賓賽，位置居於波士頓的市區，這不是推理小說書店又會是什麼？

爲什麼看到店名就知道是推理小說書店？我倒也沒有「福爾摩斯式」的推理本事，而是小說家創造的各家偵探常常有固定的活動地盤（或者說「營業區域」），城市與偵探乃有了一種對應的關係，也許可以模仿龍應台替台北市聘「駐市作家」的例子，來稱呼這些偵探是各大城市的「駐市偵探」。我們可以說，福爾摩斯是倫敦的駐市偵探，范斯是紐約的駐市偵探，馬羅是洛杉磯的駐市偵探，而此刻我所在的美東名城波士頓，代表性的「駐市偵探」就是推理小說家勞勃・派克（Robert B. Parker, 1932-）筆下的硬漢偵探史賓賽（Spenser），一位有著阿諾式肌肉的過氣拳擊手兼退職警探，他除了能把歹徒打得滿地找牙之外，卻還能夠滿口掉英美古典文學的書袋，粗獷與細膩的紋理交揉於一身，一種罕見的微妙組合。

大家都叫史賓賽的姓，沒有人知道他的名字（first name）；這和英國作家柯林・戴克思特

（Colin Dexter, 1930-）筆下的探長莫爾思（Inspector Morse）一樣——順便一提，莫爾思探長正是英國牛津大學所在的牛津的駐市偵探；但老莫爾思探長在衆多讀者的要求下，以及，在我上次訪問戴克思特本人時，他向我承認，是在開賭盤的掮客誘惑下，晚節不保，終於在第十四本書中揭露了名字。然而史賓賽在波士頓執業至今（沒錯，勞勃・派克至今仍然維持每一、兩年出版一本新書），還是沒有讓人知道史賓賽的大名。

不知道大名沒有關係，如果你見到他，大可喊他：「Hey, Spenser !」，因爲你們多年交往已經很熟了。駐市偵探對觀光業可以大有幫助，他讓城市的顏色與氣味爲世人熟悉，也使得旅行者踏上當地頓時感到親切；勞勃・派克筆下的私家偵探史賓賽遊走於波士頓街頭，穿梭辦案於大街、暗巷、餐廳、酒館與寫字樓之間，角色因而有了逼眞的場所，場所也因而有了活生生的生命，做爲一個讀者，你一到了波士頓，看著那些熟識的街道名稱與餐廳酒館名號，立即就有似曾相識或心靈相通的感覺。

人物使城市變得有意義。我在波士頓街道遊蕩時，至少想到三個眞實或虛構的人士，神探史賓賽、拉瑞・博德（Larry Bird，1956-；前NBA明星球員，他爲波士頓的塞爾提克隊拿過兩次冠軍）以及茱莉亞・柴爾德（Julia Child，1912-2004；名烹飪家與食譜作者，三十多年在波士頓的公共電視台教做法國菜，變得家喻戶曉，她寫的食譜書不僅實際有用，也極優雅動人），他們都是使波士頓變得對我有意義的波士頓人，這當然也洩露了我私下的三種身分：推理小說讀者、NBA球迷和一個愛吃鬼（偶爾也愛讀有風格的食譜書）。

我應該回頭說說前面那個「波士頓邂逅」的故事。話說我在紐貝利街上看到「史賓賽書店」的店招，心想，店名是駐市偵探史賓賽，位置又居於波士頓的市區中央，這不是推理小說書店又會是什麼？立即推門而入，果然正是一家推理小說的二手舊書店。看店的老闆是一位面貌俊秀但童山濯濯的中年男子，藏在圓框近視眼鏡後面的眼神溫和卻不失銳利，唇上則蓄著修剪整齊的髭鬚（我常在西方世界的小書店裡見到這種讀書人氣質的老闆，在台灣，不知何故，卻覺得不容易見），小店內前前後後堆滿了已整理和未整理的舊書，乍看似是亂七八糟，細看又像是自有內在秩序，它的豐富與雜亂充滿了對買書人非理性的誘惑，接下來就要看你從中尋寶的眼力如何了。

我在書堆中發現有大量約翰．狄克遜．卡爾（John Dickson Carr, 1906-1977）早期作品的舊版本，這個發現太令人振奮了，我奮力地在垃圾書山中挑選，雖然偶爾也挑些其他作家的書，但特別關心尋找卡爾的書（我懷疑有個收藏者剛把手上全部卡爾的書賣了出來，因爲每種書都只有一本）；我的集中選擇引來店老闆（就是前面提到的蓄髭禿頭戴眼鏡的男子）的注意，他到我身邊來告訴我尚未拆箱的進貨裡也還有約翰．狄克遜．卡爾（或狄克遜．卡爾或他的其他筆名）的書，問我是否也有興趣看看，我說當然。

他又搬來幾個打開的紙箱供我挑選，最後我挑了三十幾本精裝的舊版書到櫃台結帳，並解釋我正在旅行途中，問他可否將書代寄到台灣；老闆沉吟半晌，說他不曾做過海外代寄的服務，不知該如何計算郵費，那一天是星期六，郵局沒開門，一時之間也問不出郵費，而第二天星期日我也要離開波士頓了。他問我是否信得過他，肯留給他一張空白信用卡簽單，等他週一寄了書再把郵資數目填上。

我該不該相信他？一張信用卡簽單理論上也足以破財致命（台灣的地下錢莊不就是要你簽下空白信用卡簽單做爲保證嗎？）。雖然那一秒鐘我腦中閃過一千個相互對抗的念頭，但我並沒有顯露太多猶豫，當場就簽了一張空白簽單給他；我本質上是個書呆子（雖然貌似英明），特別相信與書有關的人，如果這樣一位溫文儒雅的舊書店老闆也打算坑你的錢，世界離末日毀滅也不遠了，保住財產又有什麼用？我給他一個堅定而信任的微笑，一面想著《查令十字街八十四號》（84, Charing Cross Road）裡買書人與賣書人之間相互信賴的故事，空著手，心情悲壯卻愉快地踏出書店。

結局呢？你問我結局呢？結局毫無戲劇性，也毫無驚險懸疑之處，一個月後，我的一箱卡爾之書毫髮未傷寄到了台灣，信用卡帳單上的數字則謙遜公平，郵資比任何其他書店都便宜，眼神銳利但柔美的禿頭老闆完全按照郵局所收的郵資來計費，沒有加上任何人工費或手續費。

這個圓滿結局是我在上一個世紀（二十）擁有過的另一個美好購書經驗。

鱈魚角的同性戀旅館

那一年出發旅行的時候，什麼旅館都沒有預定，打定了主意要走到哪兒住到哪兒，我想讓充滿意外與變數的「遭遇」來代替事事預先安排的「計畫」，做爲此次旅行的基調，我甚至連每一天要去哪裡都沒決定。爲什麼不呢？日常工作與生活已經是一成不變，每日的「例行」也遠超過「驚奇」，如果出門旅行，還有一張計畫表讓我們行禮如儀，這豈不是無所逃於天地之間？

車子是在波士頓羅根機場租的，天色已晚，租車櫃台的小姐也無精打采，所有的動作都慢半拍，果然在服務完我們的租車手續之後，她就向排在後面的顧客說對不起，下班了，車子也沒了，大家請回吧。僥倖從晚娘面孔的服務小姐手中租到車子的我們，到停車場取了車子，直接就進入波士頓的郊區。

在波士頓郊區吵雜的汽車旅館住了一夜，第二天一早我們取道三號公路，驅車往南直奔鱈魚角（Cape Cod）。這是四月初春寒料峭的時光，我們過了鱈魚角運河之後，沿著海岸線走，一路上朔風野草，沙灘清冷，路旁的住屋也盡是孤伶伶的模樣，未見一點人蹤。偶爾路過一兩個城鎮，街道也是空蕩蕩的，商店看不出是否營業，只有加油站和超市門口，才略見一兩個哆嗦呼氣的匆匆人影。

我們依書中指南，中途來到一個海邊小城裡的鄉村庭園餐廳吃午餐；老房子果然很有味道，客人在各種陳設不同的房間用餐，餐廳裡鼎沸的喧笑聲和屋外的冷清成了強烈對比，彷彿世界又有了生機。我們被引導到靠後方庭園的窗邊桌子，漂亮的大片八角窗外，空蕩蕩的庭園裡有一些桌椅，想必季節合適的時候，有許多人是喜歡在戶外用餐的。我們也依書中建議，點了炸牡蠣等當地名菜，但味道平凡得像路上擦身而過的平凡人，幾天之後我就完全記不得了。

約莫是下午三點多鐘，才到達鱈魚角的盡頭，也就是我們的目的地，普羅文斯城。這個濱海的觀光名城，此刻也是冷冷清清像個被遺棄的荒城，想想看，再晚兩個月才要開始的夏天度假季節，平常三千五百人口的寂靜小鎮，將會搖身一變成爲人口四萬的狂歡之城，那才是人們所認識的普羅文斯城，眼前這個寂靜無聲彷如默片的小城，只是一個營業休息準備中的城市。

但我是一個永遠不合時宜的旅行者，常常在錯誤的季節來到一個地方。有很多次的旅行，投宿的旅館只為我們開一間房，有時候旅館連大堂的燈都捨不得開；或者在日本，溫泉旅館捨不得啓用它的大衆浴池，希望我就用房間附設的浴室；但也有意外的驚喜，譬如有一次，小旅館主人乾脆就要他們一家人和我們一起吃飯，晚上端了威士忌和下酒零食到我房間，甚至第二天早上堅持要開車送我到六十公里外的下一站……。

現在我們已經來到冷風撲面的普羅文斯城，但要投宿哪裡好呢？

當然不應該選擇千篇一律的大旅館，或是最沒意思的汽車旅館（這只是美國公路上提供你倒頭就睡的機制，絕對不適合定點度假的心情），普羅文斯城內散落著超過一百家的小客棧（Inns）和B&B，多半用的是仿殖民地時代的木造老房子，各有各的風情與特色，也許這是更好的選擇。

我們在小城裡僅有的幾條街上繞了一圈，雖然有些旅店還在休業，我們仍然看上了好幾家精細雅致的小客棧，不知該選哪一家才好。正好其中一家小旅館裡走出一個年輕男子來整理花圃，他理著修飾整潔的小平頭，穿了一件暗紅帶花色的套頭毛衣，下邊是一條咖啡色的燈心絨長褲，五官端正秀氣得像個電影明星，他看到我正在張望房子，對我點頭笑了笑，我問他還有房間嗎？他聳聳肩把雙手一攤，說：「這種季節，全是空的。」我們就住了進去。

這是一家漂亮整潔的小旅館，房間只有三間，年輕男子要我們自己挑選，我們挑了一間最大的房間，房內擺滿了各式家具家飾，浴室裡有古老的高腳浴缸，和置放肥皀的銅盤。房內的陳設細緻不俗，譬如一張古董書桌上，放一張大盤子再疊一張小盤子，小盤子裡不經意地放了三枚撿來的松果；窗台上放一隻透明小碗，碗中一點水，浮著幾葉蘭花。主人顯然是一位心思敏慧、美感纖細的人，從窗簾到床單，顏色大膽卻令人覺得舒適，而椅子上歪斜放置的蓋毯和靠枕，彷彿都有一些刻意安排的角度，處處透露著協調與豐盛。

男主人安排我們住定之後，隨即消失了蹤影；但房子裡的起居室和餐廳都亮起了溫暖色澤的燈火，彷彿邀請我一切自理。我自己在廚房裡找到剛煮好的咖啡，端到起居室去放鬆享受；起居室一樣布置細緻，一塵不染，處處有盤、皿、瓶、碗，都放了些松果、樹葉、花瓣、細草之類，乍看似不搶眼，細品之下卻回味無窮。擦得幽幽發亮的茶几下有一個籐編的書報籃，疊滿了各種雜誌，我隨手拿來一讀，發現是各種男同志的雜誌，有的談生活，有的談時尚，還有許多健美的男體圖片，但多是偏向唯美的一派（不是肉慾橫流的那一種）。我又在茶几與櫃台發現各種影印的宣傳單，那些則是各種男同性戀活動、派對的募集宣傳。

我這才明白旅館內這一切優雅細緻氣質的由來，這顯然是一家由同志所開設，專爲男同志服務的度假小旅館；同性戀者當中特別盛產慧心巧手、天賦極高的藝術人才，也普遍對美麗事物有敏銳的感受能力，房間裡的脫俗陳設就是這種才能的自然流露。普羅文斯城是出了名的同性戀天堂，一方面景色優美宜人，適合同性戀者追求耽美的氣質，一方面多海灘多旅館，又有寬容接納的文化，是逃離世俗的解憂之地。我是不小心闖入他們封閉的世界了。

但這又何妨？如果他們能接納我，我就樂意與他們相處，每一個人都是探索不盡的世界，交友何須劃定條件呢？旅館主人顯然是一位體貼可人的鬼魂，我在旅館內完全看不到他，但一轉眼，用過的杯盤卻又已經收拾得乾乾淨淨，他仍然存在於旅館的某處，只是羞於現身，他究竟是不願驚動我們，還是不願我們去驚動他？我並不完全知道，但他的確是提供了我們一段無比舒適的住宿時光。

晚上外出時，男主人突然又微笑出現在布滿盆花的櫃台前：「出去用餐嗎？要不要我推薦一些餐廳？」

「太好了，」我說：「鎮上可有好的海鮮餐廳？」

「那一定是龍蝦鍋了，你沿著大街往北走，靠碼頭的地方就看到它了。」

在房間裡，我已經被他獨特的藝術品味完全說服，此刻他推薦的餐廳我幾乎也沒有任何一絲懷疑。我們信步穿過被遺棄的觀光大道，越過各種冷清寂寥的時髦商店，走到碼頭邊，紅色霓虹燈閃著一隻大龍蝦的輪廓線條，那是一棟兩層樓的木造房子，店門被放著活龍蝦的大水缸擠得只剩一點狹窄的入口，我們被侍者導引到二樓的座位。二樓的餐室四周是大面玻璃窗，俯瞰著海灣碼頭，水上停泊著許多無人的小船，成排的桅杆輕輕無聲搖蕩著，天色正變得由橘轉紫，無限好近黃昏的魔術時光。我坐下來點了龍蝦、海鮮麵、香草煎比目魚等，加上一瓶白酒，吃到星光滿天的時刻，那眞是令人難忘的滋味。

人生何處無芳草？天涯一角的鱈魚角裡，一家同性戀的雅潔小旅館，在一場人生一瞬的邂逅裡，仍然給你多年不可忘懷的記憶。

距離

在美國居住工作的時候，打回家的報平安電話中，媽媽總是要問：「有沒有常常去看你姊姊？」她的意思是說，你們都在美國，左鄰右舍彼此好照顧，應該多多來往。但是我人在紐約，我的一個姊姊住在德州奧斯汀，另一個姊姊則在奧克拉荷馬城，都是三個小時以上的飛機航程，有時候一趟飛機也還飛不到，哪裡是媽媽想像的城東城西走一趟那般方便？我忍不住輕微抗辯說：「媽，我去姊姊那裡和台灣飛日本一樣遠，沒辦法每個週末都去的。」但老人家記性已經不行，下一次打電話，末了她還是重覆要問一句：「有沒有去你姊姊那裡走動走動？」

那是二十幾年以前的事，我很難向從未出過國門的母親解釋「美國式的距離」，而我自己則是在那種距離「受過傷」的人。那是第一次陪報社老闆到美國開會的時候，報社正預備在美國開辦一份新的中文報紙，準備工作進行得如火如荼，會議在紐約的辦公室進行了一連七天，七十歲了卻還精神抖擻的老闆總是每天早上七點來敲我們的旅館房門，要我們陪他吃早飯；在旅館的早餐桌上會議其實已經開始了，吃完飯再正式驅車進辦公室繼續討論，直到晚飯才止。

我們還年輕，美國又新鮮，每天十幾個小時的馬拉松會議不以爲苦，入夜後還要溜出去見世面開洋葷，興奮得很。七天會議結束，我以爲要回家了，但老闆把我和同事金找了去，老先生說：「我們初到美國，不能說來就來，總要贏得各界的認同；你們兩個跑一趟，去看看幾位學者，把我們辦報的理念跟他們說一下，各校中國學生的同學會也可以打一聲招呼。」老先生沉吟了一下：「余英時先生是一定要去看一下。許倬雲先生也是。丘宏達先生也應該去。Parish和Peter也去看看，劉紹銘、林毓生、李歐梵，還有，Norman也很要緊……。」老先生隨口又點了幾個名字，最後說：「你們找宮先生拿錢。」

老先生的意志和命令一向是不由分說，我們也沒有二話；我把筆記本上的姓名地址和美國地圖對照著看，發現這些學者們一共分布在十一個州，我覺得頭皮發麻，這是我第一次出國呀，什麼路也不認識，英文也沒用過。這時候，宮先生來了，交給我和金一人一卷鈔票（那個時候，我們哪來的信用卡！）；我們用橡皮筋把幾千美元的鈔票捆起來，那在當時是一大筆財富，藏在身上褲子的內袋，懵懵懂懂就出發了。

反正學者們幾乎都在校園，我們一路找同學、朋友協助，一站一站的拜訪也都不辱使命；何況華人學者和同學會有朋自故鄉來，都熱情歡迎接待，還頻頻詢問家鄉的事。有一站要到賓州一個小地方，我看了一下地圖，最靠近的大城是匹茲堡，打電話給大學同學，他在電話裡爽快地答應：「很近，我開車帶你們去。」

我們乘坐中途要停兩次機的航班，感覺好像是在搭乘每站都停的公車一樣，其中一個小機場簡陋得差不多像台灣鄉下小學的操場，旅客從扶梯走下去，提著行李直接就越過停機坪，走向木造教室一樣的小航空站。當我們筋疲力竭來到匹茲堡機場，天色已經轉暗，同學老吳已經等在車旁多時了。他在車上準備好飲料食物，輕鬆地說：「不耽擱時間，直接就去吧。」我們問他要開多久車子？他聳聳肩：「大概八小時。」

「八小時？」我們的聲音都變尖了。

「在我們這裡，八小時以內都算是鄰居了。」

留學生開的都是又舊又大的古董車，老吳的也不例外，但速度驚人，往鄉下去的路冷僻得很，這是我第一次看到兩側路燈筆直指向前方，像星星一樣垂直掛到天際的景觀。再走下去，連路燈都沒有了，只有車子的遠燈照射出來的兩道光圈，你的視野不過五公尺，其餘則是漆黑一片。但突然間，我們聽到轟然一聲巨響，一種巨大的物體與車子交會而過，我們從昏昏欲睡中驚醒，忙問發生什麼事，同學也不多話：「鹿。」

「撞上了會怎樣？」我們還不死心。

「要不你就翻車，要不你就有鹿肉可吃。」

鹿撞死了，鹿肉屬於車主所有。但若沒撞死，你有義務通知警察來救牠，否則會被起訴，這是美國式的人道主義。

在黑夜裡以一百英哩時速馳騁了八小時，我們終於到了目的地，但太早了，天還沒亮，不好直接闖到人家家裡，我們決定在路邊車上略睡片刻，才打電話通知教授我們的到來。終於天亮了，車上另外兩人還睡得很沉，我決定走路去買份報紙和一杯咖啡；我找到報攤，攤子裡的老太太看了我一眼，疑心地說：「You are new here.」這是一個小型的大學城，她大概認得每一個人。「I am here to see Professor Chang.」

她臉色開朗起來：「Ah, Parish.」

「他是個好人，但是……。」老太太在頭上比了一個腦筋有問題的手勢。

也難怪，住在一個桃花源似的封閉樂園，每天還想著遠方海島的政治與社會，絕不是報攤老太太能了解的事。

那是我第一次感覺到「大陸型距離」的威力。事實上，當我走完那十一個州之後（金和我後來分了道，覺得分頭拜訪不同的人，效率比較高），我已經離家整整一個月了。我也累壞了，到了末站洛杉磯友人的家裡，我倒頭就睡，醒來發現自己沉睡了二十六個小時。

後來我又到美國旅行，照例媽媽又問：「會不會順便去看你姊姊？」

「並不順便，一順就要飛到日本了。」我總是沒好氣地頂她。

我先到了紐奧良，幾天之後又租車北上往密西西比州。在古城納切司（Natchez）裡，我們住進一個古董老房子的B&B，那原是殖民時代密西西比區總督、也是密西西比建州第一任州長的故居。（古蹟旅館原不讓小孩入住，但旅遊局的服務小姐打電話替我求情說：「It's such an young gentleman, very good mannered.」）

第二天早上吃早飯時，同桌有另一組客人，我問他們從哪裡來，紅頭髮的太太說：「達拉斯，德州。」我的姊姊此刻就住在達拉斯，我突然意識到這裡離達拉斯也許沒有那麼遠。我再問他們開了多久的車子到這裡，紅臉龐的胖先生笑呵呵地說：「五、六個小時吧。但我們先到維克斯堡。」胖先生是個內戰歷史迷，維克斯堡是古戰場。

但我想起從前朋友的話：「八小時以內都算是鄰居。」覺得也許我也真的應該「順便」一下。我們決定臨時改變行程，向西穿越整個路易斯安那州，直搗德州的心臟地帶。早飯之後，我們就出發了，一開始並不著急，一路上還對路旁事物有很多興致，然而也沒有什麼耽擱，七十哩的時速，一直開到傍晚才到了德州邊境。我很確定早上那位內戰迷是說錯了，如果他花六小時車程，你卻花八小時，這是可能的；但如果他說六小時，你卻開了十二個小時，那他一定不是說錯就是說謊。

我們進德州時，天色逐漸昏黃，我們開始著急起來，一路上給姊姊打電話都是答錄機，我已經留了好幾回了。車子開到達拉斯郊外，八點多鐘，天色已經全黑了，電話還是找不到人。我們只好隨便找個快餐店吃飯，我也買了一份地圖研判位置；我依稀記得姊姊的信上住址的某些字，也在地圖上找到可能的地區。我們一面往前開，一面到加油站打電話，仍然連絡不上。最後我決定如果十一點鐘還找不到人，我就要找旅館了。結果十一點鐘的電話打去，答錄機又響起來，我無奈地再留一次，突然聽到氣急敗壞的接電話聲，姊姊剛剛回來，立刻衝過來接電話。對照彼此所在位置，我們竟然只在她家附近一哩。

早上九點出發，晚上十一點來到一個陌生的地方，這是我再次感覺到的美國式距離。

回到沼澤地

使葛文・楊（Gavin Young, 1928-2001）成爲世界知名旅行作家的，應該是他的旅行作品《慢船到中國》（Slow Boats to China, 1981），以及後來的《慢船回家》（Slow Boats Home, 1985）。所謂的「慢船」，指的是他在各個港口所能找到一切肯讓他順道搭乘的「便船」，可能是貨輪、油輪、舢舨，或者其他能在海上漂流之物；他用了這種奇怪的旅行方法環遊了大半個世界，他的兩本暢銷書記錄的也就是這些海上浪遊的事蹟與遭遇。

但葛文・楊另一本比較隱晦不彰的書，卻是更讓我心嚮往之的作品，那就是他的第一本書，書名叫做《回到沼澤地》（Return to the Marshes, 1977）。嚴格說起來，《回到沼澤地》裡頭隱藏著兩段旅行，第一段是一九五二年作者一場如夢似幻的沼澤奇遇，第二段則是一九七三年作者重回舊地的發現旅程。

葛文．楊在牛津大學讀的是歷史，但他受到英國諸多阿拉伯沙漠探險家的感召，立志要騎駱駝完成橫跨阿拉伯半島的壯舉。他不但研讀旅行文獻，學習阿拉伯語，更劍及履及跑到伊拉克巴斯拉港（Basra）一家船公司工作，隨時等待夢想實現的機會。直到有一天，他終於如願以償，見到了當代最偉大的沙漠旅行家威福瑞．塞西格（Wilfred Thesiger, 1910-2003）。葛文．楊在當地英國領事的陪同下，和塞西格一起共進午餐，並把他的偉大計畫告訴前輩，想請教他如何著手。

那是一九五二年的事，躍躍欲試的葛文．楊才二十四歲，就連名滿天下的塞西格也才四十二歲。塞西格二十歲就因爲入丹納吉爾（Danakil）沙漠，解決了阿瓦許河（Awash）流向之謎而享大名；一九四〇年代又兩次穿越阿拉伯半島南端沙漠，也就是人們（包括「阿拉伯的勞倫斯」）認爲不可能穿越的「空白之地」（Rub al Khali；西方人則稱之爲「The Empty Quarter」），塞西格不假任何現代通訊與工具，只憑獸力、當地部落同伴和一股堅強意志，騎駱駝共超過一萬六千公里，從此被世人認爲是當代最後的偉大探險家。

滿懷希望的葛文．楊向塞西格請教探險之藝，也鋪陳自己的計畫；但塞西格不動聲色，淡淡地說：「你不可能得到入沙烏地阿拉伯的簽證，就是這樣。」這一句平淡無奇的話，道出了探險的新時代，你的困難不再是自然險阻，而是現代國家的「主權」；阿拉伯人已不再願意讓西方人在後院裡來來去去，還在祖先居住數千年之地，大言不慚地說發現這個發現那個。

也許塞西格是因爲無情澆息年輕人的美夢而感到歉疚，臨去之時他又回頭對葛文．楊說：「做爲一個替代，也許你可以考慮看看沼澤地。」他又解釋說：「我明天一早要到那兒，但六星期後我應該會回來洗個澡，如果那時你可以向公司請個假，我就可以帶你去。」

和多數的我們一樣，葛文也沒聽過「阿拉伯沼澤地」；多年以來，阿拉伯半島的旅行探險總是和荒炎沙漠的印象連在一起，儘管葛文．楊當時生活工作的巴斯拉港距離阿拉伯沼地只有幾十公里，但他從不知道有這麼奇怪的「另一個阿拉伯」的存在。

也許應該怪塞西格性格上的含蓄與保留，他一生的冒險行動不斷，卻惜墨如金，從不輕易發表他的活動。他一九三〇年在丹納吉爾沙漠的探險日記，一直遲到一九九六年才出版；而他的兩部經典之作，《阿拉伯沙地》（Arabian Sands）出版於一九五九年，《沼地阿拉伯人》（The Marsh Arabs）發表於一九六四年，都是在事情發生十幾年之後。如果我們讀塞西格的作品也許可以明白，那種冷凝收斂的詩似文字，簡約樸素的敘述風格，他顯然是自覺到自己是歷史上一個特立獨行的人物，從一開始，他就沒打算只在一個時代被閱讀與被了解。葛文．楊與他相會的一九五二年，塞西格在阿拉伯沼地已經探訪了幾年了，但還要再等十幾年塞西格才會寫下他的經驗，讓世人震驚於一個被忽略的文化與生活。

葛文．楊則因此得到一個罕見的奇遇，他在六週之後依約來到一個鄉下的小水道旁，完全看不出所謂的大沼澤在哪裡。突然間，夢幻的景觀出現，塞西格和四位划槳的阿拉伯隨從駕著一艘無比精美的三十六呎黑色獨木舟冒出眼前，這艘船是一位阿拉伯親王送給塞西格的禮物（包括船上的四名水手）；塞西格示意要目瞪口呆的葛文．楊上船，旋即小船出發，幾個轉彎之後，葛文．楊熟悉的世界已經消失，他來到一個做夢也無法想像的地方。

「阿拉伯沼地」其實就是底格里斯河（Tigris）與幼發拉底河（Euphrates）匯流出海，在海口所形成的大片濕地，也正是古文明蘇美文化（Sumer）或美索不達米亞文化（Mesopotamia）的家鄉，在今天的伊拉克境內。這塊沼澤地面積大約一萬五千五百平方公里，有時大些，有時小些，要看河流氾濫的清況而定。沼澤裡到處是水汀交錯，蘆葦叢生，阿拉伯的水上人家用蘆葦造房編船（都美麗得不得了），在沼澤的沙洲上種植漁獵，形成一個獨特的生活體系；它的青翠濕潤、肥沃豐饒，與沙漠形象的阿拉伯極不相似，極可能是聖經上伊甸園形象的由來，別忘了世界三大宗教幾乎都誕生於此。可是這個獨特的地方，不知道什麼緣故，竟被世界忽略了好幾個世紀，直到塞西格再度喚起人們注意爲止。

回頭說葛文．楊的奇遇。一位名不見經傳的年輕人，竟然有舉世尊崇的大探險家親自來接你，不費吹灰之力就帶你進入一個只有夢想才能到達的地方。那一場刻骨銘心的夢幻經驗，顯然在葛文．楊身上銘印了另一個不可磨滅的印記。二十年後他再訪沼澤，寫下他的第一本不太受注意的旅行書。

我自己則生得太晚，趕不上葛文．楊的幸運。一九九九年，我編選塞西格的兩本作品，通過出版社連絡塞西格，想往肯亞做他的專訪。當時我剛剛到牛津完成推理小說家柯林．德克斯特（Colin Dexter, 1930-）的訪問，也做成了電視專輯，覺得應該再接再厲，做更多心儀作家的會面與紀錄。我只知道塞西格老後隱居肯亞，部落民稱他是「山上的老人」，他聽力衰退，仍在寫他自傳的後半部；但他的經紀人回我消息，塞西格先生已回到倫敦長住（看來是落葉歸根的打算），他非常樂意見我這位遙遠東方的來客。我們約了時間，但我被俗務所絆，沒有成行，而塞西格先生今年九十一歲了（作者按：我寫這篇文章的時候是二〇〇一年，而塞西格二〇〇三年逝世，我終究沒有能夠見到他本人）。

對沼澤地的認識，我有一次來到紐奧良，附近就是密西西比河出海口的大片沼澤，即所謂的開琴濕地（Cajun Wetlands）。我看到有飛船（Airboat）出租的資料，飛船就是那種後端有一個大風扇，能高速滑行於低水處或無水處，電影裡我們偶爾看到它滑行於水面與草地之上，是沼澤地專用的交通工具（但不環保，它的噪音使周遭動物受到驚嚇，甚至無法交配）；我打電話去預約，船主人和我約在附近的下水處（Water landing）。到了下水處，只看到一條小水溝，完全看不出沼澤在哪裡，過了一會兒，船老大開車載著飛船來了，上了船之後緩緩開動，幾個轉彎後就看到一個充滿生命的水上世界。原來沼澤地多半極低，一點點障礙（如樹叢、草叢）就擋住視線，和葛文·楊第一次到水邊的經驗是一樣的。

菜單上的語言

陳原，曾經擔任過北京商務印書館總編輯，以及中國大陸語言改革委員會主委的語言學家，一九八八年我初次見他的時候已經過七十了。他在《語言與社會生活》（1979，香港三聯）一書裡，提到自己因編字典而在文革被姚文元迫害的往事；他不能明白字典裡提到「Butter」、「Bread」，爲什麼就要被目爲「崇洋媚外」？外語教材被迫要改教「Mantou」、「Mientiao」（饅頭、麵條），他不禁要問：「西方的無產階級難道就不吃黃油、麵包嗎？」

不過，陳原是有骨氣和韌性的讀書人，爲了回答這個問題，他在牛棚裡一頭栽入社會語言學的研究，寫了超過一百萬字的筆記，上述的書就是從他的筆記中摘錄六萬字而形成；他另外還寫了《社會語言學》（1984，香港商務）專著一種，洋洋灑灑逾二十萬字，毅力驚人。

如果你看到卷末所引的參考書目，涉及的語言包括中、英、日、法、德、義、俄，和世界語（Esperanto），對一位在這麼困頓環境、全憑自學的語言天才，令人不禁也感到佩服。

但令陳原老先生忿忿不平的黃油、麵包是有趣的例子，在眞實世界的移動裡，你的確需要「講得出口」，才「吃得到口」。我自己就永遠不能忘記，第一次出國時，被兩顆雞蛋難倒在餐桌上的窘境。

二十年前的某一天，在我心理毫無準備的情況下，天威難測的報社老闆突然在會議桌上說：「我看你也一起到美國開會好了，明天和我一塊兒走。」一句話忙翻了底下所有的人，誰想到老闆會突然點名這位二十幾歲的傻小子呢？我既沒有護照、沒有出境證（台灣現在沒這種鬼東西了），更不要說美國的簽證了。但權威的老闆是不容許部屬說不的，報社記者全盤出動，跑外交部的去辦護照，跑出入境管理局的去打招呼，跑新聞局的去拿許可字號（這也是台灣現在沒有的東西）；跑美國在台協會、如今是出名政治人物的外交記者，很委屈地陪我去簽證組和洋人商量，洋大人官樣十足地說：「我不是一再說，辦簽證至少要給我們一星期的工作時間，貴報三番兩次這麼做，我們實在很爲難。」

雖然這樣說，那個時代的「特權」倒底是偉大的，我雖然沒眞的能和老闆第二天一起就走，但護照、簽證全部辦完竟然只花了四十八小時，第三天我驚嘆莫名地上了飛機，送行的記者還在機場當場要求航空公司把我升等到頭等艙（買的是經濟艙的票）。從沒出過國、從沒乘過飛機的傻小子，就一人上路了。

想想看那個井底之蛙的年代，這趟旅程當然是另一種「土包子放洋記」（The Innocent Abroad）的演出。總之，我先在舊金山下了飛機，住進當時的希爾頓飯店（現在已經變成別家了）。第二天早上，土包子來到觀光大飯店金碧輝煌的餐廳裡，打開菜單，還好，沒有太多不識的「單字」。我心跳加速地點了兩個蛋、火腿肉、橙汁、土司和咖啡，發音標準沒有異樣，但齒如編貝的金髮美女回眸一笑，提高聲音說：「And...how do you want your eggs?」天啊，我搜索枯腸，想不起學校幾時教過蛋的做法，停隔了幾秒（或者幾年？），我面紅耳赤囁嚅地說：「Scrambled.」

但我最恨Scrambled Eggs（炒蛋）。

翌日到了紐約，我的朋友聽了我淪陷於雞蛋的笑話，哈哈大笑把我帶到一家早餐店去，仔細教我單面煎、雙面煎、老、嫩，以及水煮蛋和時間，加上水鋪蛋（Poached Eggs）等等的說法，這一次，「語境」之爲用大矣哉，坐在餐廳裡學食物的名稱，你完全不需要去背它，你聽一次就全會了。

後來我開始有機會到各地旅行，發現「菜單」上的語言是投資報酬率最高的學習，你每學會一個字，就得到美食的回報。譬如我一開始到日本，口不能言，只好尋找門外有食物模型陳列的餐廳，按照塑膠模型旁邊的字樣畫押下來，再拿給侍者看，說：「Kore」。但這樣的美食探訪太令人不甘心了，你明明看到書上介紹了各種餐廳和傳說中的食物，卻讓人可望不可及；我們想了一個辦法，先把五十音背起來，看著菜單猜謎一樣把音唸出來（碰到漢字就痛苦了），也儘量多記食物的名稱。

有一次來到日本東北的仙台，中午探訪了出名的店家「太助燒牛舌」，太助號稱是日本烤牛舌的元祖，店外大排長龍，店裡頭大片醃過的牛舌放在網上烤得滋滋作響，香味與煙霧迷漫四溢，配上麥飯和牛尾湯，果然吃得又飽又暖和。五十音戰勝了一役，我們也因此信心大增，晚上就在寒風中去排隊仙台另一家名店叫「Oden三吉」；Oden被台灣人音譯成「黑輪」，指的是準備好的材料燉煮在高湯裡，以食材和高湯取勝。

好不容易服務生把我們帶到一個榻榻米座敷，留下一份菜單；打開一看，菜單全是毛筆龍飛鳳舞寫的平假名草書，侍者來問的時候，我實在看不出其中玄機，決定用「樂透」的方式點菜，和《猛龍過江》裡初到羅馬的李小龍一樣，我手指點了三、四樣之後，侍應生笑了起來，說這些都是各種生魚片。我再也裝不下去，只好問說：「店裡頭可有人會說英語？」在仙台的鄉土料理店裡，這樣的問句多半是徒勞無功的，但樂透總有中獎的時候；侍應生直盯著我說：「你眞是走運了，我恰巧是澳洲來的。」他穿著全套和式工作服，頭上綁著白毛巾，不仔細看眞沒認出他是老外；除了全套名物黑輪之外，他推薦我吃鯨魚生魚片，又跑進跑出推薦我各色土裡土氣的風味菜（他，顯然也很久沒遇見講英文的了），我們吃得過癮極了，那份毛筆草書的菜單就全不用了。

後來我痛下決心學日文，至少要把餐廳裡的日文學好；其中一個原因是十年前我在一家日商公司工作，接待日本人吃飯的時候，日本人總是指著菜說：「這是什麼？」如果你回答：「魚。」沒有人會放過你：「什麼魚？」就算你僥倖知道魚的英文名字，日本人還是要問你，那到底是什麼？除非你能說出它相應的日本名字。日本人吃魚是出名的囉嗦，他們不會說「魚」（魚是研究的總稱，吃魚的時候總要叫出精確的名字）。我買了「和英字典」和「英和字典」，碰到魚的名字就背起來，變成中日英三聲帶，僅限於魚的名稱。如果一位講英語的客人在日本料理店說，有沒有「Benito」？我就順口告訴丈二和尙的服務生，那是日文裡的「Katsuo」或中文裡的「鰹魚」。

皇天不負苦心人，你學的食物或料理名稱愈多，你就得到愈多口福，只有研習菜單眞正是「一分耕耘，一分收穫」的。後來在日本路上行走，我再也看不上那些門外有塑膠模型的餐館了，抽象的語言帶我進入實體食物的精髓，叫得出來的，都是吃得到的。

但西諺豈不是說：一點點知識是危險的。我的三腳貓語言政策，常常置我於險地。第一次到巴黎去旅行，一如往常，我在飛機上才開始惡補法文食物名稱，準備下機後大快朵頤，那導遊書上的幾頁會話，也眞的讓我吃到上好的鴨肉和烤羊肉，每天在小餐館輕鬆叫份「le menu à prix fixe」（套餐）也不成問題。有一天，在超市的熟食部，看到剛做好的各式肝醬，令人垂涎三尺；我立刻趨前示意，頭上綁著白頭巾的婦人問我要買多少，我才想起來我根本沒學過一百公克要怎麼說，情急之下只好叫出：「Demi-kilo」（半公斤）。沒辦法，這是我學會的法語中最小的重量單位；販賣部的女子瞪大了眼睛，狐疑地看著我，慢慢地把整條肝醬拿出來，切下大半條給我，本來準備賣一整天的，不料我這第一位客人竟買走了一半。

我的教訓呢？我一個星期的早餐都在吃「Baguette」（棍子麵包）抹肝醬，走的時候還沒吃完。但是你不必替我難過，那肝醬美味極了。

來到巴黎的康有爲

在上海古籍出版社的《康有爲全集》裡，赫然發現收入了康有爲的〈巴黎登汽球歌〉一首，想像一位旗服長辮的清朝人物坐在熱氣球上，突然間康有爲那種熱情、好奇、冒險、帶一點浮誇張揚的性格又鮮活了起來。

康有爲是不是一位好的旅行者？我覺得不容易一言而決。首先，他並不是一位「自願的」旅行者，他的第一次出國旅行其實是「逃難」。

一八九八年八月六日反對變法的清廷保守派發動了戊戌政變，把光緒皇帝幽囚於瀛台，更殺譚嗣同等「六君子」於菜市口，但康有爲在前一天就被光緒急派出京（顯然是暗地救他的意思），他乘船南下，在英國人的保護下逃到香港；九月他前往日本居住，但日本政府受清朝外交壓力，不得不道德勸說康有爲離開，康有爲乃在一八九九年轉赴加拿大溫哥華；一九〇〇年他移住新加坡，一九〇一年改寓檳榔嶼，一九〇二年更遷往印度大吉嶺，幾年的流亡生涯，幾乎都在大英帝國的庇蔭之下。一九〇三年他再回香港，一九〇四年，也就是光緒三十年，他興起壯舉，乘船由印度洋入地中海，才開始了他著名的歐洲十一國之遊。

康有爲在歐洲的旅遊範圍很廣，加上他多年流亡各地的經驗，他自己也頗感驕傲，甚至相信自己是中國人當中走得最遠最廣的人，他說：「夫中國之圓首方足，以四五萬萬計，才哲如林而閉處內地；若我之游蹤者，殆未有焉。」（中國人口總數有四、五億，人才很多但都局促在內地，像我這樣旅行廣闊的人，歷史上從來沒有。）

但是康有爲的旅行與西方人的旅行理由不同，甚至是順序顛倒的。在旅行史上，西方人是「國強而後外遊」，康有爲卻想要「外遊而後強國」。西方人的旅行，是發現、闖入與征服，先是意志、體力的探險與試煉，卻往往繼之以殖民與帝國；但康有爲的旅行，他自稱「其將令其攬萬國之華實，考其性質色味，別其良楛，察其宜否，制以爲方，采以爲藥，使中國服食之而不誤於醫耶？」也就是說，他的旅行理由，是把自己視爲另一位「耐苦不死之神農」，必須親嚐各國制度之百草，才能替中國富強的道路找到秘方。（這個理由後來給了許多不要臉的議員們出國考察的藉口，每年花掉我們很多錢。）

也許是因爲想得不同，就看得不同。正因爲康有爲急急忙忙要找到強國的答案，對那些旅途上一眼看起來不像是答案的文化經驗與異國情調，反而常常失之交臂。初次來到巴黎的康有爲，就是一位對巴黎極其失望的旅客。康有爲本來聽說「巴黎繁麗冠天下」，對巴黎充滿期待，可是等到他親臨目睹之後，發現宮殿未見瑰麗，道路未見整潔，賽納河的味臭骯髒更讓他大吃一驚。

巴黎不是唯一讓他大吃一驚的地方，事實上，歐洲每個強國都讓他經歷了一場「文化震撼」。譬如康有爲來到義大利，對義大利的建築頗爲失望；他本來聽說古羅馬的建築妙麗，十分嚮往，但實際觀察之後，發現使用的都是石材泥版，「不知開戶牖以導光」，簡直和黃土高原的窯洞沒有兩樣，比起中國的雕樑畫棟可差得遠了呢。但地中海地區陽光充足，你想辦法要的是陰涼與通風，誰還再要多開戶牖以導光呢？

康有爲來到雅典，也是一個有趣的故事。康有爲是中國「西化運動」的元祖，而希臘是「泰西文明」的搖籃，兩者相遇本應有一些碰撞的火花吧。康有爲自己也期望很深，他說他「裹十日之糧而來」（準備了十天的旅費），不料到了雅典，看到的都是斷壁殘垣和窮人敗市的破落景象，他走了一兩個時辰，「呑雅典八九」（走遍了雅典百分之八、九十），敗興而返。他想找的是強國的答案，但希臘和中國一樣，已經家道中落；如果康有爲要找的是古蹟和廢墟，貧窮和屈辱，中國又何必他求，咱們後院裡還不多嗎？

在康有爲的心目中，柏林的街道最寬闊整齊，有大國的氣派，而紐約的摩天大樓的未來前瞻，最具富國之象，世紀初兩個新生的強國（德國與美國），才是康有爲眞正想要尋找的答案，遊記裡就清清楚楚反映出這些他覺得有意義的視覺符號。

康有爲何以覺得巴黎不好玩？（我問這個問題的時候，《康有爲全集》還沒有出版，當時我還不知道他跑去登熱氣球了。）我猜想，問題可能出在「旅行方法」上，他在巴黎雇了車，他自己說「日在車中，遍游其勝」。只從車窗看出去的巴黎，一種毫不介入的旅行方法，現在可能任何一位年輕的自助旅行者都可以告訴你，這不是了解或體會巴黎美妙的最好途徑；他們會建議你坐坐咖啡店，逛逛大街小巷，吃吃家庭小餐館，享受各式各樣的大小博物館，如果你日在車中，想找一個強而有力的視覺符號，恐怕只有巴黎鐵塔供你「拍照存證」了。

在康有爲遊巴黎的九十年後，我也來到巴黎，住在一位朋友爲留學的女兒購置的公寓裡。早上起來，我散步幾條街去買剛出爐的「Baguette」（棍子麵包），假裝巴黎人一樣吃早餐；白天我在外閒逛，有許多呆坐咖啡店的時光。有時候也逛到傳統市場，看著五顏六色的甜椒和翠綠肥美的蘆筍，以及各種向我召喚的奇花異果，我在這裡享受了另一種假想的生活。我沒有救國的答案要尋找，我只要短暫變成另一個人就行。

爲什麼談旅行的時候，康有爲的故事會鑽進我的腦中？因爲即使是一位最銳利聰明的思想家如康有爲，旅行起來也很難超越他的家鄉和他的時代。我們都是「帶著家鄉去旅行的人」，你所看到的異鄉，其實都是和家鄉對照過後的異鄉，你忍不住要人家「開戶牖以導光」。你甚至心中已有一定要看的東西，家鄉有一個迫切的答案要尋找，康有爲就看不下希臘的古蹟殘垣，他當然就不是臨景弔史，寫出《廢墟之歡愉》（Pleasure of Ruins, by Rose Macaulay, 1953）的人。

「往上旅行」還是「往下旅行」？有時候要看一個國家的位置而定，但更多時候源於一個內心盤踞的心事。我認識的許多年輕朋友，有時候不能了解爲什麼我後來的旅行總愛往更落後的地方走去；對他們來說，更文明、更美麗、更強大（也就是消費文化更發達）的社會，才是他們想要去的地方。他們熱愛東京、紐約、倫敦、巴黎，以及這些城市所代表的世界中心形象；但聽到古晉、拉合爾、孟買、納若比、基多等這些僻遠生疏的地名，卻未必能激起他們想要旅行的熱情。

他們還年輕、希望無窮，總想知道更美好的事物在哪裡，更美好的生活應該像什麼樣子；但我心境已老，想知道的卻是老靈魂的來歷，另種文明的可能，以及艱困生活的意義。

獻給約瑟夫．虎克

那是一本不起眼的小開本藍皮舊書，但我的手卻微微發抖。

我不敢置信地看著大書名頁上的字跡，它的確明白寫著：「獻給約瑟夫．虎克先生，謹致敬意，威廉．布魯斯，一九一一年五月。」

我正站在倫敦一家舊書店裡，書店中央一張大檯子，如山堆積著未經分類整理的舊書，精裝、平裝、豪華版，各種形狀開本的書全都鹹菜一般疊擠在一起；這是一座寶山還是一座垃圾山？那要看你的觀點和眼力而定。搜買舊書的老手們有時候比較喜歡這種混亂的場面，因為裡頭偶爾有舊書店老闆看溜了眼的好書，價格也會便宜很多。

我手上這本書正是如此。它被書店老闆潦草用鉛筆在扉頁上寫了表示四鎊的字樣，書的名字叫《極地探險》(Polar Exploration),作者就是威廉・布魯斯(William S. Bruce)本人,版本則是當年流行一時小開本藍皮裝的「現代知識家庭大學圖書館」(Home University Library of Modern Knowledge)。如果你從前讀過商務印書館的「人人文庫」,可能讀到王雲五在文庫版序中說:「關於新知識之介紹仍略仿英國家庭大學叢書。」他試圖仿效的就是這個當年以介紹新知聞名的大眾化叢書。

使我持卷的雙手發起抖來的原因,並不是這個充斥在舊書店的叢書版本,而是題簽字跡上的兩個人名;兩位都是歷史上的名人,其中一位把自己剛出版的書送給另一位,但不知何故輾轉流落書肆,此刻正握在我的手上。

贈書的作者威廉・布魯斯(1867-1926)是有名的探險家,蘇格蘭人,一九〇三至〇四年率隊在南極的威岱爾海(Weddell Sea)進行海洋探測,這是史上的第一次南極海洋探測。布魯斯並不是那種第一次到達南極極心或其他地方的聚光燈人物,聲名不像史考特(Robert F. Scott, 1868-1912)、謝克爾頓(Ernest H. Shackleton, 1874-1922)那麼通俗響亮,但對於極地探險的貢獻,他卻是持之以恆的學術研究型人物。在他寫《極地探險》這本大眾化知識書之前,他參加或帶隊的南極與北極探險已經多達九次,是許多極地探險家的啟蒙人物。

布魯斯親筆題贈的對象又是誰?約瑟夫・虎克(Joseph D. Hooker, 1817-1911)是史上著名的植物學家，他和他的父親威廉・虎克（William J. Hooker, 1785-1865）是英國著名的皇家植物園裘園（Kew Garden）的創設者；約瑟夫也是達爾文的好友，當達爾文收到後輩小子華萊士（Alfred Russel Wallace, 1823-1913）寄來的論文，發現論點與他未出版的進化論理論相同，他一時之間慌了手腳，寫信求助的對象就是約瑟夫。約瑟夫建議（並且爲他張羅一切）儘快把兩人的研究都發表，才有那場在林奈學會宣讀論文的歷史行動，不然照達爾文的計畫，他準備死後才要出版這項影響人類思想巨大的作品呢。

約瑟夫・虎克不僅在植物學界鼎鼎大名，他在探險史上也是一位要緊的人物。約瑟夫在一八三九至四三年間隨船參加了羅斯（James C. Ross）帶隊的南極探險，這是史上極其重要的一場極地探險，途中發現的羅斯冰棚（Ross Ice Shelf）就是後來史考特極心探險的起點；約瑟夫・虎克參加了探險隊，負責觀察並採集極地的植物分布，比布魯斯的極地探險要早半個世紀以上，算得上是布魯斯極地探險的老前輩。

虎克的另一個著名探險是在一八四九至五〇年從大吉嶺攀登喜瑪拉雅南側山區，觀察高山極寒環境下的植物生態，這場探險他寫有膾炙人口的《喜瑪拉雅日記》（Himalayan Journals, 1855）一種，奠定了他做爲探險文學家的地位。

布魯斯在他書上的序言說，他多年來與極地探險家前輩晤談通信，得助於約瑟夫・虎克最多，因此這本書也要題獻給他。所以，這是一個很感人的場面，後輩探險家受到前輩的啓蒙與感召，從事了相同的工作多年，在寫一本概論式的小書時，覺得應該提及他自己受到的恩惠，並把這本書題獻給了這位前輩；書出版之後，他又立即親筆簽字落款，贈書給前輩，兩位歷史名人的知識傳承與交會情誼躍然紙上。

但是，這樣一本饒富歷史意義的書，爲什麼流落江湖？

我推敲隻字線索，猜想此書或許約瑟夫·虎克生前不曾看見。威廉·布魯斯題簽此書的時間是一九一一年的五月，但約瑟夫·虎克死於同年的十二月，也許布魯斯送上這本書的時候，前輩已經病臥在床不能閱讀了，或甚至沒有拆開送來的書？這本書流落到僕役手中也未可知，還是散落自敗家的後代？總之，這本書或許來得遲了，約瑟夫已經走到生命的最末站了，布魯斯的情義高誼未必是趕上了。

歷史眞相究竟如何，我此刻站在書店之中無從打探，要緊的是如何不動聲色把這本書買到手。我拿了這本書，又抓了幾本書做爲掩護，生怕書店主人在最後一刻認出那兩個名字，它將不是四英鎊，而可能是我從此無緣相見的四千英鎊（我猜想它可能値一千英鎊）。

我忐忑不安地把書交到櫃台後面的老闆，蓄著山羊鬍子的老闆用銳利的眼神從我身上打量了一圈，旋即低頭翻書查看價格，他一翻就翻到那個題詞頁，布魯斯工整的鋼筆筆跡立刻圖窮乜現，底下還有清楚不過的日期「May, 1911」，從櫃台這端看過去那些字像斗一樣大，我以爲完了，任何人都看出來了。但書店主人並未在題詞頁停留，他肥胖的姆指往前翻去，指著那個鉛筆字跡：「4」。

三本書加起來，他以嚴厲的口氣說：「一共九英鎊，你付現金嗎？」

是的，我付現金，我付女皇的英鎊，我只想趕快離開這裡，我不想留下任何紀錄，我想確定這件歷史奇遇終究是眞的。我抓著袋子走出店門，二月間的倫敦，冷風灌領刺骨，我卻中暑一般頭昏昏的，全身冒著熱氣。威廉．布魯斯，約瑟夫．虎克，這些多年來在書上邂逅的名字，如今，舍利子似地，我也擁有他們靈魂的一小片。

這本不起眼的藍色小書，如今安靜躺在我的書架上，只要打開來，兩個人的名字就跳出來，人名變成肉身，歷史變得可以摸觸，遠方與故人變成彷彿親近的老友，買書讀書，有時候可以有很多奇遇。

一個人的餐酒

在義大利北邊的文藝復興古城翡冷翠（Firenze；或者英語裡的「Florence」，中譯另做「佛羅倫斯」），市中心華麗眩目的主教座堂（Duomo）背後巷子一家喧嘩的小餐廳裡，我心焦如焚地看著鄰桌的孤獨食客，他開的大肚瓶奇安提酒（Chianti）一動都沒動，玻璃酒杯還是空蕩蕩的，然而他的主菜已經吃了一半了。

這家餐廳名叫「不拘小節餐廳」（Trattoria le Mossacce），我手上有幾本旅行書都介紹到它，都說它每天擠滿當地的食客，也提到它不接受訂位。我們繞過遊客如織的大教堂廣場，彎進古色古香的鵝卵石馬路，就在窄隘的街道旁，一個狹小的店面，門口排了長長的人龍；我探頭去看，餐廳裡喧聲笑語，香味四溢，牆上掛滿奇安提酒造型獨特的大肚空瓶，以及一條條大火腿和大香腸，粗壯的木桌木椅，厚重的陶盤陶碗，侍應則全是穿著圍裙的胖婦人，眞的是不拘小節的家常餐廳，我一看就覺得是它了。

排隊的人太多，讓人不耐煩久候，我進門問了他們的營業時間，決定錯開尖峰的人潮；我們沿路走向河邊，走到著名的舊橋（Ponte Vecchio）逛了一會兒才回來。已經快下午兩點半了，店裡還是滿滿的客人，但排隊的只剩兩三人了。很快我們就等到我們的桌子，坐定下來，從一張印滿菜名的桌巾紙上，我們點了半瓶奇安提酒、燴牛膝蓋（Osso Bucco）、番茄煮牛肚（Trippa alla Fiorentina）、餃子麵，還有各式各樣令人垂涎欲滴的前菜。但我注意到稍早坐下來的鄰桌獨身客人，一位身材瘦削、古銅膚色、唇上蓄鬚的鄉村士紳，他一個人點了不少菜，開了一整瓶奇安提酒，沉默不言，慢條斯理品嚐著每一道菜與麵食，但桌上那瓶酒一動也不動，主菜都上了，杯子還是空的，難道他是忘了嗎？

我在一旁替他著急，但他仍舊是不慌不忙。終於吃完主菜盤中的最後一塊肉，並撕下一塊麵包把醬汁抹乾淨。他舉手向服務生要了咖啡，才回身取瓶倒出第一杯酒，他沒忘，他只是有自己的順序。他喝完一杯酒，在杯子裡傾注第二杯，又回頭先去品嚐剛端上來的咖啡，他一口乾了小杯濃烈的義大利咖啡，滿意地歎了一口氣，才握著第二杯艷紅色的酒，閉目養神，陶醉似地小口小口啜著來自盧芬娜（Rufina）的奇安提。

我正感覺若有所悟的時候，瘦小結實的北義大利鄉紳已經結帳起身，推門而出，留下了大半瓶的奇安提。

啊，這就是了，這裡頭似乎是有一種從容、享受和節制的生活態度，一種自然流露的人與生活的關係。奇安提酒本來就比柔順醇良的法國酒要狂野一些，果皮裡的單寧酸還散發著野草般的刺激之味，你先把酒開了，讓它沉澱一下雜質，也讓它和空氣交流，它將變得柔和順口一些，這就是這位鄉紳束手不碰剛開的酒的緣故。但留了大半瓶的浪費又是怎麼回事？奇安提酒來自托士卡尼的奇安提區，是一種大衆化的餐酒，高級昂貴的奇安提固然也有，但這種大肚瓶包著草籃的奇安提，在雜貨店裡只賣五千里拉一瓶（不到台幣一百元），小餐館裡大概是賣台幣兩百元到三百元；如果小酌兩杯是最美味也最合適的量，你又何必勉強喝完整瓶呢？

義大利人享受生活，不願役於生活，由此可見一斑。美國人的麥當勞漢堡店大舉進入歐洲之後，一些北方小鎮上的義大利村民發起一種「慢食運動」（Slow Food Movement），「慢食」當然是針對著「速食」的概念而來；義大利人不忍見速食觀念的擴散，一種有前菜、有主菜，慢條斯理佐以餐酒，最後還要以甜食咖啡做結的「慢食」，從此瀕臨滅絕。飲食果眞如此，那還有什麼「美好生活」（Dolce Vita）可言呢？

「慢食運動」在歐洲悄悄蔓延開來，又變成了有深刻文化意涵的「緩慢生活運動」（Slow Life

Movement）；這是一種對「全球化」的反省，如果全球一體的世界分工體系，帶來的只有「美國化」，只有麥當勞、可口可樂等企業所代表的效率、方便、年輕和經濟利益，而沒有歷史、悠閒、品味與甜美生活，我們要效率化和全球化來做什麼？難道進步的目的是要來折磨我們自己嗎？

在旅行的途中，或在自己的生活回憶中，我的確看到「吃飯」是一種生活態度。從前貧窮的中國人總能夠把飯吃得「歡天喜地」，餐館裡總是喧囂歡騰，吃飯就是參與、演出與節慶；小時候在鄉下，並不是常有豐厚的食物，但拜拜或年夜飯是多麼隆重而令人期待的大事呀！請客人吃頓飯又可以是家族裡多麼盛大的表演呀！中國人彷彿是把吃飯當做「活著」的證明，而生猛地活著，眞正是可喜可賀的盛事。

義大利人吃飯有著同樣的熱情，多陽光的地中海氣候，讓吃飯也有嘉年華會的氣氛；香料、大蒜、艷紅的番茄、不計熱量的起司、不顧血壓的鹽分，美味、香氣與分量都是滿溢於外的；吃飯的人愈多愈好，喝酒則是愈熱鬧愈開心。吃飯，不是一種追求效率的工作，而是決定你快不快樂的生活。

豈止有歷史的義大利人熱愛食物與生活？整個地中海地區不都是這樣的氣氛嗎？義大利人固然有紅色的番茄見證他們鮮血一般的熱情，法國南方人有加了番紅花（Saffron）的金黃色什錦魚湯（Bouillabaisse），西班牙人也有加了同樣香料鮮黃的海鮮飯（Paella），證明了他們太陽一般對食物的火熱摯愛。比我早七十年來到地中海地區的英國食譜作家伊麗莎白．大衛（Elizabeth David, 1913-1992），就在這些食物的美味與鮮豔的色彩當中，感受到她在寒冷北方所不曾經驗的溫度與熱情。

伊麗莎白．大衛在英國唸寄宿學校時，和衆多其他莘莘學子一樣，恨透了學校食堂裡提供的食物。十六歲，她到法國去求學，在寄宿家庭裡見識了法國人對食物的熱情與烹調的技藝；一九三〇年代，她再往義大利，在那裡她結識了寫小說《南風》（South Wind, 1917）和旅行作品《老卡拉布里亞》（Old Calabria, 1915）的諾曼．道格拉斯（Norman Douglas, 1868-1952），成爲忘年之交，也有人相信他們之間有一些男女情愫。伊麗莎白受道格拉斯的影響，戰後回到英國，堅持相信英國人應該追求眞正的現做麵包，正宗不妥協的烹調要求，加上欲善其事必備的合適廚具。她寫第一流散文體的食譜，引進地中海地區的飲食文化，並把食譜寫作帶到最高的文學之境；她發起眞實麵包運動，反對工廠式大量生產的麵包，鼓吹家庭式的烘焙店與自製麵包；她又自己開設廚具店，引進歐陸適當合用的各種餐具、工具。

幾十年下來，因爲伊麗莎白堅持英國人不能對吃飯隨便，幾乎改變了整個國家的口味和態度，使英國不再是個「忙於改變世界，卻無暇改善自己的菜單」的民族；英國人開始認識並風靡這些來自南方的美味料理，也放棄鬆軟無勁的工廠吐司，除了下午茶以外，英國人也認眞享受美食了。

對照這些書中的歷史，冬季午後一個翦冷翠的餐館裡，一位鄉紳動都不動的一瓶酒，以及他兩杯之後瀟灑離去的背影，我望著盤中艷紅的番茄牛肚，滋味變得幽微複雜起來。

喜瑪拉雅山麓下

他名叫巴桑（Basant），一位保持微笑卻面帶愁容的年輕人。

當他端給我熱茶和吐司時，指著前面遠方的巨大白牆說：「瞧，那就是喜瑪拉雅呢！你很幸運，今天可看得清楚了。」說的是一種吃力並且帶著口音的英語。

但我已經領教過了。

昨天下午，我就來到這個號稱喜瑪拉雅山最佳眺望地的那加闊（Nagarkot），天氣溫暖怡人，但雲層很厚，我可以遠眺河谷裡一處一處的聚落與農村，卻完全不知道喜瑪拉雅山長得是什麼模樣。吃完晚飯後，荒僻的山村裡沒什麼事好做，我們早早就睡了。半夜裡，我被一種強烈的白光驚醒，披衣摸索到了陽台，抬頭一看，老天爺，彷彿鬼魅一般，在前方冷不防升起一座不可言喻的巨大白牆，如此巨大，如此高聳，像是綿延無盡，也像是虛構幻影，它看來冷硬堅實，卻又帶著一種難以形容的寂靜雪白，月色把它映照得光耀非常，幾乎是刺眼欲盲；你覺得它是活的，它卻又沉默不語，讓你從心底感覺到威脅，不知該如何是好。我張口結舌了半晌，才想到把家人叫起來，要他們也一起看看這不可思議的奇景。

我所住的小旅館，已經位在接近三千公尺的山頂上，但從這裡仰望喜瑪拉雅，仍然覺得天空被逼迫得只剩一小角，而龐大的山脈還向著兩邊延伸，幾乎沒有盡頭，它巨大廣闊得令人著慌，不但自己變得脆弱渺小，在它面前無處可藏，就連我們身處的整個山頭都像是海上漂浮的一葉小舟，一種令人不知所措的比例。我們幾個人交換了幾句讚歎稱奇的話，就失去了言詞，一起呆立在霧重霜冷的陽台上，也不知道過了多久。

第二天早上，我們來到屋頂平台吃早餐，喜瑪拉雅群山好像不記得昨晚嚇過我們，兀自像張風景卡片一樣凍結在那裡，擋住了所有可能的視線。面帶微笑卻看起來隱隱憂愁的巴桑走過來，一面幫我倒著不夠燙的紅茶，一面熱心地說：「瞧，那就是喜瑪拉雅呢！」我卻沒怎麼熱心：「Ya, I saw it last night.」

年輕的尼泊爾人巴桑並不因我的冷淡而氣餒，又熱切地問我從哪裡來？昨天去過哪裡玩了？今天可有計畫？來尼泊爾做什麼？想去奇旺公園看老虎嗎？或者想去哪座山健行

（Trekking）嗎？不只是問候，他又積極推銷自己：「我是個好嚮導，我背行李，也做飯，你不用找三個人，我一個人可以省你很多錢。我可以帶你們走喜瑪拉雅路線，或者安那普那路線，或者是朗唐山路線，那是我的家鄉，我媽媽和弟弟還住在那兒。」

朗唐山（Langtang Lirung），他一手指過去，那也是一群巍巍皚皚七千多公尺的連綿巨山，白澄澄站在喜瑪拉雅的左側，堅實而安靜，遙遠而飄渺，而這位巴桑，正是那山裡頭掙脫出來討生活的小孩；我心動了一下，問：「走朗唐山要多少天？」「只要兩週。」他興致勃勃地回答。我想到遠方喧囂城市裡的工作、小孩的上學以及種種俗事，歎了一口氣：「我這次沒有計畫，下一次吧。」

「那你今天的計畫呢？」

計畫？我有我自己小小的健行計畫，書上已經讀過了，應該不難走；我們將從那加闊向西走兩個鐘頭約十公里路到張古寺（Changu Narayan），我要在那裡逛逛並吃午飯（我假設它有餐廳）；然後我們要再向南折，理論上再走兩個鐘頭我們會到達古城巴克塔布（Bhaktapur），那是信徒之城（City of Devotees），也是時間靜止在中古世紀的魔幻城市，我們要在那裡休息、進食，並且過夜。

「我可以帶你們走這條路。」年輕的巴桑堅定地說。我此刻突然明白，他並不是旅館的工作者，他幫忙端盤子、招呼客人是爲了要尋找工作的機會，他不能讓這些稀少的外國客人輕易地走掉，他有他的生意要做，遠方山裡頭的母親與弟弟對他仍有期盼。

「但我不需要，我已經有了書和地圖，我自己可以料理。」

「山路很不好走，很多岔路，你們會迷路。」

「不會，我有地圖，我到全世界都自己走路。」

他對我的堅持似乎有點迷惑，沉吟了片刻，他突然又找到一線生機：「但你在巴克塔布要住哪裡？」

「我還沒決定。」

他開朗起來：「我知道有很好的旅館，供應熱水，我的好朋友開的，我可以要他給你一個好價格。」

「也許，但我不想決定。」我不確定這是不是好主意。

「我先幫你訂，你到了去看看那家很好的旅館，如果你不喜歡，你可以不住。」

我動搖了，遲疑地說：「也許。」

他輕快地跑進櫃台，向旅館主人講了幾句話，拿起電話打給另一個人，我聽不懂尼泊爾語，但從那些交涉的口氣與過程，你知道電話的另一端絕不是什麼好朋友。「成了，我的朋友會給你一個好房間，三個人會很舒服的，還有熱水，只要……」他詢問似地看了我一眼：「只要二十五美金一個晚上。」

在國民所得僅有一百美元一年的地方，二十五美元是一筆財富了，你其實可以自己找到五塊錢一天的地方。但看著他略帶憂愁的笑容，想到遙遠的朗唐山，我露齒一笑，說：「Okay!」

但他是堅毅勤奮的山中小孩，他還沒有放棄：「我可以幫你找一部吉普車，送你下山，這段路很難走，吉普車也是我朋友的，不會花多少錢。」

我內心掙扎了一下，我其實不需要的，但我有機會使某個人快樂一些：「Why not? If it won't take you too long.」

「It won't take long.」他一面答應，一面箭步衝出門去，看起來他必須跑到山下的村莊，才能找到他的吉普車。

吉普車好一陣子終於來了，他氣喘噓噓跑在車子後面；那的確是一輛很好的日製吉普車，在這樣的深山裡頭更顯示出財富與權勢。留著絡腮鬍子的司機沉默高傲地坐在駕駛座上，並不看年輕的巴桑一眼。巴桑喘著氣向我解釋價格與付款方法，並且仔細叮嚀我下車後的健行路線。

「你放心，我找得到路。」我拍拍我手上的書。

「下一次來，我帶你去朗唐山；你寫明信片到這個旅館，他們會留給我，你指定一個時間，給我兩天，我走到加德滿都和你會合。」

「好呀。」我把行李放上吉普車，塞了一百盧比在他手上，他嚇了一跳，臉紅了起來，他今天應該已經賺夠錢了，但我決定扮演一個無知的觀光客。

我們坐上車，吉普車發動了，他在後面跟著跑起來：「下一次我帶你去朗唐山，我是個好嚮導，我背行李，我做飯……。」

聲音聽不清了，吉普車在崎嶇不平的山路跌跌撞撞衝了下去。

在那遙遠的地方

在樹林狹窄山路急轉彎的地方，我差點撞上一隻白色的小山羊，小山羊咩咩叫了一聲，前方一位小女孩聞聲回過頭來，靈動晶瑩的大眼睛盯著我，卻把我看呆了，因為那是一張絕色脫俗的美麗面龐。

這是尼泊爾山區裡的一條林中小徑，我並不是有意走到這個僻村幽境，我只是迷了路……。

那天早上我從喜瑪拉雅山的眺望高地那加闊山頂出發，預備要徒步走到張古寺，不料才進了山區的登山道，就被一群青少年小太保堵起來，他們拍著手唱著：「要不要導遊？要不要導遊？你們要去哪裡？你們要去哪裡？我們是好導遊，我們是好導遊。」

這顯然是被外來觀光客搞壞了的民風，我心裡不是太想理他們，低著頭逕自走了。但才走了幾步路，樹林裡就遇見一個分岔口，我不想這種時候把地圖拿出來，打賭式地選了右邊的小路，只聽得遠遠那批小太保大叫：「錯路，錯路，左邊才對。」

我回頭笑了笑，揮揮手表示謝意，退回來走向左邊的路，走了五分鐘穿出一片林子，赫然發現前方空曠處，那群青少年痞子正坐在大石上等著我。原來右邊左邊的小路都是相通的，他們剛剛抄過右邊的小路，跑到前方等著我，看見我走出樹林，他們又開始拍手唱起來：「你不認識路，你不認識路，你需要導遊，你需要導遊。」

我可眞的被激怒了，我用力搖著揮去蒼蠅的手勢，大聲說：「走開，走開，我不需要任何導遊。」說完大步就走，但沒走幾步路，眼前又是一片樹林和一個雙岔路口，我悶著頭就闖進右邊的路上，後面立刻響起齊聲喧嘩：「錯路！錯路！左邊！左邊！」

我不理他們，走在右邊的路上，我也聽到左邊的林子響起窸窣的碎步，不一會兒，陽光明亮，我又穿出樹林，小太保們又等在那裡，這次他們氣勢衰了，但還是不放棄：「要不要導遊？要不要導遊？」

我搖搖頭，繼續向前行，前面當然還是岔口（山裡頭的路都是走出來的，顯然每個人走的路都不一樣），我毫不遲疑選了一條，身後仍然傳來一些軟弱的堅持叫喊：「錯了，錯了，左邊，左邊。」

山裡的小孩無事可做，如果一個觀光客用了他們帶路，他們就可能拿到像是中了樂透的財富；如果他們平白放棄了一個機會，什麼時候再有一個傻瓜路過這兒呢？他們鍥而不捨，忽左忽右跟著我，走了好幾公里，我選任何一條路，都會照例聽到他們唱歌般的聲音：「錯路，錯路。」太陽很大，他們跑得滿身是汗，那些「錯路」的叫喊也愈來愈沒有力氣。

我穿進另一個涼爽的林中小徑，愈走愈深，幾乎走了半個小時，完全沒有聽到那群青少年的聲音，我這才發現，不知何時，他們全都不見了。一方面我鬆了一口氣，因爲終於擺脫了糾纏，但另一方面也開始忐忑不安，因爲我已經不知道自己身在何處。

尼泊爾是伸手可觸天的高山之國，一個「地無三里平」的地方，但舉國上下並沒有幾條公路，因爲沒有錢可以蓋公路，從加德滿都往那加闊的公路就是中國政府蓋給它的，除此之外，全國的交通主要是仰賴人們最自然的工具——雙腿。在山林，在田野，你都會看到尼泊爾人頭頂草籃，優雅地緩步上坡或下坡。尼泊爾雖然窮困但不匱乏，山村裡頭農人種田、養羊、織布，自給自足。闖入沒有公路、沒有觀光客的山裡，你就看到被時間遺忘的、千年不變的、桃花源似的農村。

當我發現那群蒼蠅般的青少年消失之後，同時也明白自己已經迷了路，即使拿出地圖也看不出自己所在的位置。我的地圖只是平凡的導遊地圖，並不是專供健行的山區細圖，山裡頭密密麻麻的小徑，沒有一條是圖上找得到的。我並不特別感到慌張，我想，反正要去的地點不過是一個方向，如果我確保自己一路向東，終究可以到達彼處。

山中小路並不擔保彼此相通，有些路走著走著，就走進山裡一棟村舍的後院，一群微笑的老婦人正瞅著你看，我只好訕訕地退了出來。有時候，走在濃密的樹林裡，以爲周圍空無一人，突然間聽到草叢裡有笑語聲，一會兒，深草處站起兩位背著簍子的小女孩，簍子裡裝滿採來的青草。

就在一個山路急轉彎的地方，我差點撞上一隻白色的小山羊，山羊抗議似地咩叫了一聲，一位十三、四歲的小女孩回過頭來，一雙黑白分明、天池一般清澈的大眼，不可思議的、不屬於人間的清麗臉龐，我吃了一驚，呆住了幾秒鐘，連忙回過神合掌來打招呼：「Namaste！」

小女孩掩口嫣然一笑，天上散下五彩色紙，銀鈴一般回了我一句：「Namaste！」旋即轉身小碎步跑了，這時候我才看見，她的腳上綁著鈴鐺和繩子，繩子另一端則繫在山羊的脖子上，她是一位放羊的小女孩。

她的臉上塗著一抹泥，臉龐也曬得黑亮，赤著腳，小腿上也沾著烏泥，身上一襲連身帶蕾絲邊的白洋裝，但灰撲撲地滿是塵土，但這一切都掩不住她那天生麗質的脫俗絕色，你不能想像深山裡竟有這樣的美女。消失在樹林後的叮叮噹噹鈴鐺聲和清脆的嬉笑聲，讓我悵然若失地停在小徑上，唉呀，在世界最偏僻山谷的驚鴻一瞥，這算是什麼樣的奇遇？

我突然想起了王洛賓民謠風的歌曲〈在那遙遠的地方〉，以及它膾炙人口的歌詞：

在那遙遠的地方，
有位好姑娘，
人們走過了她的帳房，
都要回頭留戀地張望。

我願做一隻小羊，
跟在她身旁，
我願她拿著細細的皮鞭，
不斷輕輕打在我的身上。

我突然體會這首歌謠裡的女主人翁，那位持鞭牧羊的美麗女孩，應該正是這種模樣，而不是我以前想像的衣著光鮮艷麗如戲服，皮膚潔白似雪的現代女郎。她們如果生長於邊塞遠疆，地理上的衛生條件，不會使她們的容貌清潔白淨，她們會曬得黝黑，臉上不免要有一抹泥土；而如果她們也像尼泊爾人一樣，把衣服鋪在草地上曝曬，洗淨的衣物抖一抖，也要抖出許多灰塵來，不可能像我們從洗衣店洗回來的那樣。

我在山區樹林裡東突西闖，終於來到了張古寺，在寺旁小店裡喝了一瓶汽水，繼續南折走往神秘的古城巴克塔布。我進城的時候已經接近黃昏，城市還是石頭所建，時空久遠，雕琢富麗，彷彿一場魔法讓我們都回到千年以前的歷史之城；天色橙紫交揉，雲彩低低壓在我的頭上，好像是一場古戲的布景。池塘汲水處，一群披著沙麗的女孩彎腰洗髮，她們也一個個輪廓鮮明，五官秀麗，像是中古世紀黃昏潛出的妖精。但沒有一位女孩，能及得上樹林裡牧羊女的超俗清新，她們只能是來自塵世，而那位山谷裡的女孩，她究竟是哪裡來的呢？

走到世界的盡頭

當陌生的世界彼此不期而遇的時候，很多原來熟悉到不能有任何想像力的事物，突然之間又閃爍起奇異的綠光，甚至有了全新的景觀和全新的名字，彷彿是回到世界剛剛創始的時候，你可以指著一件事物說：「看哪，這個東西，我們從此要叫它……。」

譬如在停滯了千年以後的中國，萬物彷彿已有了既定不移的位置和秩序，但清朝的知識分子和洋鬼子接觸後，卻發現西方人的月分名稱不一樣，梁章鉅在《浪跡續談》裡就驚奇不已地提到說：「今將外夷月分色名，開列於後，正月曰燃奴阿厘，二月曰裴普爾厘，三月曰瑪治，四月曰阿勃厘爾，五月曰腜，六月曰潤，七月曰如來，八月曰阿兀士鐵，九月曰涉點麻，十月曰屋多麻，十一月曰那民麻，十二月曰厘森麻。」

從燃奴阿厘（January）到厘森厤（December），加上「July」法名如來，一年十二個月的平凡名稱竟然可以出現一種詭異的色澤，從常識重新又還原爲知識，就不能不想見它們在遭遇之初的新鮮之感（但這是粵人刻本所記，你得用廣東話發音對照才行）。爲什麼要記錄這些光怪陸離的名稱？梁章鉅自己說：「今姑存之以廣異聞。」說「姑存」，又說「異聞」，可見他是把這些名稱當做八卦趣聞來看，不相信它們有任何恆久的意義。

一個世界與另一個世界驀然相遇，常常就是這樣沒有足夠的準備。乾隆年間，英王命馬戛爾尼（George Macartney）率艦使華，英國上下竟找不到會講中文的通譯（別忘了英屬東印度公司成立於一六〇〇年，到乾隆年間也做了中國一百五十年的鄰居了），只好請出羅馬教廷的韃靼傳教士來兼差打工（他們另外找到兩位能講中文的都是法國籍的傳教士，難道英使出國用的傳譯人竟來自死對頭法國嗎？）；無獨有偶，清朝政府也找不到懂英文的「舌人」，竟然魚目混珠地找了葡萄牙人來充任（這位一句英文也不會說、名叫索德超神父的葡萄牙裔耶穌會教士，他在清廷的職位是欽天監監正）。英語雄霸天下還要再等百年後美國的興起，當時英文還不是最時行的國際語言，懂英文的人也是不多的。

清廷的英語能力改善得很慢，民間（主要是廣州一帶）卻早因爲做生意而用起英語，梁章鉅根據粵人刻本記下這條筆記的時候是道光年間（1839），可見英文已經很流行了。但薛福成在他《出使日記》中記了一段故事，說英國外交部一位參贊持一匣黃綾包裹請教於他，那是中國寄來已經五、六十年的東西，外交部無人識是何物，薛打開一看，發現是嘉慶二十一年（1816）清皇賜給英吉利國王的敕書，「係清文漢文辣丁文三體合璧，詞義正大，洵足以折服遠人。但昔時風氣未開，中西語言文字不相通曉，觀其包裹完好，可知英國無人一讀。」這句話極可能是有問題的，說英國人不懂滿文、漢字可能是眞的，但英國上下怎麼會沒有人讀「辣丁文」呢？他們只是不識得天朝的「詞義正大」罷了。然而給英國人國書，只用拉丁，不用英文，可見清廷宮中能通英文的人還不太充裕。比較起嘉慶十九年（1814），清朝政府特別下令給廣東：「鋪戶不得用夷字店號」（商店不可用英文做招牌），民間的英文顯然已經氾濫成災。

但在世界與世界相遇之前，偶爾有一些「掉入另一個世界的人」，他們的經驗常常是當時同代人所不能理解的。差不多就在馬戛爾尼出發前往中國的一七九二年前後，一位名不見經傳、來自大清帝國的苦命老百姓，卻因緣際會來到了倫敦，記下了他親眼目睹的倫敦「自來水」奇觀，大家如果不嫌我囉嗦，我就把他這段畫面生動的描繪抄錄一遍：「……橋各爲法輪激水上行，以大錫管接注通流，藏于街巷道路之旁，人家用水，具無煩挑運，各以小銅管接于道旁錫管，藏于牆間，別用小法輪激之使注於器，王則計戶口而收其水稅。」從牆上用個小法輪，就可以輕鬆把大錫管轉流來的水注於盛水的器皿，無煩挑運之苦，多麼驚人奇妙的魔法系統呀！

根據替他筆錄的作者楊炳南的序，簡略地介紹了這位生逢奇遇的人：「余鄉有謝清高者，少敏異，從賈人走海南，遇風覆其舟，拯于番舶，遂隨販焉。每歲遍歷海中諸國，所至輒習其言語，記其島嶼阨塞風俗物產，十四年而後返粵，自古浮海者所未有也。後盲於目，不能復治生產，流寓澳門，爲通譯以自給。」楊炳南遇謝清高於澳門，謝清高已經是一瞽翁，聽他訴說泰西南洋之事，一一能詳，如數家珍，因而應允替他條記口述，成《海錄》一種，近代旅行史家馮承鈞爲之詳考注釋，並考證謝清高生卒年應在乾隆乙酉（1765）及道光元年（1821），推測謝流浪四海的時間應在一七八二年到一七九五年間。

今天重讀謝清高的《海錄》，對他所記憶的世界景觀之廣闊之準確，是令人稱奇不置的。而看到他所選擇記錄的東西，也正反應與自己家鄉對照比較的意思；就像梁章鉅對西人的月分稱號感到珍奇一樣，謝清高也記婆羅洲當地土話數字的發音，一爲沙都（satu），二爲路哇（tuwa），三爲低隔（tiga），四爲菴叭（ampat），五爲黎壓（lima），六爲安喃（anam），七爲都州（tujuh），八爲烏拉班（delapan），九爲尖筆蘭（sembilan），十爲十蒲盧（sapuluh），括號裡是我引的今日馬來文，若合符節，而這些數字又是每一位馬來西亞或印尼僑生都能對你朗朗上口的。

謝清高又記布路檳榔（Pulo Penang，今之檳榔嶼），說它本來沒什麼人住，但「英咭利于乾隆年間開闢」，遂漸富庶；又說它地無別產，「所居地有果二種，一名流連子，形似波羅蜜而多刺，肉極香甜；一名茫果生，又名茫栗，形如柿而有殼，味亦清甜。」你如果遊馬來西亞，不可能在街上錯過大啖榴槤和山竹的滋味，而且應該先吃榴槤再吃山竹，以山竹之清甜沖淡榴槤之濃膩，這是南洋人固有之智慧。馮承鈞註茫姑即檬果，一名芒果，學名「Mangifera Indica」，恐怕是錯了；茫果生是「Mangosteen」，馬來文是「Mangustan」，今稱山竹，學名是「Garcinia Mangostana」。

十四年的飄泊，謝清高到底隨外國商船走了多遠？讀他的《海錄》倒像是上了一堂世界地理課，南洋言之能詳當然是不用說的，提到錫蘭（西嶺）、加爾各答（隔瀝骨底）、馬德拉斯（曼達喇薩）、孟加拉（明呀喇），風俗物產也是對照無誤；再遠就到歐洲，他歷數的國名就有布路幾士（Portugues）、意細班惹呢（Espanol）、佛郎機國（France）、荷蘭國、盈蘭你（愛爾蘭的葡語發音）、亞哩披華（Antuerpia，即比利時）、祋古（土耳其）、一打輦（義大利）、單鷹（Dane，丹麥）、埔魯寫（Prussia，普魯士）、英咭利、綏亦咕（Sverige，瑞典）。單是這些國名的準確已經很驚人了，各國還有語言和政體、民情的紀錄，譬如記英咭利時說，「有吉慶延客飲燕，則令女人年輕而美麗者盛服跳舞，歌樂以和之，宛轉輕捷，謂之跳戲。富貴家女人無不幼而習之，以俗之所喜也。」活脫脫是一幅《傲慢與偏見》（Pride and Prejudice）裡的場景（該書初稿完成於一七九七年，出版則在一八一三年）。

可是謝清高又說，由英咭利往西，海行旬日，又有咩哩干國（美利堅），「原爲英咭利所分封，今自爲一國，……即來廣東之花旗也。」才建國不久的美國也進入紀錄，又注意到「自王至於庶人無二妻者」，新鮮得很呢。記美洲不限北美，又有沿你路（Rio de Janeiro，里約熱內盧）；越過美國再往西，又能看見大洋洲諸國，歷數哇夫島（Papua，巴布亞新幾內亞）、哇希島（澳洲）、匪支（斐濟）、慕格（Marquise，今稱馬貴斯群島）。

他的行蹤還未停歇，從哇夫島北行，約三個月可以到達一個地方叫「開於」，開於就是「Kurile」，在俄羅斯東方海上千島中的一小島。我在一次燃奴阿厘與裴普爾厘之際遊北海道，隆冬盛雪，走到最東邊的根室（Nemuro）；在海上可以看見國後島的藍色浮影，那是日本人與俄國人爭執的北方四島之一，再往北就是兩百年前謝清高造訪的開於。在那裡，他和愛斯基摩人交換海虎、灰鼠、狐狸的皮草；他看到海口「大者尋丈」的流冰，又覺得土人「形似中國」（長得像中國人），刳獨木爲船，又記太陽在南方僅數丈，一二時即落，初到時手足皆凍裂。又往北行二十餘日，應該已在勘察加（Kamtchatka）半島，約在北緯五十五度到六十度間，他不能再往北了，因爲他「聞其北是爲冰海云」，那是世界的盡頭了。

富麗怪奇

在莎士比亞的名劇《暴風雨》（The Tempest）裡，小妖精愛麗兒假意向腓迪南王子唱出他父親葬身海難的噩耗，這段歌詞同時也是一首音調鏗鏘、傳誦千古的絕美詩篇：

五尋之下躺著你的親父，
他的骸骨已然成了珊瑚，
他的雙瞳如今化爲珍珠，
他身上的一切並無朽腐；
沒來由經歷了一場海變，

變成富麗怪奇的某一物，
海仙子按時來敲他的骸骨，
聽哪！我聽到了——叮叮咚！

"Full fathom five thy father lies;
Of his bones are coral made:
Those are pearls that were his eyes:
Nothing of him that doth fade,
But doth suffer a sea-change
Into something rich and strange.
Sea-nymphs hourly ring his knell:
Hark! now I hear them,—ding-dong, bell."

每次我讀到這首詩，尤其是讀到「沒來由經歷了一場海變，變成富麗怪奇的某一物」這兩句時，總不由得要想到香港。是的，沒錯，香港正是一個經歷了百年海變、變得富麗怪奇、舉世無雙的城市。

香港今日的面貌或者命運是如何決定的？也許很多人相信一八四〇年的鴉片戰爭是決定性的因素。但是如果我們讀到一七九三年馬戛爾尼謁見乾隆皇帝所提交的信件，就會看到這個命運其實比鴉片戰爭或南京條約都要早上近半個世紀。這封提給中國皇帝的信，也就是使節團千里迢迢訪華的交涉目的，信上說：「國王指示特使懇請皇帝陛下恩准……三、英國商人可以在舟山附近擁有一個小島或一小塊空地，以保存他們未能賣出的商品，在那裡他們將盡可能與中國人分開避免任何爭端或糾紛，英國人不要求設立任何像澳門那樣的防禦工事，也不要求派駐軍隊，而只是一塊對他們自身及財產安全可靠的地方；四、同樣，他們希望在廣州附近獲准擁有一塊同樣性質、用於同一目的的地方；……。」信裡的請求共有六項，都是各種有關商貿的需求，其中有兩項則涉及一個海島的取得。

取得一個香港之類的荒島，自始到終都是海權軍事主義的思想；即將進入十九世紀的英國海軍，已有能力航行到世界任一角落，但船艦不可能不靠岸補給以及補充淡水，你必須在世界各個角落都有若干可掌握的據點，這就是類似檳榔嶼等的海峽殖民地（Strait Settlement）或擁有香港的背後思想。在馬戛爾尼出發前，他與英國上司已有任務上的共識，「盡可能在靠近生產茶葉與絲綢的地區獲得一塊租界地或一個小島，讓英國商人可以長年居住，並由英國行使司法權」：在這樣的思想背景下，或早或晚，某一個類似香港的小島（在信上另一個可能的例子是舟山），終將發生「doth suffer a sea-change」的命運。如果這個例子發生在舟山，不僅後來世界認識的東方之珠是另一個，廣東話的價值也會大不相同。

馬戛爾尼的請求當然是被拒絕了，中國當時還是一個不認爲商業貿易有必要的社會，對新興的海權思想也無所悉。乾隆皇帝在回信裡說：「爾國欲在珠山海島地方居住，原爲發賣貨物而起。今珠山地方既無洋行又無通事，爾國船隻已不在彼停泊。爾國要此海島地方亦屬無用。天朝尺土具歸版籍，疆址森然。即爲島嶼沙洲，亦必劃界分疆，各有專屬。況外夷向化天朝交易貨物者亦不僅英吉利一國，若別國紛紛效尤，懇請賞給地方居住買賣之人，豈能各應所求。」不但開放海島是不能開例的，天朝甚至認爲貿易對中國也是多餘的，同一封敕書裡也說：「天朝物產豐盈，無所不有，原不藉外夷貨物以通有無。」

在當時，非但中國人不明白既無洋行又無通事的一個荒島能做什麼用，就連英國人在取得香港之初，恐怕也不能想像在一百年之間，香港會變得「into something so rich and so strange」。今天站在香港島中環一隅或一艘來自九龍的渡輪，抬頭看那些密集群聚的摩天大樓，以各種樣貌風姿直入雲霄，遮蔽了天色與陽光，想像這些玻璃帷幕巨樓的價值與投資，昔日荒僻的蕞爾小島，是如何迅速累積了這些巨大的財富與能量？

說香港的富麗怪奇，富指的並不是任何個人（個人當然也有貧無立錐之地的窮人），而是指霍霍輪轉的資本主義機器，如何竟使香港匯聚了來自全世界的無盡財富？一個遠東地區有自由有法治的小地方，一群一群來自中國一無所有、但拚命實幹的安分百姓，又如何在一百年間竟使一個零星捕魚的貧島變成全世界最富庶的地方？

香港因富而麗，進而又成爲富足得以懷藏斯文的社會；她的「怪奇」，其實正是來自她文化上「半唐番」的豐富性。在文化上，香港其實是臥虎藏龍的。她的自由開放足以懷藏全世界的不適應者，足以收容最激進與最保守；她的富裕有餘則足以接納脆弱的文化遺民（如錢穆先生在香港創新亞書院）和藏身其間爲稻粱謀的知識分子，經濟力又足以支撐某種仰賴大量消費的大衆文化（以人口比例來看，香港擁有全世界密度最高的明星、歌星、模特兒和社會名流）。

二十年前，我經過艱難的簽證手續第一次來到香港；在此之前，我僅能從〇〇七和蘇絲黃等好萊塢電影窺探這個又熟悉又怪異的地方。她獨特的街道與招牌的景觀，她的富饒擁擠與嘈雜有勁，在你親身踏上這個土地時，卻又感到無比眞實而活力十足。第一次，我在地鐵裡、渡船上、小巴中、喧囂的茶樓間，已經見識了香港的動感魅力，你在此感到自由輕鬆，她規則清楚，世故圓融，多數人忙碌而庸碌，幸福是俗世形式的。

我是喜歡香港的，喜歡她的入世不做作，喜歡她的節奏和敏感，喜歡她既國際又鄉土。後來的二十年，我因爲工作的緣故來得次數愈來愈多，結交了各式各樣的朋友，真的如我所說，這裡是臥虎藏龍的；也因爲人才濟濟又豐富多元，不免有時顯得寂寞或孤芳自賞。他們常抱怨香港不適合有文化理想的人發展，也許是吧，但文化裡需要的那種寬容和無動於衷，沒有一個地方比香港更像。

香港人最近自己有點遺棄了香港，他們普遍有一種焦慮，覺得香港不時髦了，也許混跡上海更像時髦的行動；他們也擔心香港地位不再，上海彷彿處處要取代她。香港當然無法再像當年封閉的中國時擔任唯一的中國門戶，一部分角色的流失在所難免；但百年獨特因緣所造就的富麗怪奇，卻是不可能取代。做爲世界（西方）與中國的交界之處，地位也是不可動搖，在當中還有無數的生機和商機，聰明的香港人，應該會看見。

【旅人之星】33

人生一瞬

國家圖書館出版品預行編目資料

人生一瞬／詹宏志著．一初版．一臺北市：馬可孛羅文化出版：家庭傳媒城邦分公司發行，2006〔民95〕336面；15×21公分．一（旅人之星：33）

ISBN 978-986-7247-42-1（平裝）

855　　95017195

作　　者——詹宏志
內頁插畫——詹 朴
封面設計——吉松薛爾
版面構成——吉松薛爾
總 編 輯——郭寶秀
特約編輯——沈台訓
校　　對——詹宏志、沈台訓

發 行 人——涂玉雲
出　　版——馬可孛羅文化
台北市信義路二段213號11樓
E-mail:marcopub@cite.com.tw
發　　行——英屬蓋曼群島商家庭傳媒股份有限公司城邦分公司
台北市中山區民生東路二段141號2樓
客戶服務專線：(02)25007718；25007719
24小時傳真專線：(02)25001990；25001991
讀者服務信箱：service@readingclub.com.tw
劃撥帳號——19863813　戶名：書虫股份有限公司
香港發行所——城邦（香港）出版集團有限公司
香港灣仔軒尼詩道235號3樓
E-mail：citehk@hknet.com
馬新發行所——城邦（馬新）出版集團
Cité (M) Sdn.Bhd.(458372U)
11 , Jalan 30D/146 , Desa Tasik Sungai Besi ,
57000 Kuala Lumpur , Malaysia
E-mail:citeKl@cite.com.tw
輸出印刷——中原造像股份有限公司
初版一刷——2006年10月25日
初版廿一刷——2016年1月
定　　價——300元
I S B N——978-986-7247-42-1（平裝）

Published by Marco Polo Press , a Division of Cité Publishing Ltd.
Printed In Taiwan